醫門獨秀

2

風文創 567

煙雨 著

目錄

第三十章 便民醫館

村民們呼啦一下把安玉若圍在了中間，問她究竟是怎麼一回事？許家可是峰州大族，怎麼就要完了呢？

人來瘋的安玉若此刻完全發揮她口齒伶俐的特長，開始滔滔不絕又繪聲繪影地給眾人描述她在府城所見的一切。

原來今天早上天還沒亮，一隊官兵就把保和堂團團圍住，不但給保和堂貼上了封條，保和堂的東家許攸大、掌櫃的、夥計等人全都被抓進知府大堂。

不僅如此，知府大堂裡坐著的不是身著官服的許知府，而是惠王。

知府衙門的大門完全敞開，惠王還允許百姓們旁聽他審案，而接替許傑知府位置的那位知府竟也成了階下囚。

保和堂平時草菅人命、哄抬藥價、賣假藥等等的壞事沒少做，許攸大和許知府之流更是做了許多人神共憤的惡事，而惠王已經清楚地掌握了重要的證據，將他們直接拉到斷頭臺上去見閻王爺。

不只這樣，惠王手裡還掌握了一些許氏族人在峰州這幾年所做的各種惡事，而百姓們早就對許家人恨之入骨。

再加上有些人也早就不滿許家在峰州的欺行霸市和飛揚跋扈，這次明眼人都看出惠王是有備而來，就是要打壓許家，此時不「出手相助」，豈不是錯失巴結惠王的機會？

一天的時間都不到，許家在峰州的各式店鋪，尤其是刺繡相關的鋪子，全都受到了別家的打壓，平時與許氏一族關係不錯的人這時也選擇了袖手旁觀。

雖說許傑現在是大晉朝的大官，與峰州許氏現任族長關係密切，可惠王是大晉朝皇帝的親生兒子，又是峰州、敬州、遵州三州的封主，他才算得上是此地真真正正的「土皇帝」。

光憑這短短半個月的時間，他就敢出手狠狠打壓許家，手段果斷狠絕，誰還敢在老虎頭上拔毛？這不是明擺著要找死嘛！

安玉若還樂呵呵地告訴眾人，現在許家人都當起了縮頭烏龜，關上大門不敢見人了。

又過了兩日，新的流言開始出現，說惠王之所以雷厲風行地對付許家，那是衝冠一怒為紅顏，誰讓許攸大不自量力去綁架替惠王妃瞧病的小神醫。

從大晉朝京城出來的人都知道，惠王妃是惠王的逆鱗，為了她，惠王可是連皇上、皇后的命令都敢違抗，何況是一個小小州府之地的許家？

外面是流言滿天飛，一塊石頭砸出了好幾個坑，惠王府內卻是安靜如常。

「玉善妹妹，真是委屈妳了，這件事情本不必牽扯妳進來的。」王府後花園的納涼閣內，蘇瑾兒有些歉疚地看向坐在她對面的安玉善。

這段日子，兩個人名義上是大夫和病人，私底下早已經成為了好友，更是以姊妹相稱，無論是安玉善還是蘇瑾兒，都不認為友誼的深厚和認識時間的長短有什麼關係。

「瑾兒姊姊，這沒什麼，許攸大的確是想對我不利，王爺幫我懲治了惡人，這份謝意我記下了。」最近給蘇瑾兒針灸、藥浴之後，兩個人都會坐在王府後花園曬曬太陽、喝喝小酒或聊聊天。

安玉善起身又打開了一點窗戶，回頭對蘇瑾兒一笑。

如今蘇瑾兒臉上有了些紅潤之色，她也站起來走到安玉善的身邊。「記不記得無所謂，反正妳我二人不過是給他人做嫁衣而已。」

蘇瑾兒沒有明說這個「他人」是誰，不過安玉善也明白她指的是誰。

惠王如此大張旗鼓地懲治許家，流言裡的「事實」也只是極小的一部分，恐怕真實的目的絕非這麼簡單，誰讓有野心的男人都是陰謀家呢？

「瑾兒姊姊言重了，妳與王爺琴瑟和鳴，不知有多少女子羨慕姊姊能被丈夫如此寵愛呢！」安玉善調皮地眨了下眼睛。

「小小年紀倒是會打趣人，呵呵！」蘇瑾兒笑著輕點了下她的額頭，但很快這笑容就變淡了，多了幾許自嘲。「妳說得沒錯，在京城時的確是有很多女子羨慕我、嫉妒我，就連我府中的姊妹們都千方百計地想要進王府為妾，京中更有不少名門貴女緊盯著側妃之位。我得到了她們想得而得不到的，所以她們譏諷我是個快死的病秧子，誣衊我是剋死生母的『掃把星』，就連我的生父、嫡親的祖母都算計我，蘇府嫡系旁支加起來有幾百口，可我卻沒有一個真心待我的家人，很可悲，是不是？」

這番話蘇瑾兒沒有對任何人說起過，可今天一時忍不住就對安玉善說了出來。

就在昨天晚上，她又接到了京中來信，家裡要送來兩個正當妙齡的女兒來給她侍疾。

假如她對趙琛毅沒有任何感情，那麼惠王府就是一屋子妾室她也懶得管，可一路走來經過了那麼多的事情，即便嘴上沒有言明，她也是愛著他的。

臥榻之側豈容他人鼾睡？她蘇瑾兒自生母去世那日便對天發誓，絕不與別的女人分享心愛之人，現在只要她還活著一日，沒有女人能抬進惠王府的後宅。

「人生不如意事十之八九，多愁多慮、多煩多惱，都是庸人自擾，不把『我』放在心上的人，我又何必為『他』費了心神？咱們都是紅塵凡人，又何必做那被人打了左臉連右臉也要奉上的人？瑾兒姊姊早日認清那些虛情假意之徒，也免得心受其累。」任誰攤上一大幫整日算計自己的家人也會覺得可悲，安玉善認為這樣的家人不要也罷。

「玉善妹妹說的是，做人是應該灑脫一些，我與蘇家那點血緣親情早就消磨殆盡，只是我娘和我不能白白受了委屈，有些債總是要討回來的。」在蘇瑾兒眼中，她的家人已經變成了仇人，就算要斬斷與蘇家的孽緣，也不能讓屬於她的東西便宜了那些人。

安玉善一向不喜歡摻和別人的家事。蘇瑾兒心中有恨，不是三言兩語便能化解的，思慮過多易傷神、傷身，她能治病但心病卻難醫。

從王府出來後，她到益芝堂替邵華澤治病，又聽到了一個不大好的消息。許氏族長竟聯合外地藥商控制了進入峰州的藥材；雪上加霜的是，一批身染重病的難民在這時湧進了峰州府城。

「許家這是要逼迫惠王小舅舅服軟，他們也把事情想得太簡單了吧！」對於許氏族長暗中的無恥行為，邵華澤溫和的臉上也有了冷意。

如果惠王是那種能被人輕易威脅的人，他就不會硬氣地被自己那位皇帝外公變相貶到北朝舊地，要知道，大晉朝的京城才是皇子們爭權奪利的黃金地帶啊！

「頭腦越簡單，自取滅亡的路就走得越快。」在安玉善看來，許氏一族能威風這麼多年，那是因為沒遇到真正厲害的對手，這次怕是偷雞不著蝕把米了。

常言說得好：「狗急了跳牆，兔子急了咬人。」被惠王步步緊逼的峰州許氏一族感受到空前的危機，雖然許傑來信讓他們忍耐，但不給惠王一個教訓，實在難消他們心頭之恨。

可許家的人到底還是低估了惠王的能力，他們以為惠王初來乍到，不知峰州水深水淺，哪想到惠王壓根兒沒把許家和那些藥商放在眼裡，抓到在背後搗亂的人，直接以「惑亂民心」的罪名關進了大牢。

與此同時，益芝堂的人主動請纓去救治生病的難民，孟少昌更免費提供藥材，此舉不但一下子贏得民心，還得了惠王的青睞。

外面紛紛擾擾不停歇，安玉善則一心做個看客，這些事情都不是她能解決的。當然有關醫藥治病的事情，無論是惠王還是孟少昌，第一個想到的都是她。

這天，正當安玉善和蘇瑾兒在花園裡散步閒聊時，惠王帶著孟少昌來了，四個人在八角涼亭裡坐了下來。

「安姑娘，妳的藥丸可否多炮製一些？現在城內百姓求醫無門，雖然本王已經懲治了許家的人和那些藥商，但他們還是把藥材給毀了，救人如救火，可等不得。」趙琛毅也沒有把安玉善當成孩子看待。這個小神醫說不定就是他此生最大的「機緣」，因此言行舉止都不再那麼冷漠疏離。

「王爺，醫家自古便有『同病異治，異病同治』的案例，正所謂對症下藥才能去除病根。我製作的藥丸的確能治一些頭疼腦熱，但它不是包治百病的萬靈丹，還是要由大夫診治過後再決定病人吃什麼藥為妥。」安玉善賣給益芝堂的那些藥丸都是溫性的，健康的人吃了也不會有事，但這樣的藥藥性比較輕，一旦遇到急症，效果很可能會大打折扣。

「妳說的本王都明白，本王現在也只是應急的權宜之計，如果妳有什麼好建議不妨提出來。本王知道妳的幾位堂兄和兩位姊姊都在跟著妳學習醫術，不如先讓他們去難民那裡幫忙？」惠王的人手都已經派了出去，現在他身邊能用的人也少。

「我的哥哥姊姊剛學醫還沒多久，讓他們做學徒幫幫忙可以，診脈、開藥怕是還不行，民女倒是可以去幫忙。其實王爺如此為峰州百姓和那些難民著想，不如開一家便民醫館。」安玉善提議道。

「便民醫館？」三人都好奇地看向她。

「安姑娘，妳是想讓王爺開藥鋪？」孟少昌有些不解地問道。

一般來說，藥鋪和醫館都是連在一起，在天懷大陸很少有大夫自己開醫館，倒是有不少純粹賣藥的商人。

「我想玉善妹妹說的應該不是這個意思吧？」蘇瑾兒聽後笑著說道。

安玉善看向她也笑著點點頭。「瑾兒姊姊猜得沒錯，我說的這家便民醫館不是普通的醫館，它的形式和朝廷的太醫院相似，首先它是被朝廷承認和保護的機構，裡面坐診大夫還要依據自己所擅長的分門別類，例如兒科大夫、骨科大夫、內科大夫、外科大夫等等，最重要的是這家醫館醫病的對象是普通老百姓，無論是藥價還是診金都應該是老百姓能負擔得起的，如果大夫嫌診金低，到時候可以由醫館出面補貼他們一些。」

「玉善妹妹，妳的意思是讓王爺在峰州開一家最大的善堂醫館，這樣一來人人都能看得起病，再也不怕生病找不到大夫？」蘇瑾兒覺得安玉善這個提議極好，而且惠王一定會答應。

果然，聽了安玉善的提議，趙琛毅沈默下來，孟少昌也陷入了沈思。

如果峰州有了最大的便民醫館，那麼益芝堂肯定會受到影響。

不過就算是醫館也是需要藥材；益芝堂本就是藥鋪，如果便民醫館真開成了，自家能為其提供藥材那就太好了。

其實安玉善提出這個建議也有她自己的考量。所謂的便民醫館就是她心目中現代醫院的雛形，若此事成功便是名利雙收的好事，惠王要在此地站穩腳跟，籠絡民心自是第一步。

比起打壓許氏一族這樣懲奸除惡的快事，真正讓百姓感受到實惠才是最能打動他們的好辦法，而惠王這棵大樹扎根越牢靠，她能乘涼的地方才越多。

開辦便民醫館既能使百姓受惠，又能讓自己獲利，何樂而不為？

「安姑娘，妳這個主意不錯，關於便民醫館妳還有什麼好的建議？」過了一會兒，惠王終於開口。

安玉善想了一下說道：「這樣吧王爺，今日回去民女先把便民醫館的草圖畫出來，您看了圖應該就能明白。」

「好，本王就等妳的圖。」惠王露出了笑容道。

既然提出了便民醫館的構想，安玉善就沒有放任不管；她用自製的炭筆畫了一份很詳盡的平面圖和內部立體結構圖給惠王，圖上各個結構部門的名稱和功能也加上了文字說明。

拿到圖紙之後，惠王眼中瞬間閃過驚喜，這種結構清晰又合理分配的方式十分值得當參考。

他想了想，金銀珠寶的酬謝並不是安玉善真正想要的，而且如果他真的賞賜她這些，反倒侮辱了安玉善與蘇瑾兒之間的情誼，再說程景初對這安玉善似乎又有些不同……

最後惠王給了安玉善一根權杖，讓她在自己管轄的三州之地可以任意暢行。

轉眼已到晚夏時節，田裡一片金黃，安玉善的五畝稻田收了近四千斤的稻米，此也成了峰州一大奇聞，以至於種第二季水稻的時候，她的稻米成了大家爭先恐後要買到手的稻種。

「安姑娘，王爺說了，您這四千斤稻米他全都要了，價格高三倍！」這不，就連惠王聽說之後都趕緊派侍衛過來。

「玉善，這可怎麼辦才好？我可答應給妳陸大娘她們留些稻種的……」尹雲娘有些為難地說道。

「雲娘，沒事的。」就算心有不甘，村民們也只好無奈放棄，他們總不能和王爺搶稻種吧？

「盧侍衛，王爺也要這些稻米做稻種嗎？」惠王派來的侍衛是盧左，安玉善看著他對稻種勢在必得的樣子，心裡直犯嘀咕。

雖然自己種出來的水稻粒大飽滿，的確是很適合做稻種，但幾千斤都歸一個人也太多了些；再說修整稻田也需要很長的時間，惠王剛到此地，真能忙得過來嗎？

「王爺沒說，在下也不知道，還請安姑娘行個方便。」盧左有些懇求地道。

「玉善，既然王爺要花高價買這些稻米，妳就讓這位侍衛拉走吧！妳能用普通的稻種種出高產的水稻，那麼重來一次也無妨，大家也可以跟著妳學。」安子洵也過來了，他是來湊熱鬧的。

「玉善，妳堂伯說得有道理，就讓王爺拉走吧，就按一般價格算。」安清賢也站出來說話了，接著他又看向村民，開口解釋。「大家也別擔心稻種的事情，玉善既然能用普通的稻種種出這樣好的稻米，咱們一定也能種得出來。明天咱們好好想想怎麼修整自家的水田，再讓玉善教大家如何選種。」

安清賢都這樣說了，安玉善也沒有堅持，不過她還是收了惠王三倍的高價。畢竟她有這麼多僕人要養，總不能一直拿本家的銀子心安理得地花用吧。

接下來一段時間，安玉善在田間地頭忙得團團轉，她要指揮村民們選取優良的稻種，又要教他們修整稻田，還要幫著把雪河的水引到農田裡。

好在她會統籌安排，又有柴胡這些下人幫忙，否則她就算有三頭六臂，也無法又是種田，又是治病、製藥的。

這天，晚夏的風吹得很舒服，安正和茉莉去後山幫忙採藥時走得遠了些，竟發現一種野生的甜瓜，最適合夏天解暑來吃，兩個人揹了一籮筐回來。

安玉善沒有見過這種甜瓜，她想著應該是只有天懷大陸才有。

甜瓜吃起來又香又甜，第二天一大早，安玉善乾脆打發會武功的安正幾人都進山摘瓜。現在天氣炎熱，難得有這麼好吃的東西，也讓大家都嚐嚐鮮。

她讓人把瓜子都留下來。說不定找到會種甜瓜的人，以後就不用往深山裡跑了。

正當安玉善難得偷得半日閒，準備寫一份藥材炮製大全時，木槿走了進來，說是蘇瑾兒來了。

安玉善迎出來時，蘇瑾兒正在和剛從田裡回來的尹雲娘說話。

「伯母，沒有打聲招呼就上門實在很抱歉，這點小禮物還希望您能收下。」蘇瑾兒從青璃手中拿過一個精緻的紅木盒子，以晚輩之禮雙手送給了尹雲娘。

看著蘇瑾兒對一個農婦也如此恭敬，安玉善十分感動。如果不是真心拿她當朋友，以蘇瑾兒世家小姐和惠王妃的身分，她根本不必做到這個分上。

情真情假，別人看不透，安玉善這雙眼睛可是「雷達版」的。

「瑾兒姊姊，妳怎麼來了？是不是身體有什麼不舒服？」安玉善笑著走到蘇瑾兒的面前，她娘正拘謹著不知道要不要接受那份禮物？「娘，這位便是現今住在峰州府城的惠王妃。」

第三十一章　農家飯菜

「民婦參見王妃！」尹雲娘嚇了一跳。她就覺得這長得像仙女似的女子絕非凡人，沒想到是身分尊貴的王妃。

安家院子裡其他人聽到進來的是王妃，也都跟著尹雲娘一起規矩地福禮。

蘇瑾兒連忙彎腰扶住尹雲娘，笑道：「伯母無須多禮，今日瑾兒是以玉善妹妹好友的身分而來，是您的晚輩，切莫和我太見外。」

「娘，既然瑾兒姊姊都這樣說了，您還是自然些。」安玉善笑道。

或許她心裡也希望缺少親情溫暖的蘇瑾兒能在自家感受到那份情感，反正她骨子裡也不是太過在乎階級關係的人。

尹雲娘腦袋還有些懵，但還是在二人的注視下點了一下頭，接著連忙叫月桂她們準備最好的茶水點心，那茶葉還是程景初特意送給安松柏的，聽說只有富貴人家才喝得起。

安玉善領著蘇瑾兒進了自己的西屋，讓她坐在鋪著竹製炕蓆的床上。

「瑾兒姊姊，農家簡陋，還望妳不要見怪。我這裡的好茶雖比不上王府，但好酒可是不少，妳要不要喝一點？」安玉善大方地任由蘇瑾兒打量屋子。現在她這屋子裡一半是書，一半是藥櫃，就連木槿她們晚上睡的木板床上此刻也擺滿了東西。

「妳這屋舍雖然簡單卻不凌亂，就是小了些。我聽說妳家裡也有不少僕人奴婢，可有地方歇息？」蘇瑾兒對此是真的好奇。

「現在是夏天，這裡又是農家小院，晚上鋪個竹蓆就能以地為床，以天為被，怎會沒有地方歇息？等到天冷的時候，我家的新院子差不多就能蓋好，再多的人也有地方住。」安玉善笑著說道。

兩個人在屋裡說話時，去山裡摘甜瓜和採藥的兩撥人都回來了，他們一進院，原本還有些安靜的小院登時變得熱鬧起來。

蘇瑾兒好奇地透過窗戶往外看。院子裡歡快的笑聲和嘈雜的說話聲反而讓她覺得十分和諧；再看那些人臉上洋溢著開心的笑容，她也忍不住露出了笑意。

「玉善，妳看二姊給妳弄到什麼了？哈哈！」安玉冉是最後一個進院的，一進來就笑著喊道。

不等安玉善答話，安玉冉就拿著一個粗布包著的東西進了西屋，當看到還有一個漂亮的女子時，不禁愣了一下。「玉善，這是誰呀？」

「妳這孩子別衝撞了貴客，這可是王妃。」尹雲娘在廚房裡聽到安玉冉的聲音，就怕她莽撞地進西屋，沒想到自己還是晚了一步。「王妃別見怪，這孩子性子粗野了些……」

「伯母，沒關係，這位想必就是玉善妹妹常說的二姊玉冉吧？」蘇瑾兒看向眼前活潑生動又有些英氣的女子，也是眼中一亮。

「娘，我不知道這長得比仙女還漂亮的客人是王妃，您別一見到就上手揍，好歹有外人在呢！」安玉冉見到蘇瑾兒沒有任何拘謹和害怕。大家都是兩眼一個鼻子的正常人，誠惶誠恐之態她可做不來。「民女見過王妃。玉善，快看二姊給妳挖到什麼寶貝了？」

蘇瑾兒很喜歡安玉冉這直率爽朗不做作的性子，更喜歡她就算知道自己的身分也坦然不虛偽。

等到安玉冉打開布包，裡面露出兩個人形模樣的黑褐色肥厚塊莖。

「玉善，這是不是成了精的人參？」安玉冉興奮地問道。

「二姊，這不是人參，這是人形何首烏，妳是爬到高山上挖到的吧？」見安玉冉聽說挖到的不是人參而露出了失望之色，安玉善又補充道：「這也是一種很珍貴的藥材，苦補腎，溫補肝，不但能祛風解毒，還能治療心悸失眠、血虛頭暈之症，更能改善人的髮質，作用可是大得很。」

「真的？」原本受到打擊的安玉冉立刻就緩過了精神。

「當然是真的，正好拿來配製何首烏丸。隔壁的程家少爺、府城的邵世子，他們可都要感謝妳，這藥丸對他們的身體大有裨益，就是瑾兒姊姊也能吃些補身。」安玉善會根據自己手上的藥草來配製對人身體有好處的藥丸，這樣藥材才能物盡其用。

「那可真是太好了，總算沒白費我一番折騰。既然何首烏如此有用，那我明天再去山上看看還有沒有？另外，玉善，妳有空再給我弄一本關於藥草的書，我怕採藥的時候把那些好藥材都給錯過了。」山裡各式各樣的藥草很多，有些安玉冉壓根兒就不認識，現在她只能帶人去採一些熟悉的藥草。

「二姊，我這幾天有些忙，過兩天我再給妳整理出一本來。」天下藥材千百種，有的大神山脈也未必有，所以安玉善也沒把《本草綱目》之類的醫學典籍默寫出來。

尹雲娘讓人把洗好的甜瓜切好放在乾淨的盤子裡送到了西屋。雖然蘇瑾兒這位王妃到山下村的消息並沒有傳開，不過尹雲娘還是讓人告知了陳氏幾位妯娌。

很快的，安家的女人們就來給蘇瑾兒見禮。幾人身分雖有別，倒也相處得和樂融融。

臨近中午，安玉善決定親自下廚給蘇瑾兒做一頓適合她吃的農家飯菜。

水缸裡養著稻田裡捉來的大魚，院子外有圈養的小山雞；安玉善當主廚，尹雲娘、陳氏幾人陪著蘇瑾兒說話，而安玉冉、安玉若則帶著木槿她們殺雞宰魚。

農家人的熱情與親切很快就感染了蘇瑾兒。最近經過安玉善的調理，她的身體已經不再像之前那樣虛弱，惠王也放心讓她出門了。

水煮魚、糖醋排骨、炒青菜、涼拌菠菜、小雞燉蘑菇、蜜汁山藥、豆芽炒韭菜、白菜豆腐湯，還有自製醬肉和醬菜，主食是米飯和燒餅。

這些菜一擺上桌，蘇瑾兒只覺得鼻子裡都是香氣，肚子開始餓了。

「王妃快請嚐嚐，這些可都是玉善的拿手菜，雖然是家常菜，可味道好得很，我們這幾個陪客今天也是有口福了！」陳氏打趣地笑道。

「我才是那個有口福的人。在王府的時候，玉善妹妹也下過廚，不過我只喝過她煮的藥粥和做的幾道小菜，裡面都加了藥材，總覺得有淡淡的苦味，早知道她廚藝如此了得，我就天天來這裡蹭飯了。」對於不熟悉的外人，蘇瑾兒一向話少，可今天在安家，她覺得自己好像把過去一年沒說過的話全說了。

「瑾兒姊姊要是喜歡，天天來也可以，不過那些藥粥妳還是要繼續喝，良藥苦口利於病。」安玉善笑著走進來說道。「這燒餅是我二姊剛做好的，瑾兒姊姊快吃吃看。」

因為家人和蓋房子的工人都喜歡吃燒餅，安松柏就在家裡做了一個吊爐，現在家裡會做燒餅的可不只安玉善和文強，就是程家也拿著銀子來買。

陳氏幾人陪著蘇瑾兒在堂屋擺桌吃飯，而王府跟來的下人，男的就在原來許誠那個院裡由安正幾人陪著，青璃她們這些丫鬟則和木槿、茉莉在安玉善的西屋坐著吃飯。

農家飯菜不怎麼講究，燒菜鍋也大，每一道菜安玉善都做了足夠三桌人吃的分量。都說「食不言，寢不語」，但農家也沒這規矩，反而覺得飯桌上熱熱鬧鬧的才好。

一頓農家飯菜吃得賓主盡歡，蘇瑾兒更是意猶未盡。她吃過很多山珍海味，卻總覺得少了一點滋味，現在她有些明白了，飯菜香不香，不是在於廚子的手藝和食材的精細，而是在於吃飯的氛圍。

在蘇家，吃飯的時候就像坐在一個大籠子裡，而在這簡陋的農家小院，多了天寬地廣的快活與愜意，反而讓她覺得越簡單的生活越美好。

蘇瑾兒離開安家時，馬車裡多了兩罈安玉善送她的桃花酒和一罈剛剛釀製好的跌打酒，還有一筐甜瓜、二十多條魚、安玉冉從山裡捉來的兔子和野雞，以及一大束安玉若從山裡採來，本來要送給安玉善做乾花的鮮花。

與安家眾人道別之後，蘇瑾兒上了馬車，青璃見她眼角有了溫潤的濕意。

「王妃，安家人雖是鄉野之民，可待人真好，和京城裡的人很不一樣。」雖然只有一下子，但青璃也喜歡上在安家的感覺了。

「山民淳樸善良，而且玉善妹妹的家人又和一般的山民不同，談吐有禮，並不粗野，依我看，京城人家的貴夫人也未必能像她們這般令人覺得舒服自在。」安家送的禮物雖然不值多少金銀，但在蘇瑾兒眼中，這樣透著農家人可愛真誠的禮物比真金白銀更讓人感動。

回到王府之後，蘇瑾兒讓人將那罈跌打酒給趙琛毅送了過去，而當天晚上盧左又去了一趟山下村，說是這跌打酒惠王想要更多，希望孟、安兩家合開的藥酒坊能多釀一些。

安玉善沒有拒絕，她把跌打酒的藥方給了安清和，藥酒的事情她就不多操心了。

繁忙的日子總是過得特別快，似乎才眨了一下眼睛，夏天就過去，秋天接著就來了。

這段時間安家也是喜事連連。藥酒坊生意極好，安家三房的日子越過越紅火，就是整個山下村都跟著沾光，光是賣藥草的銀子就能讓村民們養家餬口，還有剩餘呢！

許誠因為續骨膏的神奇作用已經能站起來走幾步，鄭氏也完全擺脫了枴杖，還能自己下地跑兩圈。

安齊武的腦子越來越靈光，尋找藥草的本事也日益見長，簡直就是大神山裡人參的剋星，每次他跑進大山裡，總能給安玉善帶回驚喜。

雖然許雲和許誠因為安玉善與蘇瑾兒的關係不必再藉著木家之勢對付許傑父子，但許雲與木屹然的婚事已定，兩家都沒想過反悔，婚事依舊訂在十月初六那日。

許誠和安玉璿已經決定把水繡坊收起來，在峰州府城重開山魚繡坊。

「爹、娘，封安縣的水繡坊我和誠哥先不打算賣掉，我聽說小姑母和小姑父都來咱家學做燒餅，也打算開一個小攤子。水繡坊的位置不錯，又緊鄰著益芝堂，不如就讓他們在封安縣賣燒餅吧！」其實水繡坊本可以賣掉的，但許誠和安玉璿都想著與其賣給別人，不如幫襯一下自家人。

安松柏和尹雲娘想起前段時間來自家學做燒餅的安沛瑶和妹婿文林，文林兄弟姊妹也多，他們還有孩子要養，日子也是過得緊巴巴的。

「我明天就去一趟文家莊，待會兒也把這事告訴妳爺爺。」安松柏以前也有心想要周濟自己的小妹安沛瑶，可那時大家的日子都不好過，這兩年總算是好了些。

說完繡坊的事情，安玉璿又找到了安玉善，見她忙也沒打擾，就在一旁幫著碾藥。

「大姊，聽娘說姊夫準備重回峰州開山魚繡坊？」安玉善讓屋子裡的人都先出去，她和安玉璿姊妹兩個單獨說話。

「是啊，也許是無心插柳，這次因為惠王，許氏一族被打壓，妳姊夫覺得現在回峰州的時機最好。」安玉璿笑著說道，接著從懷裡掏出一張契約書放在安玉善面前。「妳姊夫說我們現在能許給妳的只有這些，知道妳不缺銀子，可這也算我們的一份心意；再有，繡坊以後還需要妳多幫忙呢，大姊和妳可就不客氣了。」

「大姊，妳這說的是什麼話？妳是我大姊，能用得著我的地方儘管招呼，不管這裡面寫的是什麼，我都不能要。」安玉善又將契約書原封不動地推到了安玉璿面前。

「妳這孩子，大姊不和妳客氣，妳倒和大姊客氣了。讓妳拿著就拿著，妳要是不想要，以後就留著孝敬爹娘。」這契約書裡是山魚繡坊的三成股份，許誠和安玉璿除了想感激安玉善為他們所做的一切，另外就是希望安玉善有空的時候能為他們繡坊畫個繡樣。

見安玉璿萬分堅持，安玉善也沒再推辭，把這份契約書收了下來。平常繡坊的畫師可沒她這待遇，姊姊和姊夫大方，她也不能小氣。

當天晚上，安玉善就用炭筆畫了四幅圖，分別是天鵝湖之戀、穿著大紅喜服的卡通版新郎新娘、龍鳳呈祥圖和寓意富貴有餘的牡丹九魚圖。

畫是黑白兩色，只能看出栩栩如生的逼真之態，色彩上倒不出奇。

不過許誠和安玉璿拿到之後還是震驚至極，這要是配上彩色的繡線繡出來，絕對比蝶戀花那四幅更受客人歡迎，尤其這四幅繡樣都和男女婚嫁有關。

「大小姐，姑娘說了，山魚繡莊不妨藉著雲姑娘與木家的婚事開啟婚慶繡品的路子，這些繡樣可以做成屏風、扇面、被面、枕巾等物，喜慶又別致，想必很多客人家中要辦喜事都會選這些繡樣的。」負責來送繡樣圖紙的安逸說道。

「小妹想得真周到。誠哥，不如就照小妹說的辦吧！」對於自家妹妹的貼心舉動，安玉璿心裡是既感動又心疼。這孩子昨天晚上一定沒睡好。

「好，替我多謝妳家姑娘！」許誠知道他欠安玉善、欠安家的情這輩子做牛做馬都還不完，他也清楚唯有加倍對安玉璿好，比說什麼都管用。

幾個月前，他已經讓許南和夏蓉去別的地方買了幾個手藝不錯的死契繡娘回來，而他與木家的合作也已經改變方式，以後他只要從木家買繡線和布疋即可。

作為未來的親家，他也不介意先把新奇的繡樣讓木家看到，畢竟在他最困難的時候，除了安家，木維也對他伸出了援手。

另外一頭，安清和和安松柏也一起坐馬車來到了文家莊，離著老遠都能看到這個在戰火中勉強存活下來的莊子。

文樹和文林都是文家莊人，兩個人在族譜上還是打斷骨頭連著筋的遠房堂兄弟，當初安沛瑤和文林的婚事還是安沛玲負責張羅的。

雖說文林家窮，人口也多，但兄友弟恭、公婆親和，文林這個小伙子長得也不錯，還很能幹，是個踏實過日子的好男人。

「爹、哥，你們怎麼來了？」安沛瑤見父兄來看自己，一臉驚喜。

安清和把許誠和安玉璿想把水繡坊租給他們做小食肆的事情說了，還說因為是自家人，租金什麼的都好商量。

安沛瑤和文林聽完之後喜出望外。他們心裡也清楚許誠夫妻是在幫襯自己，且水繡坊後院能住人，自家和公婆還有兩個小姑子都能搬到縣上住，只要好好做，日子會越過越好的。

晚上夫妻兩個還商量，以後定要好好感激許誠和安玉璿，多掙一些錢，租金多給他們一些。

就在許誠和安玉璿從封安縣搬到峰州府城這天，一場連綿的秋雨窸窸窣窣的下了起來，帶來幾許涼意。

安玉善收到蘇瑾兒讓青璃送來的一張請帖，說是七日後惠王府設宴，讓她帶著姊妹一同前往。

「小妹，我也要去嗎？王府裡的客人不是達官貴人就是皇親國戚，我一個鄉下野丫頭去，不大適合吧？」安玉冉有些不大想去，她光是想到那種場景就覺得渾身不自在。

「沒什麼不適合的，我不也是鄉下丫頭嗎？再說這帖子上都說讓妳們一起去，出去見見世面也好。」蘇瑾兒似乎很喜歡自家二姊的性格，所以安玉善還是很希望安玉冉能一起去。

「二姊，妳平時膽子大如虎，怎麼去趟王府就不敢了，難道那些人還能把妳吃了？」安玉若倒是有些躍躍欲試，誰教她是家裡好奇心最重又最貪玩的那個。

「誰說不敢了，去就去，誰怕誰！」聞言，安玉冉那點慌亂也飛到九霄雲外去了。

第三十二章　玉冉發飆

七日後，穿著新衣的安家三姊妹坐上馬車來到了惠王府。

惠王府前門庭若市，半條街外都能聽到熱鬧非凡的迎客聲。今日本是惠王設宴，他管轄的封地內有頭有臉的人物全都接到了請帖，大夥兒自然不辭辛苦歡歡喜喜地趕來了。

安家三姊妹進府之後，先去拜見了蘇瑾兒，之後安玉善就留下給蘇瑾兒診脈，以確保她今日有足夠的精力來應付那些女眷們。

安玉璿和許雲也收到了王府赴宴的請帖，得知她們二人已經到了，安玉冉和安玉若就先去後花園找她們了。

不到兩刻鐘的時間，正和蘇瑾兒在屋裡說話的安玉善就看到青璃一臉急色地走了進來。

「王妃、安姑娘，不好了，玉冉姑娘她……」

「我二姊怎麼了？」

「青璃，怎麼了？」

安玉善和蘇瑾兒都一臉詫異地看向青璃問道。

「玉冉姑娘正在發飆揍人，安姑娘您快去看看吧，再不去，于知府的女兒和柯通判的兒媳婦都要被打死了！」青璃從未見過一個姑娘家力氣那麼大還那麼狠的，一拳頭就快把于蓉兒的臉打歪了。

「不好，我二姊的虎勁兒又犯了！」安玉善趕緊起身。「瑾兒姊姊，我先去看看！」

「我和妳一起去！」之前蘇瑾兒以身體不舒服為由，謝絕了一些女眷的拜見，主要是因為她想清靜，就算現在出去見客，身體也撐得住。

安玉善點點頭，疾步跑到後花園，就看到安玉冉騎在一個女人的身上揮拳頭。周圍圍著一圈受到驚嚇的客人，他們只是呆看著，沒有人上前勸阻，也沒有人說話，氣氛十分詭異。

最令安玉善覺得無語的是，一個身材健壯、皮膚呈現小麥色的青年男子笑呵呵地在一旁替安玉冉加油助威。

「這種長舌婦就該打，狠狠地打！」

「娘的，要不是老子不打女人，就不讓妳這嬌娘子動手了！」

「用腳踹她，使勁踹！」

「好，打得好！」

聽到這些話，就連安玉善也不得不用一種詭異的眼光看向那個奇怪的男子。他公然站在「施暴者」那邊，就不怕有人找他麻煩？

「二姊，快住手！」安玉善跑到安玉冉面前，在她的拳頭再次落下前出聲喊道。

「呼！小妹，妳終於來了，二姊她又犯病了，這可怎麼辦？」安玉若先衝到了安玉善的面前，還一個勁地給她眨眼睛暗示。

安玉冉哪有什麼病，不過是安玉若怕她麻煩惹大了，只好先幫她找好後路，而安玉善自然也懂得她的意思。

此刻，安玉冉的身邊已經躺了三個女人，還騎著一個，要不是安玉善喊出聲，她打人的動作也不會停止。

「人是我打的，該怎麼辦就怎麼辦！」安玉冉絲毫不畏懼地站起身，掃向圍觀的人說道。

「這到底是怎麼一回事，玉冉妹妹妳可不是會隨便打人的人啊？」蘇瑾兒由青璃扶著走上前問道：「來人，快去請大夫！」

蘇瑾兒一聲「玉冉妹妹」讓客人們回過神來，也讓那些不熟悉安家與惠王府關係的人覺得奇怪。

大家心中嘀咕，剛才于蓉兒不是還諷刺安玉冉等人是上不得檯面的賤民，怎麼一轉眼惠王妃就和她如此親近？

「王妃，在下知道是怎麼一回事。這什麼知府的千金和通判的兒媳婦一直說這位嬌娘子和她姊妹的壞話，甚至還動手推了這位小姑娘讓她去撞別人，她們心太壞了，就該打！」那位小麥色肌膚的青年走上前說道，並不覺得一個大老爺們說女人們的事有什麼不對。

「你是？」蘇瑾兒雙眼微瞇。

男客們都在前院，怎麼有個不懂規矩的進了女客們的後花園？而且眼前之人還給她一種莫名的熟悉感，似乎在哪裡見過似的。

「在下姜鵬，兄長是鎮國大將軍姜鐵明。」姜鵬笑嘻嘻地說道。

他一說自己的名字，蘇瑾兒就知道是誰了，眼中也露出一絲無奈。

世人都知道，大晉朝有一位能征善戰、少年成名的大將軍姜鐵明，也知道這位父母早逝的姜大將軍有一個極為寵愛的弟弟姜鵬。

這位姜少爺別看長得面如冠玉、文質彬彬，卻天生力氣大，不愛讀書，只愛練武。而且他喜歡惹是生非，平時最愛打抱不平，整天和一幫狐朋狗友去當英雄好漢，不知道做了多少令人啼笑皆非的事情。

「原來是姜二少爺，此地都是女客，二少爺還是先去前廳吧！」一聽到姜鵬是大將軍的弟弟，現場有些夫人和千金小姐看他的眼光就不同了，從剛才的輕視一下子變得熱切起來。

「王妃，您可千萬別怪這位嬌娘子，都是這些壞女人的錯！」彷彿唯恐蘇瑾兒會責怪安玉冉一樣，姜鵬笑嘻嘻地解釋道。

安玉冉根本不領他的好意，還狠狠瞪了他一眼。一句一個「嬌娘子」，她聽得都想揍他一頓，哪裡來的傻子缺心眼！

看看自己的二姊，又看看有些「二」的姜二少爺，安玉善腦仁有些疼。

安玉璾也是一臉憂色。自家二妹前腳剛踏進惠王府沒多久，後腳擼起袖子就揍人了，雖說是于蓉兒幾人先挑釁她，但二妹這凶悍的性子怕是要在三州揚名了。

今日過後，還有哪個男人敢上門提親呀？

「王妃，您可一定要給臣婦作主呀！臣婦的女兒都要被這賤人給打死了！」就在這時，已經被安玉冉打暈過去又醒轉的知府夫人指著安玉冉對蘇瑾兒哭訴道。

「這件事情本妃不會聽一家之言，妳們說說這到底是怎麼一回事？」蘇瑾兒在後花園的涼亭裡坐下，銳利的目光掃向在場的人。

來赴宴的女客都不想惹上麻煩，尤其是察覺出惠王妃似是有意要袒護打人的安玉冉，到底該站在哪一邊，此刻她們還需要掂量掂量。

目睹整個事件的安玉若才管不了那麼多，她見蘇瑾兒一問話，好多人都蔫了，於是噼哩啪啦就把真相說了出來。

據安玉若的描述，她和安玉冉從蘇瑾兒那裡出來之後就到了王府後花園，當時好多女客都在，有人在欣賞花園景色，有人聚在一起說話，有人是安安靜靜地喝茶吃點心。

可是當她們看見安玉瓊和許雲的時候，卻發現兩人被于蓉兒幾個人團團圍住，而且于蓉兒說話很難聽，說許雲是專門勾引男人的狐媚子，還說安玉瓊嫁殘廢是下賤。

那柯通判的兒媳婦是峰州許家女，得知許雲和安玉瓊的身分之後，對她們也是冷嘲熱諷，甚至把安家長輩都給罵了進去。

一聽，脾氣暴躁的安玉冉哪還忍得住？一拳打向于蓉兒，還一腳把柯通判的兒媳婦許氏踹出兩丈遠，于蓉兒的娘親和許氏的妹妹跑來救人，結果也被安玉冉揍了一頓。

「要不是她們先罵人，我二姊才不會出手呢！哼，還是官家太太和小姐，真沒教養！」安玉若直言不諱。敢欺負她姊，待會兒沒人的時候一定給她們吃點「好果子」！

安玉若一說完，周圍就傳來陣陣低笑聲。剛才于蓉兒和許氏罵人的時候，她們也聽到了，這于蓉兒的名聲怕是毀了。

知府夫人是又氣又急。上次女兒也是被安家的人打，心裡本來就有怨氣，沒想到這次來王府又遇到安玉璿和許雲。

自從知道許雲和木屹然定了親，女兒在家是又哭又鬧，知府夫人也是被她纏得沒辦法，想著帶她來王府赴宴能有機會認識京城裡的貴人，哪知道冤家路窄，碰到了許雲姑嫂兩個，還遇到了一個敢在王府動手打人的煞星，這可真是太倒楣了！

「王妃……」知府夫人想要辯解幾句，蘇瑾兒卻在這時揮手打斷她。

「既然是于姑娘她們有錯在先，失了閨德、婦德，玉冉妹妹氣不過出手也是無奈之舉。我看這樣吧，王府有太醫，讓他給于姑娘幾人看看，本妃再送塊玉給她們壓壓驚，這件事情就算了。」事情畢竟發生在王府，作為王府的女主人，蘇瑾兒也不希望事情鬧大。

「王妃處理不公，臣婦不服！」女兒被打得險些毀了容，現在還昏迷不醒，蘇瑾兒要將此事輕拿輕放，知府夫人自然不答應。

「不服？」蘇瑾兒淡淡一笑，氣勢瞬間變得懾人。「怎麼？于夫人是想找王爺來評評理嗎？官家女子德行有失，難道要本妃也跟著是非不分嗎？看來妳們是不需要本妃的玉來壓驚了，于夫人想怎麼做便怎麼做吧！」

知府夫人沒想到蘇瑾兒如此袒護安玉冉。打人的沒錯，被打的還錯了不成？不行，她一定要為自己和女兒討回公道！

此時，于蓉兒幾人已經被王府的下人抬到了花園的涼閣裡，一直住在王府的任太醫進去給她們診脈治病，而知府夫人則滿臉怒氣、跌跌撞撞地往前院去了。

「王妃別生氣，于夫人愛女心切，許是被嚇糊塗了，您別和她一般見識。」這時已經有伶俐的婦人笑著走到蘇瑾兒面前說道。

這于夫人也是個蠢人，大家都看出蘇瑾兒是打算息事寧人，還主動提出送玉珮給她們壓驚，豈料她敬酒不吃吃罰酒，非要和人家堂堂王妃叫板。

惹了惠王妃，就等於惹了惠王，看來這于知府的官也快做到頭了。

于夫人可沒想那麼多，她做慣了頤指氣使的知府夫人，發起威來連于知府都怕她，這次吃了這麼大的虧，裡子和面子都沒了，她嚥不下這口氣。

「二妹，妳太衝動了！」

另一邊，安家四姊妹和許雲也聚在一處。安玉璿雖不喜于蓉兒等人，但于蓉兒可不是村裡那些能挨揍的混小子，安玉冉出手太莽撞，真要打出個好歹，自家可是要吃官司的。

「打都打了，還能怎麼樣？大姊，妳放心吧，我下手有輕重，死不了人的。」安玉冉對於打人這件事一點也不後悔，若再來一次，她照打不誤。

「有輕重？妳……唉……」安玉璿無奈一嘆，又看向了安玉善。「小妹，妳二姊這件事情還要王妃多多幫忙，只能靠妳了。」

「大姊，妳別擔心，不會有事的，妳先帶二姊去人少的地方……嗯……降降火，這邊交給我吧！」事情已經發生了，再說些別的也沒用。安玉善想著該如何把這件事拉到對自家有利的方向？

安玉善走到蘇瑾兒身邊的時候，一下子就成為了眾人的焦點。

「王妃，這就是外界傳聞醫術高超的小神醫吧？」

「正是，別看玉善妹妹年紀小，宮中太醫的醫術都未必及得上她。」蘇瑾兒伸手拉住了安玉善，那親暱的姿態似是在告訴所有人，這位是她非常看重的小神醫。

果然，許多人看著安玉善的目光都變了，不過也有人不相信蘇瑾兒這話。一個小姑娘醫術會比太醫還高？這也太離奇了吧！

「這位夫人晚上是不是睡不大好，還常常多夢心悸，白天很沒有精神？」安玉善笑著看了一開始問話的那位夫人一眼。

「沒錯，就是這樣！」那夫人一驚。安玉善不切脈竟然就能知道她的隱憂，看來傳言也不是不可信。「小神醫可有法子治？」

「有啊，如果夫人信我，我回去為您特製一瓶藥丸，吃幾日便會完全好。」安玉善決定走懷柔路線，與這幫貴婦千金打好關係，如此一來，無論是對安玉冉打人事件還是日後安玉璿、許雲要打入她們的圈子，都大有益處。

「真的嗎？呵呵，太好了，謝謝妳，小神醫。對了，這是我兒媳婦，想請妳幫忙看看她的身體可有什麼問題？」那夫人又急急拉來一個少婦推到安玉善面前。

古代女子十分忌諱被外人知道隱疾，尤其是大戶人家，更是在乎這些，於是蘇瑾兒找了一間廂房，讓安玉善能單獨替那位夫人的兒媳婦瞧病。

「脈象沈濡，應是宮寒之症。」安玉善切脈結束後看著一臉焦急之色的婆媳二人說道。

「小神醫說得沒錯，我這兒媳的確是有宮寒之症，找了好多大夫都說她不易懷孕，您可有辦法？」作為敬州糧商大戶朱家的當家主母，連氏現在最盼望的就是兒媳婦小連氏能生個一兒半女。

小連氏是她的娘家姪女，當初是她不顧婆婆的反對硬是讓兒子娶了姪女為妻，可成婚三年還沒有孩子，她整日睡不安穩也是因為此事。

「辦法自然是有的。針灸配以藥物調理，如果丈夫沒問題，兩個月之後便可以嘗試受孕，一般在下次癸水來之前的十四天左右同房，有孩子的機會會比較大。」安玉善說道。

「小神醫，您、您說的可是真的？」小連氏激動得眼淚都落了下來。

她盼孩子盼了整整三年，偏方也嘗試了不少，可一點用都沒有，自己再沒有孩子，家中那位苛刻的祖母就要給丈夫塞小妾、通房了。

「妳的宮寒之症兩個月後必好，前提是妳丈夫身體沒問題，然後放鬆心情，順其自然，有孩子的希望很大。」安玉善笑著說道。

「多謝祖宗保佑，要是我朱家有後，您可是我們的大恩人呀！那……那小神醫什麼時候給我兒媳診治？」連氏雙手合十，就差沒跪下了。

「今日是惠王爺設宴，不大方便。我今天回去會配製一些暖宮丸，明日會去益芝堂坐診一天，妳們再過來就行。」安玉善起身說道。

連氏和小連氏連連稱是，一臉笑意地走出了廂房。

還沒等安玉善走出去，又走進一位夫人，也是來找她看看的。安玉善扎了幾針，這位夫人的病痛就好了。

這下眾女眷都信了安玉善醫道厲害，一個個都熱情地圍了上來。

誰平時還沒個頭疼腦熱的地方？再說她與惠王妃關係親近，討好惠王妃看重的人也是討好她的一種方式，更別說這小神醫還有幾分真本事。

第三十三章　姜二公子

待于夫人捣著被于知府打了兩巴掌的左臉回來看自己的女兒時，卻發現那些夫人、小姐們一個個全都樂呵呵地圍著安家姊妹，那臉上討好親切的笑容讓她看得眼疼。

怎麼才一小會兒，眾人都對幾個農家女上了心？哼，一幫沒心眼的勢利眼，還不是看在惠王妃的面子上，有什麼好得意的！

「喲，于夫人回來了？王爺怎麼說？」現任峰州知府的夫人陶氏看著于夫人滿臉鬱色，故意走上前問道。

陶氏的丈夫牛知府本就是惠王的幕僚，所以她比旁人更知曉惠王對惠王妃的在乎，今日于夫人折了蘇瑾兒的面子，於情於理她都要站在蘇瑾兒這邊。

「哼！」于夫人冷哼一聲就走進涼閣，誰都沒理。

安玉善也看到了于夫人，看她臉色不快，估計是沒討到便宜。有惠王和蘇瑾兒在，任何人想對付安家都要先想一想，于知府應該比他夫人更聰明些吧！

正如安玉善猜想的那樣，宴席之後惠王讓她不要擔憂安玉冉的事情，于知府和柯通判已經說了不計較此事，還說都是他們家人的錯。

不過安玉冉回去後還是被知道此事的尹雲娘拿掃把打了一頓，怪她做事魯莽衝動，給根長棍子都能把天捅個窟窿，嚴令她最近都不准外出。

安玉冉倒是無所謂，反正她也不喜歡出門，就喜歡進山採藥，在她看來，山裡的花花草草可比人可愛多了。

安玉善安慰了尹雲娘幾句，就鑽進藥廬裡替小連氏配藥。

第二天到益芝堂坐診時，連氏帶著兒子、兒媳早就等候多時，安玉善給小連氏針灸之後又給她丈夫診了脈，也開了一些溫補的良藥。

「小神醫可在？」安玉善正在後堂給小連氏診病，外邊又有女客到了。

這一天的時間，安玉善看的都是女病人，等她從益芝堂出來，峰州府城的小神醫已經成了「婦科聖手」，尤其是那些對子嗣著急的，就和當初患有啞疾的人一樣，聽說後都朝益芝堂來了。

「安姑娘，妳這小神醫都快成送子仙童了，比求送子娘娘還靈驗！」邵華澤身體已經大好，接下來他不用再針灸，只需要服用安玉善幫他配的藥丸和藥酒就好。

「邵世子，這話說得有些早。我只說能治好他們的病，可沒說保證一定能生孩子，這生孩子也是要看緣分的。」安玉善笑著說道。雖說內外科、兒科、婦科她都擅長，可大夫能做的只是給病人一個健康的身體，至於男女生孩子的事情，她還真管不了。

「這話雖說得沒錯，但妳的醫術我是相信的。對了，我有個表舅已經快四十歲了，一直沒有孩子，妳能不能幫忙想想辦法？」邵華澤想起了京城的川王。自己能活到現在也多虧他的幫忙，如果自己也能幫到他就好了。

「邵世子，就算你想讓我給人看病，也要讓我見到那人望聞問切一番才行，我又不會隔空診脈。」安玉善笑道。

「呵呵，說得對。過兩日我就回京城了，希望可以盡快在京城見到安姑娘。」安玉善正在為蘇瑾兒治病，一時半會兒離不開峰州的，邵華澤也不想強人所難。

安玉善又去了惠王府替蘇瑾兒看診，接著就坐馬車先回山下村，她已經不需經常留在王府裡給蘇瑾兒診病了。

回到家時，天色有些黑了，不過自家倒是燈火通明，遠遠的還能聽到安玉冉的怒吼聲。

「滾，給我滾！我才不要嫁你！」

「玉冉娘子，我對妳一見鍾情，這輩子我就只娶妳！」

「呸，不要臉，鬼才和你一見鍾情！再不走，我拿大棍子敲死你！」

「妳就是打死我，我也不走，反正我不管，妳這輩子就該是我姜鵬的娘子！」

「玉冉，我的小祖宗，快把妳手裡的棍子放下來……」

「姜公子你還是走吧，既然玉冉不願意，你又何必為難我們？」

安玉善下了馬車走進家門，就聽到各種聲音亂成一鍋粥，自家小院裡站了許多人，還有好幾個綁著紅綢布的大木箱子。

人群中，安玉冉正和在王府為她打人助威的青年男子對峙著，不知道的人還以為這是要拉開架勢開打呢！

「你們這是幹什麼呢？」安玉善越過姜鵬走到了尹雲娘和安玉冉面前。

「小妹，妳過來，我告訴妳，」擠在人群中的安玉若把她拉到了一旁。「這人妳認識吧，就是那個什麼姜大將軍的弟弟姜鵬，他今天突然來咱家提親，說要娶二姊。」

「什麼？」安玉善不敢置信地看了笑咪咪的姜鵬一眼。

「真的，妳看那些箱子裡的就是聘禮。」安玉若指著院中的箱子。「二姊不同意，說這就是個缺心眼的京城紈袴子弟，純粹是來找抽的！」

看著自家三姊賊兮兮的笑臉，安玉善也樂了。這個姜鵬做事還真是沒有章法，哪有這樣冒冒失失就來女方家提親的？

安玉冉也被這沒臉沒皮的男子給氣得七竅生煙，要不是尹雲娘拉著她，她手中的棍子早就招呼到姜鵬身上去了。

這事一直鬧到亥時才結束，倔驢似的姜鵬被安清賢幾人好說歹說先勸走了，安玉冉氣得一夜沒睡，尹雲娘也是唉聲嘆氣。

上次安玉璿的婚事她就覺得太倉促，想著下面這三個女兒的婚事一定要體面謹慎。原想著二女兒拳打腳踢知府千金的事情傳出去後很難嫁了，誰知這麼快就有人上門提親，還是個大戶人家的公子，可這性子太賴皮了。

結果，讓安家人頭疼無奈的事情還沒結束，第二天一大早姜鵬又來了，這次聘禮送得更多，而且死活賴在安家不走，誰勸都沒用。

安玉冉進山採藥，他也跟著，那纏人程度是甩都甩不掉。

當安玉善把這件事告訴蘇瑾兒的時候，蘇瑾兒哈哈一笑，連說有意思。

「玉善妹妹，別看這姜二公子沒有功名在身，在京城的名氣可是響得很，能入他眼的人不知道是幸還是不幸？我聽說他這個人心眼不錯，就是專做一些荒唐事。傳聞有一次他在大街上見一個賣菜的老伯日子艱難，直接就給了人家五十兩銀子，而且每次見到人家都會給，生生把那位賣菜的老伯嚇得不敢待在京城，舉家搬去了外地。說實話，我倒覺得他和妳二姊還挺配的，呵呵！」蘇瑾兒抵唇輕笑。

「瑾兒姊姊，妳就別說笑了，我安家是小門戶，怎麼能和大將軍府結親呢？主要是我二姊的性子也不適合豪門大戶的後宅，她會憋屈死的。還有，聽妳這樣說，這姜二公子很可能是個不計後果翻江倒海能折騰的紈袴子弟，而我二姊又是個性子莽撞、打虎殺狼不畏懼的暴力女，兩個人要是真湊在一起，想想都讓人頭皮發麻，我娘還不得整天擔心死？」安玉善搖搖頭說道，並不看好這門婚事。

「就是這樣才有意思，兩個都是如此鮮活有趣的人，真成一家人可就熱鬧了。玉善妹妹，妳不知道京城那些大戶人家的後宅，缺的便是妳二姊這樣活潑的人，而且姜家人口簡單，姜大將軍的夫人我也見過，是個敦厚寬和的人，要是妳二姊嫁過去，絕對吃不了虧。」蘇瑾兒越說越興奮，覺得這門婚事還真不錯。

「哈，以我二姊那性子，嫁給誰都吃不了虧吧！其實我爹娘只求自家女兒能找個知冷知熱的如意郎君，其他的都不重要，如果我二姊和這位姜二公子真是有緣人，他們也不會反對的。只不過緣分也分良緣和孽緣，就不知道現在這緣分是哪一種了？」安玉善相信蘇瑾兒所說的姜家情況，只是安玉冉的婚姻大事，她這個做妹妹的最多也只能給個建議，真正做主的是家裡的長輩和自己的爹娘。

「唉，妳說得沒錯，有些男女剛開始山盟海誓、情投意合，說不得最後成了一對相見兩厭的怨偶；而有些人一開始針鋒相對、水火不容，說不得最後舉案齊眉、生死不離。良緣與孽緣，又有誰能真正猜得到呢？」想起自己的生母與生父蘇銘遠也是青梅竹馬結下婚盟的恩愛夫妻，誰料想情深情淺有時也不過是一念之間，最後母親還不是在怨恨中死去。

安玉善聽後也點點頭。她對愛情一直充滿嚮往，但並不強求。她明白任何感情在殘酷的現實面前都可能被摧毀，無論是親情、友情還是愛情，都是需要用心經營的。

在這之後相當長的一段時間內，不管安家人如何態度堅決地拒絕姜鵬的提親，也不管安玉冉對他如何打罵嘲諷，這位姜二公子堅信「精誠所至，金石為開」，發揮鍥而不捨的精神，就是待在山下村不走。

不過他不走，有人卻要離開了。

這天，安玉善來幫程景初進行最後一次針灸。

這段時間，程景初一直在修習內力，所以無形中加快了他身體的修復能力，再加上安玉善的針灸、藥膳、藥酒和藥丸，現在他已經大好了。

「從今天過後不需要再針灸了，藥丸按時吃，藥酒也可以適量減少一些，用心調養幾年就可以完全好了。」面對他這樣的急症，一個大夫憑藉著現有條件，能做的安玉善都做了，接下來就只能靠程景初自己。

「我知道了，這段時間謝謝妳。」最近程景初與安玉善見面的機會很少，她要忙很多事，自己也有事情要處理，而且以後短時間內怕是見不上了。「我打算三日後離開這裡。」

「離開？」安玉善想起程南和柳氏似乎對她說過這件事情，不過當時她沒太放在心上。「是回渠州嗎？」

「不是，」程景初轉身從書架的暗格裡取出一個桃花花紋的木盒，遞給了安玉善。「這個給妳。」

「這是什麼？」安玉善不解地接過盒子。

「打開看看。」

安玉善看了程景初一眼，低頭打開木盒子，裡面是幾張像是文書的紙，還有一些面額不知道多少的銀票。

她打開其中一張看了看，竟然是程家在山下村這所宅院的房契，奇怪的是，房主的名字竟是她。

將木盒子放在桌上，安玉善打開看了每一張紙，裡面還有緊挨著自家農田的五十畝土地和附近幾座小山的地契，以及程家幾個下人的賣身死契和三千兩的銀票。

最令她覺得驚訝的是，這些契約上主人的名字都是她，而且筆跡和她一模一樣，可她從未簽過這些東西。

「你這是什麼意思？」安玉善揚了揚手中的幾張契約。

如果換作別人看到這些東西，說不定會覺得自己走了狗屎運，可她就算是缺錢，也不會白要別人的東西，再說這還是程景初瞞著她並模仿她的筆跡簽的。

他膽子也太大了，這些東西她可不能要，她的錢她會自己掙來。

「這些東西太貴重了，你還是自己收好吧！」她將契約重新疊好放進木盒子裡遞給他。

「東西是妳的，自然該是妳收著，妳要是對這些契約不放心，可以讓南叔再陪妳辦一次。這些不過是作為朋友送妳的一份禮物，難道它們會比我的命還重？妳的救命之恩我會另外報的。」程景初不容拒絕地將木盒推回安玉善的懷裡。

「我救你並不是要讓你回報什麼，而是因為我是個大夫，你又是我安家的恩人之孫；再說這麼長時間以來，你幫我的已經夠多了，如果你真的拿我當朋友，這些東西就收回去，我真的不能收。」安玉善也很堅決。

「妳不只是我的朋友。」程景初看著她別有深意地說道。無論相隔多遠，日後他們還會再見的。「這些東西在縣衙已經備案，主人便是妳，就算妳把木盒子留下，它們依舊屬於妳，該怎麼處置也是妳說了算。」

面對此刻略顯霸道的程景初，安玉善皺了皺眉頭，從來不知道他做事連後路也不給別人留。

兩個人僵持了一會兒，最後安玉善還是妥協了。「那好吧，東西我收下，謝謝你。」見安玉善沒有堅持「拒絕」，程景初的臉色終於緩了下來。沒有人知道前路會經歷什麼，但他希望與眼前這個小姑娘的緣分不會就此結束。

安家人聽說程景初一行人要離開山下村，可能再也不回來的時候，都有些捨不得。

為此，安清賢還特意把家人聚在一起，做了頓豐盛的飯菜替程景初他們餞行。

不知是巧合還是有意，臨別宴這天，惠王和惠王妃也大駕光臨安家的小院。

蘇瑾兒與安家的人也算熟悉了些，這次她帶了貼身婢女青鶯和青璃兩個人，見安家人正熱鬧地準備待會兒的宴席，也好奇地要湊上來幫忙。

做為世家嫡女，女工、針織、廚藝都會有所涉獵，不過蘇瑾兒常年生病，刺繡手藝不錯，廚藝卻是一竅不通。

「王妃，這可使不得，您去玉善的西屋坐著吧，這些粗活我們來做就行！」見蘇瑾兒要幫忙揀菜，尹雲娘趕緊攔住她。

就算蘇瑾兒和安玉善關係親如姊妹，她也是堂堂的王妃、當朝皇帝的兒媳婦，怎麼能讓她幹活呢？

「伯母，上次我就說過叫我瑾兒就好，您要是一直拿我當外人和客人，我會難過的。」說著蘇瑾兒露出了哀怨的神色。她很想和安玉善的家人走得更近些，因為在這個山下的農家小院裡，她感受到了濃濃的親情。

「瑾兒姊姊，沒想到妳也會撒嬌，呵呵！娘，瑾兒姊姊這麼溫柔漂亮，您就當多一個女兒好了。」安玉若笑著幫腔道。

「妳這孩子瞎胡說什麼！王妃，您千萬別和這孩子一般見識！」尹雲娘可不是順竿子往上爬的人，一時半會兒她還越不過身分這道坎。

蘇瑾兒也沒有強求。並不是每個人都像安玉善那樣不在意門第，也不是每個人都有安玉冉那樣豪爽灑脫的性格，一切還要慢慢來。

另一頭，程家的馬車已經整裝好了，就等著明日一早出發。

書房內，程景初與惠王趙琛毅相對而坐，兩人臉上都有著前所未有的凝重。

「你的身體還沒有大好，何必急著這時候離開？京城那邊有我的人暗中照應，你可以放心的。」趙琛毅緩緩站了起來。

因為安玉善續命過了神氣，很多事情都在悄悄變化，雖讓他有些始料未及，但都朝著好的方向前進，這是他最感激的。

「我的身體只要好好調養便不會有什麼大礙，等了這麼久，我已經等不及了，那些人逍遙法外、愚弄世人這麼多年，該是算帳的時候。」程景初語氣陰冷如冰。

為人子女者，明知生母飽受煎熬，他怎麼可能一直安心在此地待下去，努力活著不就是為了有這麼一天嗎？

「你可知道，在別人眼中你已經死了，此次就算你回去，也未必能如願歸家；再說那些人根基深厚，即便憑著你我二人現在的實力，想要鬥垮他們也非一朝一夕便成的，甚至可能會功虧一簣。景初，為今之計，我們只能先忍，謀定而後動，才能等到形勢對咱們有利的那天。」

「我明白。」

第三十四章　醫館開業

明月清輝，風送香來，轉眼程景初離開山下村已經有十天了，而峰州百姓不但迎來了團圓的中秋佳節，也迎來了便民醫館的開業。

為了早日讓醫館開業，趙琛毅除了四處讓人找大夫之外，就是買下幾座相連的宅院進行修葺，同時還在峰州府城買下幾千畝相連的土地，根據安玉善提供的圖紙建造出更加完善的醫館。

早些時日，便民醫館要開業的消息就已經傳遍三州，趙琛毅還特意讓人把藥價和診金做成小木牌掛在醫館大門處的標示牌上，讓百姓們能一目了然。

「這告示上說的是真是假？看個病真的有那麼便宜？」百姓們都不敢相信告示上所寫。太平年月時看病都難，更別說因亡國而醫家凋零的亂世了。

「是不是真的，待會兒咱們去醫館看看就知道，聽說今天小神醫整天都在呢！」安玉善的神醫之名如今已是人盡皆知，今天有大半的病人都是衝著她去的。

「是嗎？走，咱們去瞧瞧！」就算心裡千萬個不相信，但依然擋不住大家想要一探究竟的好奇心。

就在峰州府城內較為整潔也是最寬敞的一條街中央，有一座沒有大門的宅院，四周的院牆還被拆掉了大半，可讓馬車更方便進出，這裡就是便民醫館的入口。

此刻醫館裡已經站滿了人，有的是為惠王來捧場的，有的是真的要來看病的，有的則是想一睹小神醫的風采，好在有官兵維持秩序，倒也不會太混亂。

「大家排好隊取號，去女醫館看病的去左邊拿號，給孩子看病的在中間拿號，其他病人往右邊來。」醫館大堂處有幾個身穿同款白色衣衫的學徒大聲說道。

「勞駕問一下，小神醫今天在哪裡坐診？」有衝著神醫之名來的病人著急地問道。

「小神醫今日坐診兒童館，明日是女醫館，後天是綜合館。」學徒解釋道。

便民醫館主要分為三部分：女醫館、兒童館和綜合館，待真正的便民醫館蓋好後，惠王便會再詳細劃分。

「太好了，我兒子正病得嚴重，麻煩給我一個兒童館的號！」問話的漢子激動地說道。

負責登記的學徒問了病人的姓名，然後遞給他一個寫著號碼的小木牌，上面有便民醫館的標誌。

此刻兒童館內也是人滿為患，而且大半都是孩子，簡直比外面還熱鬧。

除了安玉善之外，現在每個分館都有三個醫術不錯的大夫，趙琛毅事先都調查過這些大夫的醫德，相信他們在百姓與富人之間能做到一視同仁。

今天是四位大夫坐診兒童館，有個學徒負責叫號，不然沒人知道自己要看的大夫是哪一個。

「二十號進東廂房左邊！」等到進入東廂房的病人拿著藥方喜孜孜地出來時，學徒緊接著喊道。

「我……我是二十號！」牛大抱著臉色難受的兒子，和妻子慌張地站了起來。這院子裡到處都有凳子，剛才他們就是和其他人一起在外面等著。

進入東廂房之後，左右兩邊各有一個竹簾擋著，牛大的妻子掀開了左邊的簾子，讓抱著兒子的丈夫進來。

「您、您是小神醫！」牛大不敢相信自己的好運氣。

「先把孩子放在床榻上。」安玉善給牛大的兒子把把脈。「這兩天孩子都吃了什麼？」

「也沒什麼，昨天早上還好好的，中午柱子出去玩，回來說肚子不舒服，到了晚上就嚷著肚子疼，說是中午吃了野果子。我以為孩子忍忍就沒事了，誰知今天早上昏過去一次，把我們都嚇壞了。」牛大妻子回想一下後說道。

安玉善拿銀針在牛大兒子的手指頭上輕輕扎了一下，銀針很快就微微變色。「那野果子應該有毒，要是昨天及時催吐就好了，不過好在毒性不大，我給他扎兩針，你們再去拿點解毒的藥草，回家多休息兩天就沒事了。」

一聽說兒子中了毒，牛大夫妻倆嚇了一跳，但好在沒事。

「小神醫，這診金是多少？」外面標示牌上並沒有寫明給小神醫看診的診金。

「五文錢。」安玉善笑著說道。

「啊？」牛大夫妻倆愣住了，這小神醫的診金也太便宜了！

牛大不敢相信地付了診金，抱著兒子又去醫館大堂旁邊的藥鋪裡抓藥。

這便民醫館的藥鋪也分為兩部分，左邊是各式藥材，右邊是各種瓶裝和盒裝的藥丸，而藥丸的價格會更貴一些。

像牛大這種窮苦老百姓通常都會選左邊，雖然藥丸的藥效更快，可能省一些便省一些。

他將安玉善開的藥方遞給了左邊抓藥的夥計，夥計便索利地把藥材給他包好。

「您的藥好了，一天一包，三碗水煎成一碗喝，請拿好。」夥計笑容親切地把三包藥材遞給牛大。「一共是三文錢。」

「多、多少？」不只牛大愣住了，周圍等著抓藥的人也傻住了。

三文錢？也太便宜了！

「您沒聽錯，按照咱們醫館的定價，您這藥方的藥就是三文錢，麻煩您拿好，還有人在後面排隊等著呢！」夥計禮貌地說道。

「這便民醫館真是實惠，惠王是真的為咱們老百姓著想啊！」每一個看完病、拿完藥的人都萬分感嘆地說道。

雖然沒人願意常常來醫館，但能有一家大夫醫術高、診金低、藥價低的醫館，可不就是他們的福氣嘛！

開業僅僅一天，便民醫館就得到了百姓們的交口稱讚，也讓醫館坐診的大夫忙得喘不過氣。

而便民醫館也以它獨特的風格以及惠民、利民的仁義之舉在大晉朝傳揚開來，惠王在廣大百姓們心中的好感度也直線上升。

「不錯，這小子總算是有點長進了！」元武帝收到峰州傳來的密報，坐在龍案後露出了欣慰的笑容。

菊花黃，黃種強；菊花香，黃種康；九月九，飲菊酒，人共菊花醉重陽。

這是安玉善以前曾聽過流傳在民間的一首歌謠。

在天懷大陸，人們也是要過重陽節的，而且因佛家講究「九九歸一」，信佛之人都特別看重，有些地方的百姓也會把重陽佳節當作一個很隆重的節日。

雖然這裡的重陽節不講求登高望遠和插茱萸，但卻有賞菊、飲菊花酒的習俗。

不過對於峰州及其附近的窮苦百姓們來說，因為安、孟兩家合開的藥酒坊，山裡開的野甘菊倒成為了他們養家餬口的「寶貝」。

一入秋，許多人拿著背簍和竹筐進了山，有的還是一家老小齊上陣，他們不打獵、不砍柴，為的就是把開遍山間的野甘菊採來，然後賣給在峰州新開的安氏藥酒坊。

質量好的甘菊一斤能賣十文錢，相當於一斤糠米、黑麵的價格，加上這年月出外給人上工，一個青壯年的勞力拿的月錢也只有五、六百文，相比之下，百姓們更願意進山採甘菊，這可是無本又大賺的買賣。

當然，藥酒坊也不吃虧，雖收百姓的甘菊價格高些，但菊花藥酒賣到帝京和京城的價格更高昂。現在有些富貴人家已經少不了這種延年益壽又滋味足的藥酒，銀子對他們來說從來都不是問題。

當然，在峰州熱鬧的除了收甘菊的藥酒坊、百姓們津津樂道的便民醫館，另外還有一個地方也是客似雲來，那就是峰州府城新開的「山魚繡坊」。

曾經，山魚繡坊的名氣在峰州繡品圈裡是最響亮的，雖中間多了幾番令人唏噓感嘆的波折，可如今山魚繡坊重新開張，名氣更勝從前。

再加上一個月後便是山魚繡坊大小姐許雲與玉麟繡閣大少爺木屹然的婚事，為此繡娘們特意趕製了一批婚慶繡品，聽說極為出彩華美。

「許夫人，外面的傳聞可是真的？」如今的安玉璿已經是隨了夫姓的許夫人，上次在惠王府她也乘機結交了不少峰州府城的貴婦千金們，眼前問話的便是峰州胡通判的夫人。

「胡夫人，什麼傳聞？」安玉璿一時沒明白過來。

「怎麼，妳還不知道？」胡夫人笑道：「外頭都說山魚繡坊大小姐的嫁妝與眾不同，精美萬分，別說峰州，就是附近幾州也是獨一份。許夫人，妳可別瞞我，我女兒明年春上就出嫁了，如果妳有好的繡品，可要拿出來呀！」

「原來是這事。繡品是有的，至於好不好還是客人說了算。別的繡樣您現在就可以看，只是這嫁妝的繡樣還要再過一段時間，胡夫人，真是對不住了。」安玉璿笑著讓人把店裡最新的繡樣都拿給胡夫人看。

因為這個傳聞，找上安玉璿打探消息的不止一人，卻都被她委婉地擋了回去。

而到了給許雲添妝這天，惠王妃親自讓貼身婢女送了一套價值連城的金玉頭面給許雲，這消息可是在峰州炸開了鍋，原本抱著觀望心態的人也都讓自己的夫人、女兒或兒媳婦拿著添妝禮進了許家的門。

來者是客，不管熟不熟悉、認不認識，許誠和安玉璿都熱情接待。

那些女眷們走進許雲庮房後，眼睛都亮了。在來之前還想著許家落魄了，嫁妝一定很寒酸，沒想到一屋子華麗漂亮的衣服和錦被都要晃花她們的眼。

「這一套龍鳳呈祥的大紅金線錦被一定要費不少功夫吧，得花多少銀子呀？」有女客看在眼裡都快拔不出來了。

許雲笑著解釋那錦被上所用的根本不是高價的金線，而是木家用普通的棉線加上特殊的技藝染織而成，過一段時間便會在繡坊販售。

至於這錦被上的繡樣則是她用飛魚繡技親自繡好的，而且她成婚之後，山魚繡坊也會販賣同樣的被套，買回家後只要套在被子上即可。

不少來添妝的女客見幾個嫁妝箱子已經用紅布封起來了。峰州嫁女習俗中，添妝時是不准看新娘子封起來的嫁妝箱子，且箱子封得越早，表示裡面的嫁妝越貴重，也代表娘家人對新娘子的看重。

許多人好奇到不行，都想知道這箱子裡面的嫁妝到底是什麼？

轉眼好日子便到了，雖然初冬的天有些微涼，但大喜之日裡總是熱火朝天。

喇叭吹，鑼鼓響，高頭大馬俊新郎；紅嫁衣，細羅帳，嬌嬌羞羞美新娘，親朋好友鬧一場。

後來安玉善聽人說，木家的喜宴十分熱鬧，而根據敬州婚俗，新娘會將嫁妝公開，那些根據安玉善畫的圖樣繡成的衣被之物瞬間成了全場焦點，更成為後來許多人家娶媳嫁女的首選繡樣。

第二天許雲敬茶的時候，又將安玉善給她添妝的養生丸送給了木家老夫人，成功地獲得了長輩的喜愛。

一時間，不但木、許兩家的新奇繡品成為人們爭相搶購的東西，就是那養生丸也成為許多人家求而不得的良藥。

「爺爺，我想進醫館當學徒！」這天安齊全找到安清賢說道。

「怎麼突然想去醫館做學徒？」在安清賢看來，便民醫館的大夫肯定醫術也不錯，但怎麼也比不上跟著仙醫學習的安玉善。

「我想多接觸一些病人。玉善妹妹說過，只有透過診治病人，累積經驗，才能不斷精進自己的醫術。我學了這麼久，一些小病小痛也是會治的，整天窩在大山裡，什麼時候醫術才會提高呢？」隨著自己學得越多，安齊全內心關於醫術的想法就不斷發生變化，他覺得不能為了學習醫術而一直困在這小小的天地裡。

再說現在山下村村民有個小病自己都能治了，附近的百姓也漸漸習慣去便民醫館看病，他們幾個只能拿山裡的小動物練手，很難掂量自己的醫術究竟有幾斤幾兩？

「你把這想法告訴玉善了嗎？」安清賢又問道。

安齊全點點頭，說道：「已經說了，她同意了，還說齊傑他們也可以去醫館做學徒，反正她現在大部分時間都待在醫館給別人看病。」

安清賢左思右想之後，最終也同意了安齊全的請求。

不過進便民醫館首先要參加館內考試，還需要醫館館長考驗其品德，再經由惠王同意，最後才能進去。

安家幾個學醫的男兒並沒有因為安玉善或是與惠王府的關係而走後門，他們全都經過了考試和館長認同，才進入便民醫館做學徒。

就在安齊全、安齊傑幾人正式進入便民醫館這天，惠王府接到了京城快馬而來的一道嘉獎聖旨。

聖旨抵達之時，安玉善正在女醫館裡給人看診，蘇瑾兒趕緊派青璃來接她進王府。

「青璃，瑾兒姊姊這麼著急讓我進王府有什麼事情嗎？」如果不是十分要緊的事，蘇瑾兒是不可能這時候叫她過去的。

「玉善姑娘，剛才王爺和王妃接到了聖旨，上面特意提到讓您即刻進京給小皇孫治病。」在來之前，蘇瑾兒就交代青璃要將此事透露給安玉善知道。

「小皇孫病了不是有太醫院的太醫嗎？再說這千里迢迢、跋山涉水的，就算我到了京城，也會耽誤給小皇孫的救治呀！」安玉善覺得元武帝此舉有些捨近求遠，實非明智之舉。

「姑娘您不知道，這位小皇孫乃是當朝皇后所出第三子英王的幼子，深受皇后喜愛，不過這小皇孫自小便有心痛的毛病，太醫院的太醫也治不好。」青璃解釋道。

雖然那小皇孫的病是舊疾，但牽扯到皇家人，再小的事情也是大事，何況還是皇孫。

到了王府之後，青璃直接帶著安玉善去找蘇瑾兒，兩個人見面之後，蘇瑾兒把她拉入內室，不許旁人打擾。

「玉善妹妹，事態緊急，妳仔細聽好我交代的話。這次皇上下旨宣妳進京治病，恐怕沒有那麼單純，妳一定要萬事小心。記住，到了京城誰都不要輕信，進了宮更是誰都不要信，尤其是皇后，千千萬萬不要被她的外表蒙蔽了！」

如果不是聖旨說由惠王派兵，即刻護送安玉善到京城，蘇瑾兒也不會沒頭沒尾地就對她說這些可能將自己和惠王置於危險之地的事情。

而這有些大逆不道的話，也足以代表她對安玉善的信任和坦誠，即便是跟在她身邊多年的青鶯、青璃她也沒說過。

在路上青璃說了聖旨的事情，安玉善心裡就覺得有些不對勁，此刻聽蘇瑾兒這樣交代，她覺得事情似乎更嚴重，有一種前途未卜的擔憂。

本來傳旨太監是讓安玉善今日就進京，但惠王將時間拖延到明日早上，也就是說安玉善只剩下一夜的時間來打理進京的事情。

此事來得太突然，讓所有人都始料未及，待安玉善從王府回到山下村的時候，整個村子都沸騰了。

第三十五章　半路被劫

「這時間太緊急了，什麼都來不及準備呀！」尹雲娘急得團團轉。

她自然不放心小女兒進京，可皇上都下旨宣召了，就連惠王都沒能力阻止，更別說她一個農家婦人。

「皇上擔心小皇孫的病，難道就不擔心惠王妃的病嗎？明知道小妹正在為王妃治病，還這時候宣她去京城，傻子都覺得有問題。小妹，我跟妳一起去！」不得不說，這時候安玉冉腦子轉得飛快，話也說得直接。

「我的小祖宗，妳就別跟著瞎攪和了，在王府惹了禍還不夠，妳還打算去京城惹禍嗎？妳有幾個腦袋？」尹雲娘生氣地拿手指了指安玉冉。

不過安玉冉的話還是引起在場安清賢、安子洵的沈思，覺得她說的也有幾分道理。

安玉善沒有感性地跟家人說些道別的話，而是拿起文房四寶去了隔壁已經在她名下的程家宅子，將自己關在以前程景初的書房內，不許任何人打擾，連晚飯都沒有吃。

說到底，她也只是個魂穿異世的普通人，醫術再高也擋不住千軍萬馬，在這個皇權至上的古代，她想護住自己和家人並沒有那麼容易。

「木槿，去把我三姊叫進來。」一直到晚上子時，書房裡才傳來安玉善略顯疲憊的聲音。

了。

安家人今夜自然無心睡眠，尹雲娘忙著給安玉善準備衣物，安玉璿和許誠也從府城回來

很快的，安玉若就進了書房，她看到書案上亮著燭火，安玉善剛寫的墨跡還沒有乾。

「小妹，妳怎麼一直待在這裡不回家？娘她都快急哭了！」想到明天早上安玉善就要去那麼遙遠的京城，安玉若就很捨不得，更別說一直把安玉善看得極重的尹雲娘了。

「三姊，我待會兒再去勸娘，妳先坐下，我有事要拜託妳。」安玉善語氣異常鄭重。

「小妹妳說，什麼事？」安玉若也跟著慎重起來。

「三姊，咱們家就數妳最機靈，這個時候我最放心把事情託付給妳。」

安玉善這番信任的話語讓安玉若挺了挺胸脯，使勁點點頭。

無論接下來安玉善要說什麼事情，她不要命也要完成。

「這兩本是我今天下午剛默寫出來的醫書，這本是有關針灸的，這本是有關外科手術的，還有這一本裡是五十張藥酒和五十張藥丸的秘方。妳記住，我走之後一定要把它們藏好，先不要告訴任何人，萬一……我是說萬一，萬一我這次去出了事……」

「妳會出什麼事？既然京城有危險，那妳就別去了！」

「三姊，我是說『萬一』，或許是我杞人憂天了，根本不會有什麼事情，我很快就會從京城回來的。總之，妳記得照我說的去做，還有妳應該很清楚，有了這些秘方，無論是孟家還是那位遠房堂伯都會護著安家，一旦需要動用這些秘方，絕對不要對外說是我事先給妳的，要說是妳自己想出來的，這樣才能護住妳自己，明白嗎？」

安玉若是聰明的，安玉善的意思她已經完全明白。

待安玉若從書房出去之後，安玉善想了一下，又寫了一封厚厚的信。

當她起身回到自家的時候，初冬的山風吹得她打了一個寒顫。京城之行無法躲避，但她要為自家人都想好後路。

只是好的不靈壞的靈，安玉善怎麼都沒有想到，她那個「萬一」竟然還沒出峰州地界便出現了。

這件事情到底該從哪一刻開始說起呢——

她還記得自己離開山下村的那個清晨，峰州變得有些陰冷，天微亮便飄起一顆顆白色的雪粒子，打在人的臉上涼涼的。

派來護衛她的惠王府兵馬整齊地排列成兩隊，氣勢威嚴，侍衛腰間的佩刀雖未出鞘，依舊讓人感覺到蝕骨的寒意。

娘親、伯娘、嬸娘、姊姊們還有紫草那些丫鬟全都落淚了，而她臉上始終掛著笑。

都說女人是水做的，明明不是生離死別，寵愛她的家人們卻還是難捨難分。

相比家裡的女人們，安家的男人們就表現得很正常，或許是因為此行由安子洵和他送給自己的下人陪同前往，讓人放心不少。

小堂叔和堂哥們還跟她開玩笑，讓她回來的時候帶些京城的好玩意兒。

最終，她還是坐上了馬車。

她放下了車簾，耳邊傳來自家娘親壓抑不捨的聲音，讓她離家的愁緒又添了一層。

隊伍行駛到府城外的官道上，惠王夫婦也特地來送行，因為天冷，安玉善拒絕他們要遠送一段路程的好意，讓蘇瑾兒早點回去。

馬車足足走了三天才走到峰州通往京城的邊界——一個略有些荒涼的偏僻小鎮外，坐在馬車上的安玉善掀開車簾，遠遠地看到了峰州的界碑。

「姑娘，過了界碑咱們就真正離開峰州了！」木槿正開心地說這話時，馬車猛地一停，趕車的安正神色緊繃起來。

「保護好姑娘，別讓她出馬車！」馬車是本家的機關師傅做出來的，選用了最堅固的木材，而且車上還有機關能禦敵。

也就轉瞬間的事情，喊殺聲便震天地四面響起，先是迎面衝進來一夥長相凶惡的山匪，接著又出來兩撥蒙面黑衣人，巧得就像是事先排練好一樣。

「你們是什麼人?!」惠王府的侍衛將安玉善的馬車護在中間，領頭的侍衛總兵大喝道。

「哈哈哈！爺是要你們命的人，今天運氣真不錯，還有人幫助爺，看來你們得罪的人不少！」山匪頭子狂妄地大笑道，手裡明晃晃的大刀散發著血腥味。

「安正，帶著玉善衝出去！」安子洵只是輕蔑地看了那些山匪和黑衣人一眼。真正令他緊張的不是這些人，而是這四周還暗藏著難纏的武功高手。

不管今日這些人出現的目的是什麼，安玉善都不可以發生任何意外，哪怕是要自己付出性命！

「想走可沒那麼簡單，兄弟們，給我殺！」土匪頭子一聲令下，幾十個膀大腰圓的悍匪提著刀劍就朝安玉善一行人衝了過來。

安玉善經歷過手槍抵在腦門和子彈劃過面頰的凶險，所以面對這樣突發的危機，她並沒有十分慌亂，而是摸了摸她身上那些防身的毒藥，同時將銀針巧妙地藏在袖子裡。

經過一陣慘烈的廝殺，兩邊都有傷亡，而此時蟄伏許久的高手從天而降，他們各個出手狠辣，全是衝著馬車裡的安玉善而來。

殺戮的氣息越來越緊張，安玉善這一方的壓力也越來越大，正在眾人打得不可開交時，一道比閃電還要快的影子輕巧而又穩當地落在安玉善的馬車上方。

緊接著，一股強大的氣流不但把馬車頂震碎了，還把馬車裡身懷武功的丫鬟傷得連吐兩口血，而沒有內力的安玉善昏了過去，無論是毒藥還是銀針，根本就沒給她出手的機會……

等到她清醒過來，她發現自己躺在一間陌生的竹屋裡，床邊站著一個和她年紀差不多、水靈靈的小姑娘。

「妳……妳是誰？」安玉善的嗓子有些沙啞，全身沒力氣，只覺得餓得很，像是好幾天沒吃飯一樣。

「妳醒了？太好了，我剛煮好野菜粥，很香呢！」梳著雙丫髻的小姑娘答非所問，興高采烈地端來一碗冒著熱氣的粥。

看到食物，安玉善更餓了，可她連坐起來的力氣都沒有。

「我餵妳！」

小姑娘很會照顧人，她把安玉善扶起來，一口一口餵她喝粥，怕她燙著，還小心翼翼地吹涼勺中的粥再給她喝。

安玉善一連喝了三碗粥，誰教她實在太餓了。

「我叫安玉善，妳叫什麼名字？這裡是哪兒？」安玉善發現自己身上並沒有蓋任何東西，但她還是覺得有些熱。

她語氣柔和地問眼前的小姑娘話，也乘機給自己把了一下脈。一切正常，只是有些虛弱。

「我叫簡兒，這裡是坤月谷，是瘋爺爺把妳帶回來的，他說妳是小神醫，能治好甯婆婆的病。」性格單純的簡兒看著安玉善，又是懷疑又是希冀。「妳真的能治好甯婆婆嗎？」

坤月谷？安玉善從未聽人提起過，而這什麼瘋爺爺請大夫的「方式」真有些不敢恭維。

也不知道安子洵、安正和木槿他們都怎麼樣了？家裡人知道自己還沒出峰州就被人半路劫走，一定很擔心，她娘肯定會哭得肝腸寸斷。

安玉善思緒有些混亂，在簡兒的攙扶下走出竹屋外，入目的綠意蔥蘢給她一種撲面而來的異世之感，明明該是寒冷的冬季，這裡卻是溫暖如春。

她抬頭打量，前方是一汪碧綠色的小湖泊，倒映著對面高山的雄偉山影和岸邊五彩繽紛的野花，蝴蝶在花叢和湖泊之間翩翩起舞，留下美麗的身影。

她身後是一幢凹形建築的二層小竹樓，剛才她就是待在一層左側的房間裡。

竹樓小院裡種著新鮮的蔬菜和小麥，養著幾隻兔子和野雞，兩棵青柳樹中間拴著一條麻繩，上面曬著衣服和動物毛皮拼接而成的小毯子。
陽光暖暖地照耀著這片寧靜祥和的地方，頗有世外桃源的感覺，但安玉善無心多欣賞，她必須想辦法趕緊離開這裡。
「簡兒，其他人呢？」安玉善往前走了幾步問道。
「甯婆婆在屋裡躺著，瘋爺爺……又不知道跑到哪裡去了？」簡兒指了指竹樓中間的房子說道。
「那妳先扶我過去。」眼前這個叫簡兒的姑娘看起來不諳世事，單純得很，有些話待會兒問也可以。
簡兒點點頭，扶著安玉善走進中間的房子。
裡面的光線略有些昏暗，安玉善看到一個白髮蒼蒼、瘦骨嶙峋的老婦人躺在竹床上，如果不是她胸口微微的起伏，她還以為躺在那裡的是個死人。
她走近給床上的老人診脈，她的脈象和她的面容一樣暮氣沈沈，沒有生氣。
「甯婆婆會死嗎？」簡兒有些緊張地睜著那雙小鹿般清亮的眼睛問道。
安玉善一時不知道該怎麼回答？是人就都會死，尤其是人至暮年還得了那麼多的老年病，能撐到現在也是奇蹟，即便調養得好，最多也只能再活個二、三年。
「暫時不會，」有她這個真才實學的醫生在，閻王爺一時半刻也要不了床上之人的性命。「不過我現在身體虛弱，不適合給這位婆婆針灸，等到我身上有些力氣再施針。現在妳先把這瓶子裡的藥丸餵她吃一顆，以後每天都要吃。」安玉善從懷裡掏出一個小瓷瓶遞給簡兒。

「妳真好！」簡兒笑靨如花，趕緊接過小瓷瓶倒了一顆藥丸餵甯婆婆吃下，心裡對安玉善更是感激。

瘋爺爺把她從外面帶進谷裡，她不但不生氣，還給甯婆婆治病，真是個大好人。

而此時的安玉善哪裡知道她接下來要面對的是什麼，如果知道，她早就開始罵人了。

安玉善又回到竹屋休息。晚飯時，簡兒給她燉了一隻小野雞，味道雖有些淡，不過餓極的安玉善還是吃了不少，而她也一直沒見到簡兒口中的瘋爺爺。

事實上，不只這一天沒看到，往後的很多天她都沒有見到。

第二天一大早，安玉善終於恢復了些力氣，她問簡兒出谷的路在哪兒？不管怎樣，她要先送消息到谷外，讓人知道她還活著。

沒想到簡兒支支吾吾不知道怎麼說的樣子，還一臉歉意地看向她。

「簡兒，怎麼了？妳是不是不知道出谷的方向？」安玉善有一種極不好的預感。

簡兒看了她一眼，抿著唇，點點頭。

安玉善無奈一嘆，滿懷希望地問道：「那甯婆婆知道嗎？」

簡兒又搖搖頭。甯婆婆待在坤月谷的時間比她還長，已經有近四十年沒有出去過了。

「那瘋爺爺呢？」強烈的挫敗感讓安玉善又嘆了一口氣。

這次簡兒倒是點頭了，可很快又搖了搖頭。

安玉善以為她是擔心自己不給甯婆婆治病，馬上解釋道：「妳放心，我一定好好給甯婆婆婆治病，只是我突然來到這裡，我家人會很擔心的，我必須要讓他們知道我此刻安然無事，否則我在這裡也不會安心。」

「對不起，我……我不是不想幫妳，只是甯婆婆說過，坤月谷被瘋爺爺用陣法鎖住了所有出口，只有他知道怎樣到谷外，可是瘋爺爺瘋了好多年了，第一次清醒的時候，他把我帶進來陪甯婆婆，這一次清醒的時候，他把妳帶了進來……」說完，簡兒趕緊低下頭，她怕看到安玉善生氣的面容。

雖然她和安玉善相處的時間很短，但谷裡除了甯婆婆和瘋爺爺外再也沒有其他人，現在來了一個跟她同齡的姑娘，讓她好奇、興奮和激動之外，還產生了憐憫、愧疚和同病相憐的複雜感情。

沒有簡兒想像中的憤怒，安玉善只是腦袋空白了一下，臉上的表情還算淡定。陣法？她覺得簡兒說得太玄了，她是個大夫，相信凡事皆有科學根據，不過自己都能借屍還魂，似乎一切又在可接受的範圍內。

「那妳說的瘋爺爺在哪兒？他現在應該是清醒的吧？」安玉善又問道。

「我也不知道他去哪裡了，自從把妳帶進谷裡之後，他看到甯婆婆身體不好又瘋了，這次不知道什麼時候還能清醒？」聽得出簡兒也有些失望。

「那他上次是什麼時候清醒的？」

「十年前……」

安玉善真想兩眼一翻昏過去。這時間也太長了吧！

不過倍受打擊之後，她很快振作起精神。要走出這裡還是只能靠自己。

接下來的兩、三天，她一面調養身體，一面給甯婆婆施針治病，好在這谷裡也有藥草，竹樓裡也有晾曬的地方。

到了第五天，安玉善料想甯婆婆會醒，就先準備了一些乾糧，讓簡兒留下來照顧甯婆婆，她則去找出路。

雄赳赳氣昂昂地走了有十里山路，安玉善才悲哀地發現，她竟然在原地打轉。她不信邪地繼續走，還綁上了布條當標記，結果走來走去累得氣喘吁吁，她站在高處還是看得到竹樓。

這到底是個什麼鬼地方！

到了晚上，繁星滿天，安玉善雙腿都快斷了，出去的路還沒找到，只剩下沮喪感。

「玉善妹妹妳在哪裡？」很快的，簡兒的聲音離自己越來越近，當她看到累得躺在地上的安玉善時，搖搖頭道：「妳別白費力氣了，甯婆婆走了四十年都沒走得出去……」

第三十六章　終於出來

面對簡兒的「打擊」，安玉善只剩下苦笑。她可不想在這裡變成白髮蒼蒼的老太婆。老天爺重新賜給她一次生命，也不是讓她浪費在這裡的，無論如何她都要儘快走出去。

安玉善重整旗鼓，第二天、第三天、第四天……直到一個月後，面對永遠無法穿過去的樹林，她不得不選擇放棄。

十次失敗之後的堅持可能會帶來希望，百次、千次的嘗試卻換來原地打轉，只能證明她的方法是不對的。

簡兒口中的瘋爺爺還沒有出現，甯婆婆也已經恢復了意識，她們都在勸安玉善放棄，或許距離下次瘋爺爺清醒的時間會變短，耐心等待總有機會能出去的。

機會從來不是平白無故便有的，在安玉善看來，簡兒和甯婆婆都想出去看看外面的世界，但這次機會她們都沒有抓住，還讓瘋爺爺把自己抓進了谷裡。

所以，她要自己創造機會出去，首先她要找到好多天不見蹤影的瘋爺爺，無論他是真瘋還是假瘋，她都要問出有關陣法的消息。

其次，她要讀完竹樓二層那三間房屋裡有關奇門遁甲的所有書籍，這樣即便從瘋爺爺嘴裡什麼都問不出，說不定她也能找到破解之法。

比起急躁中又有著章法的安玉善，已經習慣了坤月谷的甯婆婆和簡兒對出谷都沒抱著希望，因為就算瘋爺爺清醒了，他也不會讓她們離開的。

坤月谷四季如春，景色幾乎沒什麼變化，待在這裡就像時間停滯了一般，好在寬廣的天幕會黑白交替，日月星辰也不會缺席。

有了書籍相伴，安玉善覺得在谷裡的日子好過了一些，她開始試圖讓自己平靜下來。

第二個月的月末，她終於看到了瘋瘋癲癲的瘋爺爺。

看著那個在小湖上歡快地像個孩子一樣飛來飛去的身影，安玉善最初的憤怒與不甘突然又升騰起來，但很快又趨於平靜。

這段時間她時常在想，如果當初瘋爺爺沒有把她抓走，那麼她的命運會如何呢？是當場殞命還是安全抵達京城？如果到了京城又會發生什麼事情呢？

想到瘋爺爺有可能歪打正著救了她的命，對於他的怨恨便減少許多，可被困在這裡也非她所願。

終於，瘋爺爺安靜下來，警惕地看向安玉善，似乎認為她是個外來侵入者。

簡兒緊緊地牽著她的手，用溫柔的語氣像哄小孩一樣告訴瘋爺爺，安玉善是她的妹妹，不會傷害他。

瘋爺爺似是聽懂了簡兒的話，臉色溫和了些，但他眸中依舊狂亂，看起來就不像個正常人。

安玉善朝簡兒使了個眼色。這兩個月從簡兒和甯婆婆嘴裡，她已經知道許多有關瘋爺爺的事情，也知道現在只有簡兒和甯婆婆能讓他放鬆戒心。

「瘋爺爺，我妹妹今天要做非常好吃的烤雞，你想不想吃？」簡兒誘哄著道。

瘋爺爺先是歪著頭想了一下，然後嘴巴一咧，笑著點點頭。

論武力，再來三個安玉善也不是瘋爺爺的對手，所以她決定智取。

她烤了一隻香味濃郁的小野雞，不著痕跡地在上面撒了讓人昏睡的藥物，那是她用附近發現的藥草炮製而成的。

「瘋爺爺，烤雞好了，你快吃吧！」安玉善沒敢輕舉妄動，讓簡兒遞給一直離她們遠遠站著的瘋爺爺。

或許是真餓了，也可能是嘴饞，總之，瘋爺爺拿起整隻雞，胡亂而瘋狂地啃了起來。

藥效發作之後，瘋爺爺搖搖晃晃地站不穩，最後終於倒了下去。

「玉善，瘋爺爺不會有事吧？」簡兒嚇了一跳，她沒想到安玉善炮製出來的藥這麼厲害。

「沒事，睡到明天就會醒了。」不過據甯婆婆說，瘋爺爺輕功很高，內力極強，為了以防萬一，安玉善還是給他補了一針，然後才把手放在他的手腕上診脈。

簡兒一直專注地看著安玉善的臉色，發現她診完脈後皺了皺眉頭。

「怎麼樣？」簡兒問道。

「不大好，脈象錯亂，時強時弱，內部肝臟因鬱結而受創嚴重，但因為有內力護著，倒也不至於出什麼大問題；只是他精神狀況不好，即便配合藥物和針灸的治療，也需要很長一段時間。」安玉善緩緩站了起來，又看了一眼地上的瘋爺爺。

也不知是他運氣好，還是老天爺的奇蹟，沒有大夫給他診治，兩個月前他竟然能清醒過來。

聽簡兒說，瘋爺爺是看到甯婆婆突然倒下便開始癲狂，之後就不見了蹤影，半個月後才帶著昏迷不醒的安玉善回來，接著又瘋了。

「玉善妹妹，那咱們接下來要怎麼辦？」現在有個能商量的人，簡兒不覺得孤單了。

「先給兩位老人家治病吧！不過也不能一直讓瘋爺爺昏睡著，妳有辦法讓他聽話乖乖讓我治病嗎？」兩個小姑娘和一個病弱的老婆婆想制伏武功高強的瘋老頭可不是那麼容易的，更何況眼前的瘋爺爺動不動就幾個月不見人影。

「我沒有，不過甯婆婆有，只要甯婆婆對瘋爺爺笑，瘋爺爺就會很聽話！」簡兒點著頭趕緊說道。

「可是……」安玉善沒有把話說完。

這兩個月來，她從單純的簡兒嘴裡套出了很多甯婆婆和瘋爺爺之間的事情，尤其是兩個人之間的恩恩怨怨，還有這坤月谷的由來。

在曾經無數孤寂的日子裡，甯婆婆常常對簡兒說，眼前的這片土地叫坤月谷，不知是幾千年還是幾百年前，有一位酷愛奇門遁甲之術的老人找到了這裡，並從山外帶來一個無父無母的孤兒，教他一身所學。

等到老人死後，他的徒弟會再找一個孤兒當徒弟，依舊日日年年住在坤月谷，直到他也死了，徒弟再去找徒弟，如此循環往復。

瘋爺爺也是個孤兒，年少時的他聰穎俊雅、文武兼修，是個很讓女子心動的少年郎君。他十六歲貪玩出谷，遇到了跟著家人回鄉探親的大家閨秀甯婆婆，當時甯婆婆恰好有難，他英雄救美博得了佳人歡心，那時兩人也過了一段郎情妾意的美好日子。

當瘋爺爺回坤月谷告訴師父要娶山下女子為妻時，師父勃然大怒，訓斥他忘了本門規矩，坤月谷的人是不准成親生子的，一生所學只許找個根骨品行不錯的孤兒傳承下去。

但瘋爺爺早已情根深種，他心有不甘，要自廢武功，永遠不回坤月谷，氣得師父重新換了陣法，想將他困在谷裡。

沒想到瘋爺爺對於破解陣法很有天賦，不到三天就又出去了。

可他再見到甯婆婆的時候，竟是在甯婆婆出嫁的當天。深覺被心愛之人背叛的瘋爺爺不但搶了新娘，還對要來阻止自己的甯婆婆父親打了一掌，結果他憤怒之下手勁過大，失手把人給打死了。

殺父之仇如鯁在喉，即便彼此深愛，哪怕當初她出嫁那日已經決定自盡殉情，甯婆婆也無法原諒瘋爺爺。

瘋爺爺的師父知道此事，也被他氣死了，最親的師父因自己而亡，曾經深愛的女人又視自己為殺父仇人，瘋爺爺一時情緒激動，重新設置了陣法，自己也變得瘋瘋癲癲。

從那之後，甯婆婆和瘋爺爺就沒有離開過坤月谷，彼此折磨著過了這麼多年。

現在要讓甯婆婆對瘋爺爺溫言笑對，安玉善覺得有些難。剛才一看到瘋爺爺的身影，甯婆婆硬是讓簡兒扶著進了屋，還把門緊緊關上，擺明是不想見他。

「玉善妹妹，妳別擔心，甯婆婆她會同意的。」曾經，甯婆婆就用這種方法想要從瘋爺爺那裡套出出谷的辦法，只是瘋了的瘋爺爺根本什麼都不知道，現在至少能用這種辦法讓他乖乖接受安玉善的治療。

果然，當簡兒和安玉善把此事告訴甯婆婆之後，甯婆婆並沒有猶豫。

「我出不出去已經沒什麼意義，可是不能再讓妳們兩個孩子跟著浪費大好時光；不過玉善，婆婆要妳發誓，如果妳們出谷，妳一定要善待簡兒，不能讓她被人欺負。」甯婆婆最放心不下的便是簡兒，兩個人相依為命住在這谷裡，她早就把簡兒當成自己的親孫女。

「婆婆，我發誓，無論什麼時候，都會把簡兒當成親姊姊一樣照顧，如違此誓，天誅地滅，永不超生！」就算甯婆婆不說、就算沒有這個誓言，安玉善也喜歡善良、單純又很照顧她的簡兒。

誰知簡兒也跪下發誓。「我簡兒也發誓，無論何時都會把玉善當成親妹妹一樣照顧，如違此誓，天誅地滅，永不超生！」

「好、好，兩個好孩子！」甯婆婆彎腰扶起安玉善和簡兒。現在她身體依舊很虛弱，也知道自己這副身子拖不了太久的時間。「那老傢伙在哪兒？」

等到瘋爺爺醒過來時還躺在地上，不過他一睜眼就看到甯婆婆淡淡的笑容，自己也跟著笑起來，覺得滿心歡悅，似乎只為這一個笑容，讓他做什麼都願意。

從這天之後，安玉善除了給甯婆婆和瘋爺爺治病，就是帶著簡兒去谷裡採藥，同時還要照料院子裡的菜地和小麥，那可是他們四人的糧食來源。

一開始，安玉善想著她治療瘋爺爺最多也就半年便會有成效，誰知春去秋來，三載輪替，窮盡她一生所學，嘗試了千百種方法，瘋爺爺的神智還是沒有清醒，而甯婆婆也即將走到生命的盡頭。

站在依舊清澈的湖邊，安玉善身上早已褪去初到坤月谷時的焦躁，時間與孤寂還有對親人的思念已經將她淬鍊得更加內斂沈穩，沒人能再從她猶如星辰的眸子裡猜出她在想什麼？曾經身姿略微瘦小的小姑娘如今已經長成亭亭玉立的少女，即便穿著破舊似野蠻人的衣服，也掩蓋不住她周身的風華。

同樣成長為明媚少女的簡兒靜靜地站在她的身後，有些心疼地看著她。

三年來，安玉善雖表面平靜，但骨子裡卻像發瘋似地看那些書冊，現在拿出任何一本她都能倒背如流，可最後還是失敗了，她們依舊找不到出谷的方法。

「玉善妹妹，甯婆婆還能活多久？」最終還是簡兒打破了沈默。

「也就這兩天了……」安玉善淡淡地說道。

這三年來甯婆婆對她們很是關愛，她就像一位真正慈愛的長輩那樣，竭盡全力幫助她們能讓瘋爺爺變好。

就在這天晚上，甯婆婆單獨留下了瘋爺爺說話，或許是迴光返照，她的精神看起來出奇的好。

安玉善和簡兒坐在湖邊仰望滿天星空，她們聽不清屋內的兩個老人在說些什麼，或許是曾經的恩怨，或許是死前最後的救贖，也或許是回憶那段改變他們命運的美好相戀。

次日清晨，同往常一樣，安玉善比簡兒早起了半個時辰，一打開房門，她就看到瘋爺爺像石雕般蹲在湖邊那塊簡兒用來洗衣服的大石頭上。

看到安玉善出現，瘋爺爺動了動，然後緩緩站起來走向她。「妳跟我來。」

還沒等安玉善反應過來，瘋爺爺像一陣沒有預兆的颶風把她颳了起來，接著在山林間跳躍，最後到了她走了千百次也沒有走出去的那片樹林。

「我只帶妳走一遍，妳記清楚了！」瘋爺爺不由分說地拽著安玉善走進樹林裡，他的步伐刻意放慢了些，以便她能記住。

如果是三年前，安玉善一定看不懂瘋爺爺此刻雜亂的腳步，可苦心研讀了三年谷裡那些關於奇門遁甲的書冊，她能輕易地理解並牢記。

一刻鐘的時間都不到，安玉善就在瘋爺爺的帶領下走出了樹林，然後又被他帶了進來。

「瘋爺爺，你已經好了？」現在安玉善可以確定，瘋爺爺神智已經清醒了。

「丫頭，跪下！」瘋爺爺用一種銳利的眼光看向安玉善。「我雖然有辱師門，但卻不能任由師父和祖師爺他們傳承下來的東西在這世間消失，既然那些書冊妳已經熟讀在心，現在我就收妳為徒。」

瘋爺爺沒有給安玉善拒絕的機會，拿手按著她的肩膀，強迫她跪了下來，而安玉善不敢掙扎，因為瘋爺爺雙掌忽然熱得嚇人，似乎有一股強大的氣流正緩緩流進她的身體裡。

她支撐不住，最後倒了下來。

再醒來時，安玉善已經躺在自己的竹床上，簡兒則有些緊張地守著她。

「玉善妹妹，妳沒事吧？究竟發生了什麼事情？」簡兒著急地問道。

「瘋爺爺呢？」安玉善撐著頭疼的腦袋半坐起身。

「瘋爺爺在甯婆婆屋裡，他把我趕了出來，還說等妳醒來，讓咱們趕緊離開坤月谷，以後都不要再回來，而且……而且瘋爺爺的頭髮全白了，人像是一下子老了二十歲……」簡兒不知道發生了什麼事，她醒過來的時候就沒找到安玉善和瘋爺爺，而甯婆婆就剩下一口氣了。

安玉善有一種很不好的預感。她勉強撐著身子跑到甯婆婆的屋前，推開門之後，就看到兩位白髮蒼蒼的老人笑著依偎在一起，可整間屋子卻充斥著死亡的氣息。

隨後跑來的簡兒看到這一幕，似乎一下子就明白發生了什麼事，放聲大哭起來。

安玉善以為自己不會哭，可她的臉上早已滿是淚痕。三年的朝夕相處，他們早就親如一家人。

安玉善和簡兒將兩位老人合葬在湖邊的柳樹下，將二樓的書冊全都整理好放進竹樓後的墓室裡。也許坤月谷她們不會再來了，但這些珍貴的書冊她們卻不忍心付之一炬。

兩個人收拾些簡單的行囊，給埋葬在湖邊的瘋爺爺和甯婆婆磕了三個頭，起身離開。

安玉善牽著簡兒的手讓她跟著自己的步伐往前走。簡兒想到身後是自己生活了十三年的地方，極為不捨，可轉念一想，終於能踏出谷外，她又激動得連腳步都有些顫抖。

走出了樹林，穿過山坡、小河，安玉善仔細地尋找人類的蹤跡，終於在快入夜的時候，兩個人找到了一條通往山下的小路。

「我們終於出來了嗎？」谷裡谷外彷彿兩個世界，一個四季如春，溫暖異常；另一個烏雲密佈，寒風凜冽，簡兒一時有些不適應。

「簡兒，妳把衣服都穿上，下山咱們找個地方買兩件厚衣服。」眺望遠方山頂還有很厚的積雪，安玉善想著現在可能是冬季。

兩個人不敢耽誤時間，晚上山裡會有野獸出沒，她們點燃了火把，匆匆往山下而去——

第三十七章　相逢不識

半夜，住在仙女山山腳下的高獵戶正和妻子萬氏照顧著生病的小女兒，突然聽到輕輕的敲門聲。

「相公，好像有人在外面……」萬氏正拿熱毛巾給小女兒敷著額頭。

高獵戶豎起耳朵聽了聽，並沒有聽到什麼聲音。「是風吹的吧。」

緊接著敲門的聲音更大了些，還聽到一個婉轉柔和的女子嗓音。「打擾了，夜深寒涼，可否請好心人收留我們一晚？」

「誰呀？」高獵戶起身走到了門邊。

他膽子並不小，不過自家住在偏僻的山腳下，平時很少有人經過這裡，更別說是深更半夜有女子出沒了，心中不免有些疑慮，現在外面可不太平。

「主人家，我們姊妹迷路了，還請行個方便！」高獵戶聽到門外又有一個女子的聲音響起，顯得沈穩有力，又略帶一絲撩人，他忍不住就打開了門。

只見門外站著兩個有些狼狽的少女，年紀看起來不大，十三、四歲的樣子，面如皎月，眸似星辰，讓高獵戶一愣。難道這是仙女山上的仙女下凡了？可看她們的衣著又不像。

「兩位姑娘快請進。」強勁的風吹進來，想起屋內病重的小女兒，高獵戶趕緊讓她們進來，又迅速地關上門。

這兩位姑娘便是下山之後的安玉善和簡兒。她們還以為今夜無地落腳，沒想到山下會有一間茅草屋，屋子裡還亮著燈光。

「兩位姑娘是打哪裡來的？難道妳們也是附近獵戶家的女兒？」萬氏走出來見安玉善和簡兒穿著獸皮縫製的外衣，有些疑惑地問道。

「我們是從峰州來的，不小心在這裡迷了路，還請大哥大嫂能好心收留我們一晚，明日清晨一早我們就走。」還有兩、三個時辰天就亮了，安玉善決定早上再出發。

「原來是這樣，那妳們安心在這裡待著，我家也沒什麼能招待妳們的，我先給妳們燒點熱水喝。」萬氏熱情地笑道。

「多謝大嫂！」簡兒笑著說道。

「兩位姑娘不必客氣，這下山的路白天都不好走，更別說是晚上了。正好，明日清晨我要帶著小女兒去鎮上看病，妳們就跟著我一起去吧，這片地我還算熟悉。」高獵戶也熱情地道。

「你女兒生病了？實不相瞞，我略懂醫術，不如先讓我看看？」安玉善道。人家好心收留自己，自然要回報一二。

「姑娘是大夫？」高獵戶和萬氏都驚喜地看向安玉善。

「我妹妹的醫術高著呢！」簡兒頗有些自豪地說道。

高獵戶和萬氏趕緊領安玉善和簡兒去看自己的小女兒。安玉善見屋內的床上並排躺了三個孩子，兩個小男孩睡得正沈，而一旁的小女孩滿臉潮紅。

她快速地診了脈，接著拿了一顆在坤月谷製的退燒丹給小女孩服下，又給她扎了兩針。

「一會兒就能退燒了，比起吃藥，你們更應該給孩子補補，她有些營養不良，蔬菜和肉都要多吃。」安玉善起身說道。

「多謝姑娘救命之恩！」高獵戶和萬氏不禁喜極而泣。

萬氏去廚房燒熱水的時候，高獵戶見小女兒臉上的潮紅已經神奇般地褪了下去，小臉上沒了痛苦之色，很快就睡著了。

從高獵戶的嘴裡，安玉善得知現在是大晉朝元武四十七年，新年才剛過去兩天，此地是大神山脈的仙女山下，再走十里山路便是暘州大平鎮。

至於暘州離峰州和大晉朝的京城有多遠，高獵戶並不知道，他去過最遠的地方就只有六十里外的暘州府城。

天一亮，安玉善和簡兒就跟著高獵戶去了大平鎮。一路上簡兒看什麼都是好奇的，安玉善卻是歸心似箭，恨不得插翅飛到山下村。

大平鎮還沒有安玉善家外的半里鎮大，加上今天是大年初三，鎮上越發的冷清。

別看安玉善在山谷裡待了三年，她此時並不缺銀子。

還記得那天她離開山下村時，尹雲娘特地在她中衣裡縫了一個貼身的布兜，裡面裝了十張一百兩的銀票，那還是當初程景初給她的一部分。

不僅如此，尹雲娘還往她的荷包裡放了不少的碎銀子，這些銀票、銀兩如今都好好地在她身上放著，所以她並不擔心自己和簡兒在外面的生活沒著落，就是回家也有銀子。

可站在大平鎮的街道上，看著本就不多還都關門的店鋪，她就是有錢也花不出去。

還好，高獵戶對大平鎮很熟悉，帶著她們找到一家成衣鋪掌櫃的家裡，買了兩套禦寒的衣物，之後又找到鎮上的車夫，讓他把安玉善二人送到府城。

「兩位姑娘別擔心，驢六爺是好人，一定會把妳們安全送到府城的。」高獵戶很感激安玉善救了自己的女兒，因此對她們的事情也辦得很盡心。

「高大哥，謝謝你。」安玉善和簡兒真誠地道謝，安玉善還把萬氏借給她們穿的衣服還給他。

等到看不到安玉善和簡兒的身影後，高獵戶才抱著妻子的衣服轉身回家。

當萬氏打算將自己唯一好一點的外衣疊好，放進丈夫為她做的木箱子裡時，衣服裡「啪嗒」掉出兩個小銀錠，每一個都足有十兩重。

「相公，你看……」萬氏聲音都有些哽咽了。

「這肯定是那兩個姑娘放的，她們真是好人！」高獵戶也是感慨至極。

有了這些銀子，就可以給三個孩子添點衣服，再多買些糧食回來了！

驢車晃晃悠悠的走得並不快，他們剛進城沒多久，城門就關了。

在驢六爺的指引下，安玉善低調地選擇了一間小客棧，第二天又去成衣鋪買了幾件男裝。

她和簡兒兩個妙齡少女出門，最好別太引人注目，為了低調一點，安玉善甚至在兩人的容貌上動了手腳，然後才雇了一輛馬車，邊打聽邊往峰州的方向而去。

坐在乾淨舒適的馬車上，簡兒心情久久不能平靜。在坤月谷的時候，她對外面的世界充滿了嚮往和無限的想像，等到自己真的見到了，那感覺又是不同的。

「小弟，咱們這是往你家鄉的方向去嗎？」簡兒不時撩開車簾看著外頭還有些蕭瑟的春景，連這些都讓她覺得新奇有趣。

「對，以後我的家便是妳的家，我的家人便是妳的家人，咱們要回家了！」等了這麼久，終於等到回家的這一刻，安玉善激動過後是淡淡的歡悅和發自心底的平靜。

三年未見，她的家人還好嗎？瑾兒姊姊又如何了呢？程景初知不知道她失蹤了呢？安氏本家的人在她不見後又是如何對待自己家人的呢？

對於此時的安玉善來說，一切都是待解的謎團，但不管怎樣，這一世無論她走到何方、走得有多遠，有一個地方一定會是她魂牽夢縈割捨不下的，那就是家。

馬車在蜿蜒曲折又泥濘難走的路上走了十天，終於在元宵佳節的前一天，到了余州城外的豐賢鎮，過了余州府城八十里外便是礫州，而穿過礫州再趕兩日的路程便是峰州了。

只是，安玉善一行人到了豐賢鎮卻無法前行，因為此刻余州府城內北朝皇室遺孤自立為王，正與大晉朝的官兵對峙著。

「兩位公子，前面過不去了，鎮外有大軍駐紮，這個地方亂得很，咱們還是退出去，等到太平了再來。」前去打探消息的車夫滿頭大汗地回來說道：「前兩日余州剛經過一場大戰，現在大晉朝的傷兵都在豐賢鎮上，小的還打聽到這裡的水也被人下了毒，再不走，咱們也得死在這裡！」

進入豐賢鎮之前，安玉善就已經得知這裡不太平，只是她要回峰州就必須要經過余州，回家的路她是一刻也不想再等。

「小弟，咱們怎麼辦？」這一路上簡兒都聽安玉善的安排，她說怎麼辦就怎麼辦。

此刻，豐賢鎮大街上到處都是慌亂的百姓和大晉朝的兵士。這裡也算是駐紮在余州城外大晉朝士兵的補給站，所以各間店鋪裡也十分熱鬧。

不過，因為早上有人喝了鎮外河裡的水中毒身亡，所以現在此地飲水也出了問題，為了自己的小命著想，很多百姓都已經攜家帶眷準備離開這裡。

「簡兒姐，妳怕嗎？」安玉善湊近簡兒低聲問道。

「我不怕，只要和妳在一起，我什麼都不怕！」簡兒笑著說道。

「那好，我們先在豐賢鎮找個地方住下來，先看看形勢再做決定。」安玉善想了一下說道。

簡兒點點頭，而車夫知道她們的決定之後很是無奈，打算等她們找到住的地方，自己就不做這趟生意了。

安玉善也不為難他，正巧鎮上最大的一家客棧還有空房間，她付了車錢、房錢，這才和簡兒進了客房，讓夥計給她們端一些飯菜上來。

「這位客官，實在是不好意思，飯菜可能要等一會兒。」現在退房的客人很多，好不容易這樣的情況下還有客人要住下來，店小二自然希望留下兩人。

「怎麼回事？你們這裡可是鎮上最大的客棧，不會沒有東西吃吧？」安玉善不解地問道。

「客官，不是這樣的。唉，實不相瞞，想必您也知道豐賢鎮上的水被人下了毒，真沒想到那惡人心腸這麼歹毒，連水井都不放過，現在掌櫃的正派人去附近的山上拉泉水，所以會晚一些。」店小二抱歉地看著安玉善說道，又怕她生氣，言語中還有些怯意。

「原來是這樣。小二，你能不能端一碗有毒的井水給我？」安玉善此刻沒什麼政治立場，她只想趕快回家，而且在她看來，使用下毒這種手段，連百姓的命也不放過，實非光明磊落之徒。

她是北朝舊民不假，但此刻在余州城裡那些妄想復國的北朝舊部們，試圖以全城百姓的性命威脅大晉朝的官兵不許進攻，讓她十分不喜。

「客官，您要毒水幹什麼？」店小二丈二和尚摸不著頭腦地問道。

「別管那麼多，去端來就是，我保證不會害人的。」安玉善笑了。

趕了這麼久的路，她還真有些餓了，總不能再傻傻等下去吧？

店小二遲疑了一下，但還是遵照她的吩咐端來一碗看起來十分乾淨的井水，然後搖著頭退了出去。

客房的門關上之後，安玉善掏出銀針試了一下，果然銀針變黑了。

「這人太壞了！」一路走來，簡兒見得越多，就越覺得外頭的世界並沒有她原先想像的那麼美好，尤其是靠近正在發生戰亂的余州，她就更覺得坤月谷的平靜與寧和比外面好太多了，就連那無邊無際的孤寂也變得不那麼讓人難以忍受。

「的確是挺壞的。」安玉善想著這毒肯定害了不少人。

「玉善妹妹，妳可有法子解？」簡兒充滿期望地看向安玉善。

「有。」她可是醫毒雙絕的怪老頭教出來的得意門生，這些中藥煉製的毒藥，她靈敏的鼻子聞一聞便能猜出幾分來。

安玉善從包袱裡取出一小瓶藥水，往水裡滴了一小滴，再拿銀針試的時候，毒性已經沒了。

「呵呵，還是玉善妹妹妳最厲害，這些毒對妳來說真是不堪一擊！」三年來，簡兒對於安玉善的崇拜早就累積得比山還高。

「別太崇拜我，我只是個傳說。」心情變好的安玉善開起了玩笑。

很快的，店小二又被安玉善叫進了房間，讓他把那碗他剛才端進來的水再倒進井裡，再讓廚房的大師傅用井水裡的水做飯就行了。

「客官，剛才小的已經說過了，這水是有毒的！」看眼前這兩位小公子也不像是故意找事，難道是一心尋死？店小二整個人都迷糊了。

「小二，這水的毒已經解了，不信你看！」簡兒調皮地拿銀針在碗裡試了試，銀針沒有任何反應。

「客官，這……」店小二也知道銀針能試毒，但……

「小二，照我說的去做，你要是不放心，待會兒做好飯菜，只讓我們吃就是。」安玉善說道。

「客官，這毒您真的解了？」店小二半信半疑起來。

「真的解了，你把這碗水倒進井裡，井水裡的毒便也會一同解了，只要讓解毒之後的水倒進有毒的水裡，那有毒的水也會變得沒毒，去辦吧！」安玉善笑著說道。

「客官，您……您到底是誰？」店小二再看向那碗水，覺得十分神奇。

「我是誰不重要，重要的是你趕緊給井水解毒，給我們做頓飯吃。」安玉善不想和店小二多費口舌。

「是，客官，小的這就去！」店小二也是個聰明的，他小心翼翼地端著水到了客棧後院，將水倒進井裡，之後又舀了一碗端去醫館，讓醫館的大夫用銀針試了一次，終於確定水裡的毒解了。

安玉善和簡兒都以為再看到店小二的時候，她們的飯菜就會好了，結果隨著惴惴不安的店小二進來的是兩個身穿鎧甲的衛士。

其中一個安玉善還很熟悉，竟是程景初的貼身護衛蕭林。他怎麼會在這裡？

「你就是解了毒的那位小公子？」蕭林並沒有認出易容的安玉善，加上三年多未見，兩個人都變了許多。

安玉善點點頭，抬眼打量著蕭林，他看起來比三年前更多了幾分凌厲和冷酷。

「請小公子跟我們去一趟大營，我家少將軍要見您。」蕭林客氣地看著安玉善說道，不過語氣裡卻帶著不容拒絕的意味。

他家少將軍？不會是程景初吧？可來之前聽逃亡的百姓們說，與余州城內對峙的少將軍姓季。

「你們要幹什麼？」簡兒有些緊張。她覺得眼前的人帶著殺氣，看起來來者不善。

「兩位別害怕，我家少將軍只是想感謝你們解了水的毒，不會對你們怎麼樣的。」蕭林覺得眼前這兩個瘦弱的少年有些特別，他們的眸子太明亮了，與他們身上的衣著和面容都有些不大相稱。

這時候的豐賢鎮說不定也已經混進了外來的奸細，任何風吹草動他都要查探清楚。

「好，我們跟你走。」安玉善拍拍簡兒的手，讓她別緊張。好不容易碰到一個熟人，她還想從蕭林嘴裡打探一些消息。

只是從客棧出來之後，安玉善越走越覺得不對勁。蕭林帶她們走進了一條暗巷，然後突然轉身帶著冷意說道：「兩位，對不起了。」

「你想做什麼？打暈我們？」安玉善臉上也有了冷意。這個蕭林，幾年不見，本事倒是見長得快。「我們雖然是北朝人，但不是什麼奸細，你們沒必要如此緊張。」

蕭林沒想到在他眼中瘦弱平凡的少年眼光會這樣銳利，竟然一下子就看穿他想做什麼。

「很抱歉，那我也不能冒險。也請小公子放心，只要你們老老實實，我也不會傷害你們。」蕭林保證道。

「我能相信你嗎？」安玉善斜瞪了他一眼。要不是看在他以前經常帶自己去懸壁山後山的分上，這會兒早就讓他動彈不得。

「能。」蕭林點頭說道。

「那就走吧，我能信你，你也能放心地信我。」安玉善定定地看向蕭林。

蕭林認真地看著她一會兒，腦中不知道在思索些什麼，最後答應不打暈她們，但要給二人眼睛蒙上黑布。

「隨你吧！」對於蕭林如此謹慎，安玉善也能理解，畢竟現在兩軍對陣，她也沒表明身分，防著她是應該的。

第三十八章　他的改變

蒙上黑布之後，蕭林和另一名侍衛帶著兩人飛躍屋脊，很快便到了鎮上一個十分偏僻的宅院。

兩人被領著進了一個房間，拿下黑布適應光線之後，安玉善就看到房內床上躺著一個身受重傷、奄奄一息的男子。

「你不是會解毒嗎？就麻煩你給他解毒吧！」如果不是死馬當成活馬醫，蕭林也不會帶著一個全然不瞭解的陌生人進來這裡，畢竟眼前這位可是主帥副將，更是自家主子的左膀右臂。

安玉善看了蕭林一眼，走到了那名男子的床邊，先給他診了脈，又查看了他的傷口，然後驚訝地「咦」了一聲。

「怎麼了？」蕭林和簡兒都有些緊張地看向她。

「這傷口是誰縫的？」安玉善轉頭，詫異地看向蕭林。

這種縫合傷口的方式與她教給安齊傑幾人的很像，而且用的是易溶的羊腸線……難道自家堂哥也在這裡嗎？要不然就是又有穿越人士來了？

「是軍醫縫合的，有問題嗎？」蕭林反問道。

「沒什麼問題，只是覺得有些好奇罷了。」安玉善淡笑轉身，繼續給那人診治。「他中毒已經好多天了，應該是吃了些緩解毒性的東西，所以才堅持到現在，再晚一點就沒命了。」

「不錯，他之前喝了解毒的藥酒，還吃了解毒的藥丸，不過毒性猛烈也只是緩了幾日的性命。小公子，你可有辦法救？」蕭林有些急切地看向安玉善。

「能。」看蕭林對此人的重視程度，就當還他一個人情好了。安玉善拿出銀針給那人解毒，又給他喝了三滴解毒的藥水。「傷口有些化膿，需要把化膿的腐肉處理掉，重新包紮傷口，不然也會有生命危險。」

「你的意思是說，他身上的毒解了？」看到安玉善拿出銀針，蕭林不知為何有一種強烈的熟悉感，似乎這樣的情形他之前也看過。

「沒錯，毒是解了，不過身體還要仔細調養，藥酒溫熱後再給他喝。」在坤月谷三年，安玉善的醫術又精進了不少。

「多謝小公子救命之恩！」蕭林的敵意和戒備少了許多。

就在這時，門外有人輕聲問道：「蕭侍衛，少將軍想知道林副將如何了？」

「你回稟少將軍，林副將的毒已經解了，立即派軍醫過來給他重新縫合傷口。」蕭林說道。

「是。」門外之人應聲後就離開了。

「小公子，請到客房暫歇。」現在林副將還沒有醒，蕭林還不放心讓兩人離開。「我這就讓人給你們準備一些飯菜。」

「那就麻煩了。」安玉善並沒有急著表明身分。三年的時間可以改變很多人與事，尤其現在的蕭林變得有些讓她不認識了，誰知道人心會走向何方呢？

安玉善和簡兒被人領進這所宅院的東廂房，外面有兩個侍衛把守著。安玉善清楚蕭林還沒有完全對她放下戒心，外面的侍衛說是保護，實則是監視。

很快的，有人端來一桌還算豐盛的飯菜，安玉善也沒客氣，招呼簡兒一同坐下吃了起來。

到了這天傍晚，太陽剛剛落山，夕陽餘暉染紅了天際，豐賢鎮上空飄著一層淡淡的喜悅。水毒解了，百姓們的心也安定了不少。

等到夜幕漸漸覆蓋寬廣的天空，吃過晚飯的安玉善想要出去走走，卻被侍衛攔住了。

「蕭侍衛說了，沒有他的命令，你們不准離開。」恪盡職守的門衛面無表情地說道。

「他呢？我現在要見他。」好你個蕭林，膽子真是肥了！安玉善冷笑一聲。

「無可奉告。」門衛淡淡地說道。

好心救人卻被幽禁在此，而且還是自己熟悉的人，如果不是耐心足夠，安玉善早就發飆了。

「告訴蕭林，今天的事情我可是記下了。」說完她就轉身回了屋子。

半個時辰後，有人從外面推開門走了進來，躺在床上假寐的安玉善睜開眼瞧了一下，是蕭林。

「原來大晉朝的人請人治病都是這樣請的，真是長見識了。」此刻安玉善反而冷靜了下來。

蕭林像是沒聽出安玉善的諷刺一樣，略帶歉意地說道：「這位小公子，在下此舉也是情非得已，還請見諒。我家少將軍在客廳，請二位過去。」

「好，我就見見你家那位少將軍！」安玉善起身穿鞋，簡兒則安靜地跟在她身後，兩個人往客廳走去。

踏進客廳之前，安玉善還在猜想這位少將軍是不是她記憶中的那個人？如果是，為什麼他不姓程，改姓季了呢？

看到端坐在客廳主位那位身披戰甲、威嚴冷峻的男子，安玉善心中有了一半的答案——只是三年而已，她變了，他更是變了。

在山下村的時候，他還是個大病初癒、略顯憔悴的少年，外冷內熱，像天將山裡的深潭般藏著無人探知的心思。

如今的他臉上早已沒了病態，眉宇之間的堅毅、沈著和冷酷似乎成了他最堅強的盔甲，沒有任何東西能刺破他那顆冷硬如鐵的心。

英俊迷人的五官好似鬼斧神工雕刻出來的一般，鋒利的眼神看得人心裡膽怯，緊抿的唇顯示著它的主人此刻心情並不是特別好。

說實話，看到程景初的那一刻，安玉善心中是激動的，不過當她看到他看向自己那陌生審視的眼神時，心中沒來由地又有了一絲怒氣。

就算三年未見、就算她略微易了容，兩個人也相處快兩年了，他竟然完全認不出自己。可此刻的安玉善哪裡知道，三年來的經歷加上自己當初突然失蹤，讓程景初變得更善於隱藏自己的內心。

事實上，此刻面對眼前那張陌生而又覺得熟悉的臉，程景初是疑惑的，甚或是藏著他自己都不知曉的期待，可這種感覺很快就被他壓了下來。

三年來，他在尋找安玉善的過程中失望了太多次，也被人算計了太多次，就算眼前的人真的和安玉善長得有幾分相似，他也不會草率地做出決定。

更何況眼前的人是個男子，除了那雙眼睛，和他記憶中的那個人實在無法重疊在一起。此時的程景初又哪裡知道，在坤月谷的三年，安玉善在思家和絕望中度過了無數個日夜，又怎麼還會和三年前一樣呢？

「你會醫術？」程景初說話的語氣裡彷彿含著冰，冷冷的沒有一絲溫度。

安玉善點了一下頭，看起來有些不高興。她也不知道這不高興是因為程景初沒有認出她，還是因為他的性子變得更加不近人情？

曾經，她多麼希望被她視為朋友的他能變得開朗一些，可她失蹤的這三年，他似乎更加冷漠，讓她完全不認識他了。

這三年，他究竟經歷了什麼？為什麼看起來像是心結沒解，反而更多了呢？

兩個各懷心思的人迅速打量對方之後便都轉移目光，接著安玉善就聽到程景初那絲毫不帶感情的話語。

「我會讓人帶你去鎮上的濟民醫館，你既然會醫術，就代替醫館的大夫坐診，診金我會另外給你，不過沒有我的命令，你們不准離開豐賢鎮。」

他並沒有問安玉善和簡兒的名字或者有關她們的任何來歷，在他看來，很多人說起謊話，就連說謊者本人也會以為是真的。

別人都不可信，別人嘴裡說出口的話也不能信，能讓他相信的人並不多。

安玉善早就領教過程景初的霸道，只不過那時候他對她的霸道帶著讓人難以察覺的善意和關愛，而如今的霸道卻帶著上位者特有的威嚴和冷酷。

雖然他沒有說出任何實質性的威脅話語，但安玉善依舊能夠感覺得出來，如果她帶著簡兒離開這裡，那後果一定很慘，說不定他還真會殺了她。

當記憶中的病弱少年變成殺伐決斷的男人，她覺得她必須要重新認識眼前的人才行。或許剛才還有幾許激動想要對程景初表明自己的身分，但看到他眼中的陌生還有他三年來的「成長」，她提起的那口氣終是緩了下來。

也許程景初早就把她從他的記憶中抹去，還是做個陌生人好了。

「我可以不離開豐賢鎮，也可以留在這裡給人治病，但你也要答應我一個條件。」既然是陌生人，她付出了總要有些回報吧？

程景初並沒有回答她，只是略有些不滿地看向她。這個人膽子可真夠大，當場就要和他講條件？

安玉善才不管他心裡在想什麼，接著說道：「我要儘快到礫州去，如果少將軍能儘快破城讓我通過，在下感激不盡。」

程景初依舊沒有回答她，不過安玉善就當他的沈默是答應了。她不能一直耗在余州城外，再不濟也要讓家人先知道她還活著的消息。

安玉善和簡兒被人領出去之後，程景初才站了起來，就在剛才安玉善轉身離開的時候，他總覺得有什麼珍貴的東西與他擦肩而過，那種明明存在卻又沒有抓住的憋悶感，讓他本就不好的心情變得更糟了。

依舊是蒙著眼睛被帶了出去，安玉善和簡兒被安排在濟民醫館的後院廂房，這次程景初還是留下兩個侍衛跟著她們。

「玉善，咱們真的要在這裡待下去嗎？」簡兒覺得那個冰塊似的男人讓安玉善心情變差了，雖然安玉善沒有表現出來，但她就是能感覺得到。

「簡兒姐，現在只有通過余州才能到峰州，我等不及要回家了。」安玉善並沒有告訴簡兒她認識程景初，反正說與不說也沒什麼差別。

就在這天半夜，有人砰砰敲著門，原來是一戶農家的兒子從山上跌下來磕破了頭，現在血流不止，眼看就要不行了。

「這……這人是不行了，你們還是準備後事吧！」現在濟民醫館只有一個眼睛不好的老大夫，另外一個較年輕的已經被叫去軍營充當軍醫了。

「大夫、大夫，你可一定要救救我兒子，求求你，你要多少錢都行！」一個老實巴交的漢子跪下來給老大夫磕頭，另一個婦人則哭得臉都白了。

「快把病人抬到床上我看看！」安玉善聽到響動就起身到了醫館，簡兒也跟著她。

老大夫不敢說什麼。這可是季少將軍特別安排在此處的大夫，雖然看起來年輕，也不知道醫術如何，但他不敢得罪。

安玉善先給流血不止的病人吃了一顆藥丸，又扒開他的頭髮，發現上面有個大口子，可以看到裡面的血肉，必須要馬上進行頭皮縫合手術。

但即便這樣也存在很大的風險，畢竟這裡沒有手術工具。這時她靈機一動，想起了那位林副將身上的傷口，或許程景初有辦法。

她趕緊叫來看守她的侍衛，對他說道：「你立即去找你們的少將軍，就說我需要一套縫合傷口的工具和羊腸線，再為我準備一些棉布和烈酒。快，騎快馬去！」

說完她又轉身看著那對農家夫婦說道：「即便這些東西以最快的速度送來，我幫你的兒子縫合了傷口，他也很可能會因為術後感染失去性命，又因為傷口在頭部，所以還存在腦部神經受損的可能，換句話說，他也可能變成個傻子，這樣你們還要救嗎？」

聽到安玉善這樣說，那對夫妻淚流滿面地跪在她面前，堅定地說道：「求您救救我們的兒子，無論這孩子能不能救活，我們都感激您，就算救活了是個傻子，他也是我們的兒子！」

「那好，來人，多點幾盞燈，再準備熱水、布巾；還有給我一把剪刀，我要把這孩子的頭髮先剪掉一些！」安玉善也不知道要吩咐誰去做這些事情，她只是很急切地說了出來。
簡兒第一個先行動，她問了老大夫廚房在哪兒，然後就去燒熱水。
醫館的夥計也抹了一把惺忪的睡眼，打起精神去準備棉布和烈酒，老大夫則是幫忙點了好幾根蠟燭。
這邊一切都準備好之後，那名侍衛還沒有帶著工具回來，安玉善不免有些著急。她能等，但是病人不能等，雖然有她的銀針和藥丸在，但情況危險，維持不了太久。
好在她事先多做了一手準備，讓簡兒用熱水煮了針和線。
當她聚精會神地用一般繡花針和消毒之後的普通麻線給那孩子縫合頭皮的時候，那侍衛才遲遲歸來，而他身後跟著想要一探究竟的蕭林。
醫館內鴉雀無聲，靜得眾人似乎都能聽到安玉善在頭皮間拉扯麻線的聲音，她嫻熟的動作那麼鎮定、優雅，就像技藝高超的繡娘在繡一幅世上最美麗的繡品，而圍觀的人則是頭皮都跟著發麻，他們從未見過有人這樣給病人治傷的。
蕭林進入醫館之後看得更是仔細，而且內心極為震撼。能拿著繡花針在人的皮膚上如此肆意自由穿行的，他此生只見過一個，那就是治好自己主子、並令其念念不忘的安玉善。
可他不敢妄下結論。這三年來冒充安玉善的人太多了，她們有的容貌相似，有的也會醫術，只是山下村的女神醫只有一個，能被自家主子放在心上的也只有一個，看眼前之人是個男子，就算是女子假扮，面容也是不像的。
蕭林很怕這又是一個陰謀，一個知道他家主子的弱點而故意計畫的陰謀，所以他也變得十分謹慎。

同樣的，此刻已經回到營帳內的程景初還沒有入睡。白天見到的那雙眸子讓他久久無法入眠，這是三年來從未發生過的事情。

他披衣而起，坐在了大帳內的椅子上。余州叛亂已經一個多月了，他必須要儘快結束這裡的戰爭，時間拖得越久，對他越不利。

余州易守難攻，本就是一塊難啃的骨頭，那些北朝舊部選擇此地做為都城，不是沒有道理的。

他在皇帝面前立了軍令狀，誓要三個月之內攻下余州，剿滅叛黨。如今一半的時間過去了，他還在城外，還差點損失了一位得力副將。

是他低估了城內叛軍的實力，沒想到他們會有一位善於下毒的能人異士，不僅如此，聽說那人還會奇門遁甲之術，擺下了四門龍虎陣，這也是他久攻不下余州的最重要原因。

他現在更不怕死了，只是他不想因為自己的失敗而死，更不想在死之前沒有見到他想見的那個人。

無論她在哪裡、是不是還活著，他都一定要找到她！

「少將軍，蕭侍衛回來了！」又過了一個時辰，夜色更深之前，程景初在大帳內聽到侍衛的稟告聲。

「讓他進來。」

蕭林主要負責豐賢鎮的一切事務，程景初擔心鎮上又出事。

蕭林迅速走進大帳，行了禮，才說出自己剛從濟民醫館回來。

「是不是那兩個人出了什麼事情？他們逃跑了？」程景初眼睛瞇了起來，透出危險的氣息。

第三十九章　被他識破

蕭林搖搖頭，帶著一些疑惑說道：「沒有，那位給林副將解毒的小公子救了一個腦袋磕破的孩子，只不過他使用的方法和屬下曾經在峰州看到的很像。」

「和峰州很像？你這話是什麼意思？」程景初心裡一緊，追問道。

「屬下也不敢確定，只是那位小公子給人醫病十分沈著熟練，那孩子放在別的大夫手裡怕是只有死路一條，但是此人卻敢在人的頭皮上動針線，其醫術絕非一般大夫可比。」蕭林如實說道。

「現在大晉朝會用針線縫合傷口的大夫早就變多了，有些人技藝出色、膽量過人，也是有可能的。」自從峰州的便民醫館開業之後，安玉善曾經教給安家人的醫術有些已經廣為人知，其中用羊腸線、縫針和持針器縫合傷口更是風靡大小醫館，程景初覺得並沒什麼特別。

只是……為何他的心臟還是怦怦亂跳？他還以為自己的心根本不會亂。

三年來，無數的難眠之夜他都在反問自己，他怎麼可能對一個八、九歲的孩子有什麼特別的心思，即便那時的他也只有十四、五歲。

可有些事情就是這樣說不明白，或許是青梅竹馬的情誼，或許是救命之恩的感激，或許是彼此沒有說破的那份默契與知心，如此複雜的情感像涓涓細流流進大海一樣，最後變成了情愛。

只是，他確定了自己的心，那人卻不見了，像抓不到的風一樣消失得無影無蹤。生不見人，死不見屍，三年來，無論是他、安家、惠王夫婦，還是那些急需神醫的病人，都沒有找到她在哪裡。

而現在，就在這樣靜寂的暗夜裡，因為一個有些像她的人而激動，這可能嗎？不，不可能！不是沒有人冒充過她，可他就是能一眼篤定那些人不是她，但如果真實的她出現在自己面前，那他內心的感覺又會是什麼樣的呢？

他決定再去確認一下，那個能夠輕易牽動他情緒的人到底是誰？

「蕭林，備馬！」

燭火搖曳，將人的影子拉得長長的，早春破曉之前的寒風讓站在院中的安玉善感覺一陣涼爽。

這場在極為簡陋環境下的手術讓她累得滿頭大汗，整個過程中，簡兒雖然緊張，卻也很用心地擔任她的助手。

「玉善，快來洗洗手，然後去床上休息一下吧！」簡兒拉著安玉善到了熱水盆前，就像她承諾的那樣，像個姊姊一樣用心地照顧她。

「簡兒姐，我沒事，只是好多年沒有做這樣的手術，一時有些生疏罷了。」頭皮縫合手術本就不簡單，即便在外人眼中她的動作十分純熟，但安玉善心裡很清楚，她是咬著牙堅持下來的。

「我還從未見過妳拿針給人縫頭皮來治病，要不是我認識妳，真要嚇暈過去了！」簡兒此刻的臉也有些發白。剛才給安玉善幫忙，她同樣是咬牙堅持下來的。

「可是妳做得很好，要是沒有妳在我身邊幫忙，這場手術不會這麼順利。」安玉善看著簡兒讚許地說道：「不過現在那孩子還有些發熱，也不知道什麼時候能醒，醒來不知道又是什麼樣子？」

「這些事情妳就別擔心了，趕緊去休息吧！」簡兒把她拉進了房間。所有在場的人都看得出來，安玉善已經盡了最大的努力，剩下的就要看那孩子自己的造化了。

或許真是累極，安玉善頭一挨床就睡著了，而簡兒在她入睡之後，看著她放鬆的睡顏這才起身。

她剛把房間的門關上往廚房走去，身後一道影子已經推門進入了安玉善所在的房間。

安玉善還沒有熟睡，再加上她現在感覺更敏銳，幾乎是有人剛走進房間她便睜開了眼睛。

她掃向那朦朧夜色中有些陌生又熟悉的身影，剛剛被簡兒吹滅的燭火又被來人點燃，她看清了來人的容貌，暗中鬆了一口氣。

她不明白程景初一個少將軍此時來她房間幹什麼？但掃過他陰晴不定的冷淡面容，不知為何她又變得有些緊張，似乎他那雙正緊緊盯著她的眼睛能看穿她的內心一樣。

這個成長之後的男人變得越來越危險，目光中透出令人膽寒的威壓與懼意，安玉善卻是不怕的，反而有些生氣地看向他。

「不知道少將軍深夜來訪有何要事？我答應你的事情正在辦，你答應我的事情可要快點。」

「你，到底是誰？」程景初又走近了一步，彷彿暗夜的君王看著他早就覬覦已久的獵物。

「一個陌生的過路人。」安玉善迴避他的眼光。

從在山下村時，她就知道程景初的眼光有多銳利，明明自己兩世為人，卻還能輕易被他看穿心思。

好在三年過去了，她也懂得了隱藏。

「陌生？那你告訴我，你那些縫合技術還有你的醫術究竟是從哪裡學來的？」程景初步步緊逼。

「跟我師父學的。」打馬虎眼誰不會？安玉善對於程景初的追根究柢已經有了猜測，故意逗著他。

「你師父是誰？」程景初每問一句，都要前進一步。

「我師父是個怪老頭，我連他是誰都不知道，而且他早就死了。」

「你叫什麼名字？家住哪裡？家裡還有什麼人？」

「既然少將軍這麼閒，不抓緊時間想出破城之計，那就自己去查，我不是你的犯人，我有權利不回答你的問題。」安玉善已經坐在了床沿，嘴角掛著笑。

「你急著去礫州做什麼？」程景初此刻和安玉善的距離只剩下一臂之遙。

「回家。」安玉善覺得眼前的男人彷彿一座高山壓了過來，她猛地站起身，打算走去窗邊，卻被他一把抓住。

「你到底是誰？」問題又回到了最初。

「你想知道我是誰？還是你知道我是誰？這和你有關係嗎？」安玉善脫口而出地道。

「當然！」程景初拉近這最後一步，帶些邪氣地湊到她耳邊輕聲說道：「三年了，難道你就不想知道你家人的情況？你娘她——」

從她的容貌上，他還是無法確定她的真實身分，但是連番的問答，他找到了過去在山下村與她相處時的那種熟悉的感覺。

這後半句是最直接的試探，而且很顯然地奏效了。

安玉善臉色大變，反手抓著他的胳膊，急問道：「我娘她怎麼了？」

「呵呵呵，妳承認了！」程景初猛地抽出手臂將她牢牢抱住，臉上的笑容就像冷硬的石頭上開滿了鮮花，又像黑暗中灑進了久違的陽光，一下子將他周身包裹的陰霾全部照亮。

安玉善有些懵，隨即明白了他的用心。

這傢伙三年不見，鬼心眼竟然越來越多，像個惡作劇的小孩子一樣詐她，而且還該死的成功了。

「你放開我！」即便三年沒見，他們兩個也還沒有熟到一見面就擁抱的程度，古人可沒這麼熱情。

「你……你是誰？快放開我妹妹！」這時簡兒從廚房回來，先是不明白房間的燭火怎麼會亮，進來之後就看到一個男子抱著安玉善，讓她惱怒地出聲叱道。

程景初有些不捨地放開安玉善。不是因為簡兒，而是因為他感覺到懷裡之人的怒氣，見好就收才是上策。

「我是玉善的朋友，久未相見，一時激動了些。」程景初又變回原來疏冷的模樣。

他的變臉讓安玉善和簡兒都愣了一下，而簡兒也認出了他。「你是白天那個少將軍？」

「不錯，正是。玉善，她是誰？」程景初又看向安玉善，語氣和表情都是淡淡的，少了兩人獨處時的輕鬆和愜意。

「她是我結拜金蘭的姊妹簡兒。程景初，你到底知不知道我家人的情況？」安玉善沒了耐心，因為她太想知道了。

「知道一些。」程景初點了下頭。「妳先休息一會兒，然後我再告訴妳。」

「不行，你現在就說，我一刻也等不了，把你知道的都告訴我。」安玉善著急地說道。

「可以，不過……這應該不是妳真正的容貌吧？我想對著真正的妳說話。」程景初乾脆在床邊坐了下來，好整以暇地看著她。

簡兒就算再單純，也察覺出兩人之間有些不一樣。看來他們不但認識，還是很熟悉彼此的人，所以她知趣地先退了出去。

因為急切，安玉善也不計較程景初此刻的要求，她將一顆藥丸丟進清水裡，然後洗淨了臉，露出本來的容貌。

「現在可以說了吧？」她坐在了床邊的椅子上。

看著眼前這張比記憶中更加美麗的少女臉龐，顧盼生輝的明眸流淌著她自己都未察覺的親近，秀氣的鼻尖上似乎還懸著晶亮的水珠，正如花瓣上的朝露，令人忍不住想觸碰。

腦中這樣想，他也真的這樣做了，而安玉善被他的動作弄得有些生氣。三年不見，她怎麼覺得程景初變得有些婆婆媽媽的，而且還喜歡像個登徒子似地毛手毛腳了？

「程景初！」她幾乎是咬牙切齒地迸出了三個字。

即便程景初心裡覺得自己的動作有些孟浪，臉上依舊沒有任何多餘的表情，他很自然地收回手，端坐在那裡。「妳想知道什麼？」

「你剛才說我娘怎麼了？」安玉善忙問道。

「妳娘她很好，而且她還給妳添了一個弟弟；妳的家人也都很好，現在安家已經是惠王管轄下最大的藥商。」自從安玉善失蹤之後，他一直讓人關注著山下村的情況，也暗中讓程家的人多照顧安家。

「弟弟？」這個消息實在太震撼了，饒是安玉善猜想過如今家人的情況，也沒想過這一個。

「沒錯，妳失蹤的這三年，不但有了弟弟，還有了外甥；妳大姊也生了一個兒子，現在山魚繡坊是峰州最大的繡坊，許氏本家這三年來已經被惠王打壓得再也翻不了身。」此刻簡兒不在，程景初面對安玉善時嘴角又掛上了淡淡的笑意。

以前兩個人在山下村，面對安玉善，他總吝嗇給予笑容，但在安玉善每一次轉身的剎那，蕭林和勿辰都能看到自家小主子那難得的微笑。

如今，他因她而起的笑容不再默默地綻放在背後。

久別重逢，失而復得，這些都讓他變得一時情不自禁起來，即便他已經憑藉強大的意志力壓抑那洶湧的激動，但嘴角還是不受控制地流露出喜悅。

「你說我家成了藥商？」看來這三年自家發生了很大的變化，每一個消息都讓安玉善覺得很不可思議。

程景初點點頭，接下來安玉善才得知，三年前她被一名突如其來的高手帶走之後，那些要劫殺她的幾波人也快速撤退了，雖然安子洵和安正他們都受了傷，但並沒有生命危險，之後所有人都在四處找尋她的下落，可一直沒有消息。

這三年來，安家人一面竭盡全力查詢安玉善的消息；另一方面在惠王和孟家的關照下，開始將藥酒的生意轉向藥材。

現在山下村及其周邊村落的百姓在安家人的帶領下，除了進山採藥就是耕種藥田，而經過安家人炮製好的藥材因為藥效好、價格合理，在大晉朝廣受歡迎。

「妳的幾位堂兄如今在峰州已經都是百姓們耳熟能詳的安家大夫；妳三姊現在已經是安家藥酒坊的女掌櫃，就連安氏本家的人都不敢小看她。」程景初將自己所知道的都告訴她。

他一直說，她一直認真地聽。

「沒想到我不在的這三年發生了這麼多的事情，不過只要家人都好就好。」不管他們怎麼變，始終都是自己的家人。

而且安玉善發現，這次再見，在她眼中曾經是悶葫蘆的程景初竟然話多了不少，和三年前甚或白天見到的那個他都不一樣。

此時的安玉善還不知道，眼前這個對她說話帶著輕快語氣的男子，在面對別人時，那就是一塊不會說話又刺人的鐵板，而一到她面前就變成令人跌破眼鏡的「話嘮」。

「三年的確是變了很多。」程景初也有些感慨地說道。

安玉善看了他一眼，問出她一見到他就藏在心中的疑問。「你不是姓程嗎？怎麼又成了季少將軍？」

關於這個問題，他原不想現在就告訴安玉善，但心底也有個聲音讓他不要隱瞞，所以他只是簡短地說道：「我兩歲時被壞人抓走，是妳大爺爺口中的程大俠救了我，把我帶回程家當作親孫子來養，後來還幫我找到了我的家人。我是大晉朝人，三年前我就是回京城找我的家人。」

「原來是這樣，那你現在算是正式歸家了？你家人一定很開心吧！」怪不得他以前身上總有一種說不出的寂寥感。

「我的名字已經寫在季家的族譜上，不過我並不開心。」沒人真正知道這條回家的路他走得有多麼艱辛，也沒人能知道他內心最真實的感受。

曾經寂寞得無人訴說，如今那個能讓他敞開心扉的人回來了，他似快要渴死的人在極度絕望之中找到了飲水，一股清泉先入喉，再潤心。

「為什麼？」安玉善還是好奇地問出了口。

從見到程景初……現在應該叫季景初的第一眼，她的內心深處就對他生出一種好奇，因為好奇，才想要探索，因為探索，想要更親近，她還是很希望和他成為朋友的。

她雖生氣他沒有第一眼就認出她，甚至打算要和他劃清界限，但他「知錯就改」的速度還算快，而且時間似乎平衡了他們之間的熟悉與陌生。

「這個問題留著以後我再告訴妳，現在天已經亮，妳也該休息了，我還要趕回軍營，待會兒再來看妳。」季景初站起了身。現在的他身上更有力量，困擾他幾天的煩躁似乎瞬間一掃而空。

「你不用急著來，我一時半會兒也離不開這裡，你現在是少將軍，忙完你自己的事情再說，我還等著你破城後好盡快回家呢！」安玉善笑著說道。

「我答應妳，一定盡快攻下余州府城，親自送妳回家。」季景初許下承諾。

「好，我也會幫你的。」安玉善也承諾道。

季景初大踏步離開房間之後，簡兒像隻受驚的小兔子般快步走了進來，抓著安玉善的手上下打量著。

「玉善妹妹，妳沒事吧？那個人沒把妳怎麼樣吧？」簡兒覺得像冰塊似的季景初有些可怕。

「簡兒姐，我沒事，不是告訴過妳，這位季少將軍是我認識的人，他不會把我怎麼樣的。」安玉善知道簡兒對外面的人有一種很強烈的戒備感。

「認識的人也有壞人的。甯婆婆常說長得好看的男人腦袋都是有問題的，看著對妳好，說不定就是傷害妳最深的那個人。這位少將軍長得好看，可臉上的表情比山裡的石頭還硬，妳可不要被他騙了。」

在坤月谷最初的十年裡，簡兒對於外頭的世界並不是一無所知，甯婆婆總是跟她說了許多外頭的人和事，不過說得最多的就是讓她不要輕易相信男人，更不要輕易愛上一個人，所以在簡兒的認知裡，男人是不值得信任的，長得好看的男人更不值得相信，千萬不要輕易愛上一個男人。

「簡兒姐，這世上的好人和壞人不是從容貌上來分的，也不是從性別上來看的，無論是男人、女人還是老人或孩子，無論他們長得美還是醜，都有可能是好人，也有可能是壞人，不能一竿子打翻一船人。」安玉善一時無法將簡兒單純的思想扭轉過來，但外面的世界和坤月谷不同，現實教會人成長，她也不希望簡兒一直活在太過單一的認知裡。

「是嗎？」簡兒陷入深深的沈思之中。

第四十章　她還活著

到了這天中午，那個孩子還沒有醒，不過他已經退燒，安玉善也給他診了脈，從脈象上看，命算是保住了。

關於安玉善給人縫合頭皮的事情並沒有從濟民醫館流傳出去，這也是季景初特意吩咐的。

季景初清晨離開時，蕭林就留在了醫館，而蕭林確定了安玉善的真實身分之後，做的第一件事情就是針對他昨天的無禮道歉。

「這也不怪你，不知者無罪，不過以後對人客氣些，怎麼幾年不見，你和你主子都變得這麼霸道？」安玉善笑著打趣道，心中對於蕭林的不滿早就消失不見。

蕭林有些尷尬地扯了扯嘴角。或許是近朱者赤，近墨者黑，這三年來他和勿辰親眼看到季景初變得愈加沈冷，兩個人也歡快不起來。

既然已經確定安玉善的真實身分，就不能讓她繼續待在濟民醫館。蕭林依照季景初的吩咐，想把她帶到安全的地方。

「我在醫館待著就行，這裡還有病人需要我照料呢！」安玉善並沒有打算離開。

「玉善姑娘，您別讓小的為難。雖然當初要劫殺您的四批人，已經有三批找到了幕後主使者，但那些黑衣高手背後的主使者還不清楚是誰。醫館這邊守衛較少，還是去安全的地方為妥。」

還有一個原因蕭林沒有說。季景初現在的一舉一動也有人暗中盯著，要是那些人知道他在乎安玉善，那麼安玉善就會有危險。

「說起當年的事情，你的主子還沒告訴我是誰要害我呢，聽你這樣說，是不是知道什麼？」安玉善問道。

「具體小的也不清楚，只知道後來安氏本家和惠王查出那夥山匪是敬州于知府夫人花錢請的，雖然事敗之後，她自殺了，主子懷疑她背後還有人；另外兩批人則是許氏族長和奇王的人。」蕭林說道。

「奇王？他是誰？我哪裡得罪他了嗎？」安玉善疑惑地問道。

「奇王與惠王、英王都是死對頭，他的人只是想阻止妳進京給小皇子治病，不過查到他頭上時，他一口咬定這件事情和他沒有任何關係，再加上他母妃是皇后娘娘的表妹，也是甚得帝心，所以最後他只挨了訓斥便沒事了。」

蕭林雖然在大晉朝的京城待了三年，但很多事情他一個下人還沒有看透多少，更別說這些皇子皇孫之間的爭權奪利和陰謀詭計了。

就在安玉善詢問蕭林當年遭遇埋伏之事，季景初已經飛鴿傳書將她還活著的消息秘密送到了惠王的手中。

惠王接到消息的時候，騰地一下從椅子上站了起來，臉上閃過狂喜。

這真是太好了！安玉善不但還活著，現在就在離峰州不遠的地方，他拿著從鴿子腿上取下的小紙條匆匆往王府後院而去。

今日天氣不錯，蘇瑾兒一個人坐在院中曬太陽，手邊放著一壺溫熱的藥酒，思緒飄得有些遠。

「瑾兒、瑾兒！」惠王揮退下人，帶著笑意在蘇瑾兒對面坐了下來。

「什麼事情讓王爺如此開懷？」蘇瑾兒笑著看向這個與她越來越相愛相知的男人。

「她還活著！妳心心念念的好朋友還活著！」惠王將紙條遞給蘇瑾兒。

蘇瑾兒猛地站了起來，一臉震驚。

三年了，終於有安玉善的消息了嗎？

她接過紙條的手有些微微顫抖，看完上面的內容，她的臉上有了笑容，一顆清淚緩緩滑落。

「安玉善還活著，這是好事，妳怎麼哭了？」惠王也站起身，憐惜地替蘇瑾兒擦去眼淚。

「我是太高興了，三年了，我還以為……還以為……」蘇瑾兒又哭又笑，反而把惠王逗笑了。

「放心吧，吉人自有天相！」安玉善可是得了上天眷顧的人，兩次續命都沒死，這次怎麼可能會有事呢？

惠王高興是因為，只要安玉善活著，他心愛的女人就能活更長的時間，說不定再過兩年，他們還能有一個孩子；而蘇瑾兒高興，則是因為她此生認定的唯一一個知心朋友安然無恙。

「趕快把這個消息送到安家，義母他們一定會很高興的！」蘇瑾兒已經有些等不及要去山下村了。

這三年來，她與安家人的關係越走越近，在安玉善失蹤之後，她更是認了尹雲娘為義母，而安家人也給了她久違的溫暖親情。

三年前，就在安玉善失蹤的消息傳回大晉朝京城沒多久，英王的兒子、皇后看重的那個小皇孫就舊疾復發死了。

明明是奇王在背後作怪，結果英王不但把這筆帳算在惠王頭上，就連元武帝也勃然大怒，責怪惠王護送小神醫不利，間接害死了小皇孫。

從那之後，無論是皇室的大小節日宴會還是帝后的生辰，都沒有見過惠王夫婦的身影，就連惠王送到京城獻給皇上以表孝心的禮物，也被元武帝退了回來。

現在整個天下都知道，惠王不得元武帝歡心而遭其厭惡，認定他爭儲之路已斷。

京城的人漸漸忘記了遠在峰州的他們，蘇家更是想要斬斷與惠王府的聯繫，原本要送來峰州的兩個蘇家女，聽說一個進了奇王府做側妃，另一個則嫁給了一品大員的兒子做繼室。

面對蘇家人的絕情，蘇瑾兒更看重安家人的真心實意；而且在峰州也沒什麼不好，至少這三年來，她的丈夫將峰州、敬州和遵州治理得安居樂業，山匪也是被剿滅得乾乾淨淨。

現在對於她來說，更值得高興的消息出現了，她已經有些迫不及待要見到安玉善，和她說說這三年來的所有事情。

「今天安玉善表哥的小酒樓要在便民醫館外的街上開業，安家的幾位長輩都會去，不如咱們也一起去看看？」惠王笑著提議道。

「好呀，我也有兩日沒吃到文家的燒餅了！」蘇瑾兒笑著說道。

這邊王府的馬車剛啟程，那邊便民醫館外就響起了喜慶的爆竹聲。文強並不知道惠王夫婦要來，所以遵照吉時正式開業了。

站在掛著「仙酒樓」招牌的二層小樓外，大掌櫃文強一臉喜氣地招呼客人進門。

三年前他還是一個賣燒餅和雜碎藥湯的窮小子，如今他離自己的夢想更進一步，已經有能力開一家小酒樓了，而這一切都要感謝他的小表妹安玉善。

安玉善的失蹤始終是掛在安家人和他們這些親人心上的一塊大石，他要把酒樓開遍天下，這樣無論安玉善在哪個地方，他都能想辦法找到她。

小酒樓裡十分熱鬧，前來捧場的客人很多，文家燒餅和雜碎藥湯已經成了峰州的著名美食，來到這裡不嚐一嚐，那就算是白來了。

「大掌櫃，惠王和惠王妃來了！」有夥計慌忙從外面跑進來對文強說道。

安清賢三兄弟正在酒樓裡和熟識的人說笑，聽到夥計的聲音，也和文強一起迎了出去。

雙方見禮之後，文強把惠王夫婦請到了二樓雅間，還讓人端上茶水和點心。

分賓主坐下之後，惠王直接說明了來意，告訴安清賢幾人安玉善還活著。

「王爺，您……說的是真的？玉善她回來了？」安清賢幾人眼圈瞬間紅了。日夜擔心的他們終於等來了好的結果。

「是的，現在她正在佘州城外的豐賢鎮。你們放心，有人在照顧她，只是佘州現在被亂黨佔據，一時半會兒她還沒法回來。」惠王說道。

「活著就好、活著就好！」三年都焦灼地等了，難道還怕遲些時日嗎？

安玉善還活著的消息很快便被帶回了山下村，當時村民們正在稻田和藥田裡拿著鋤頭忙碌，為春耕做準備。

尹雲娘抱著剛滿二歲的小兒子坐在院中，臉上有著淡淡的笑容，但任誰看這笑容裡都多了一絲愁緒。

期盼了這麼多年，她終於有了一個兒子，這是菩薩的恩賜，可是沒人知曉她內心深處最真實的想法。

兒子雖然珍貴，但她寧願用自己的命和這個孩子的命來換取小女兒的命。

剛生下孩子的那幾個月，她常常會有一種很奇怪的想法，認為是自己對菩薩要求一個兒子太過分了，所以菩薩才懲罰她，將她最寶貝的女兒給帶走。

無數的夜裡她都作著惡夢，夢見小女兒一身是血的站在她的床前，要不是蘇瑾兒看出她的心結，還有家人不停地開導，她真的會撐不下去。

雖然家人刻意不在她的面前提起小女兒，但她這個做娘的沒有一刻忘記過她，總是希望某天看見她笑咪咪地揹著盛滿藥草的背簍，出現在院門那裡。

現在，她有了兒子，住上了人人羨慕的大宅院，身邊僕役成群，可她一點兒都不快樂。

「娘——娘——」安玉若流著眼淚衝進了家門。

「怎麼了？」尹雲娘在安玉善失蹤和生了孩子之後變得越發敏感，見到三女兒哭，她的心也跟著揪緊。

「小妹……她還活著！」安玉若大聲喊道，似是想要喊破天際一樣。

「妳……妳說什麼?!她……她在哪兒？我的玉善在哪兒？我的玉善在哪兒？」尹雲娘眼淚撲簌簌落下，手中的小兒子差點摔到地上，還好一旁的月桂攙扶了一把，並把孩子接了過來。

「小妹她在余州外的豐賢鎮，還好好地活著呢！」安玉若又破涕為笑地說道。

「玉善……我的玉善……」這份巨大的喜悅讓尹雲娘終於支撐不住，倒了下去。

遠山透出漸層般的綠意，溫暖的春風挾帶著出谷黃鶯婉轉清脆的鳴叫陣陣襲來。

曾經滿是茅草屋和籬笆院的山下村落漸漸被石磚青瓦的堅固屋舍取代，上空和著山風，飄著一陣陣清淡的藥香味。

午後的陽光暖洋洋的，村尾安松柏家二進宅院的主屋正室內圍著不少人，大家喜憂參半地看著床上昏迷不醒的尹雲娘。

「玉若，妳娘她怎麼樣了？」鄭氏一得到消息就從自己的房間跑著出來了，聽說尹雲娘昏倒，把她也嚇了一跳。

「奶奶，我娘她沒什麼大礙，只是初聽到小妹的消息，太激動了些。」三年來，安玉若醫術長進不少，診脈也很精準。

「也難怪妳娘會這樣，這三年來她心裡也苦啊……」鄭氏嘆了一口氣說道。

就在這時，清晨帶人進山採藥的安玉冉急急忙忙進了家門，一進院就尋找安玉若的身影。

「娘怎麼了？」安玉冉慌忙進了門。

「二姊，娘沒事，咱們出去說話。」安玉若拉著安玉冉的手走到了院子裡。

如今的安家姊妹可是盛名在外，她們不但長得明豔動人，而且為人做事頗有手腕，很多男子都比不上她們。

只不過，相較安玉若為了藥酒坊整日拋頭露面，安玉冉的世界除了家就是大山，當然三年來還多了一個跟屁蟲姜鵬。

「三妹，我問妳，這次真有小妹的消息了？」安玉冉著急地問道。

「沒錯，是惠王親自告訴大爺爺他們的。小妹現在就在余州城外的豐賢鎮上，因為余州現在被北朝舊部佔據，她暫時回不來，不過本家已經派人先去豐賢鎮了。」安玉若一得到消息就立刻騎快馬回了山下村。

「妳在家照顧娘和小弟他們，我現在就啟程出發去豐賢鎮！」安玉冉一刻也等不了。

當年沒有跟著安玉善去京城是她最後悔的一件事，現在既然知道安玉善在哪裡，那麼這次她一定要帶小妹回家！

「二姊，現在余州已經封了城，根本就過不去；而且我聽大爺爺他們說，余州自古便是兵家要塞，易守難攻，兩邊還都是懸崖峭壁阻隔，大晉朝的官兵攻了一個多月，余州還是如鐵桶一般。」安玉若也是急著想要早點見到安玉善，但她知道這時候不能感情用事，必須要計畫好才行。

安玉冉看了一下四周，將安玉若拉到身邊，小聲地說道：「三妹，豐賢鎮我是一定要去的，別人過不去的地方不代表我過不去。」她從小到大爬過的懸崖峭壁不知道有多少；再說這三年她還學了些拳腳功夫，多少是有些底子的。「妳應該知道我的脾氣，這次我無論如何都不能待在家等消息，妳也不要告訴爹娘他們。」

「二姊，這時候妳不要衝動……」安玉若拉住了她。

三年前的安玉冉也是這樣，非要出去找安玉善，但是被安子洵給攔住了，安玉冉還不顧尊卑和他大吵了一架，怪他沒有保護好自己的妹妹。

「三妹，別攔著我，我要去把小妹帶回家！」安玉冉態度很堅決。

安玉若知道自家二姊是按捺不住了，這些年沒讓她出去找安玉善，她心裡就憋著一股悶氣，這次怕是想攔都攔不住。

「好吧，二姊，我不攔著妳，不過妳要聽我的，不然我就告訴大爺爺。」安玉若也有自己的殺手鐧。

第四十一章　助他破陣

「好，要快點！」一想到余州並不安全，安玉冉就急了，她擔心安玉善再出什麼事。

安玉若點點頭，開始安排人手送安玉冉去礫州。或許從礫州外的懸崖峭壁翻過去就能繞到豐賢鎮上，不過即便沒走過那段路，也必定是十分艱險的。

好在安玉冉常年在山裡跑跳，面對那種險惡的環境，她比平常人更容易適應。

送安玉冉的馬車駛出峰州城外的時候，姜鵬騎著馬追了上來。對於安玉冉的行蹤，他現在已經有了「心電感應」。

「你怎麼跟來了？」面對一直糾纏自己的姜鵬，安玉冉已經不像三年前對他那麼排斥。

這期間雖然姜家也曾正式來下聘提親，但安玉善的失蹤讓她無心考慮自己的婚事，姜鵬知道她的心結，所以就一直在山下村陪著她。

「讓妳早點學騎馬妳不學，現在後悔了吧？上來吧，我帶妳去礫州，比妳這輛馬車快多了！」姜鵬也不說自己從哪裡知道的消息。他既然認定安玉冉是他的妻子，那麼就要隨時保護她的安全。

安玉冉根本想都沒想就伸出了手。比起被眼前這個男人佔便宜，她更想快點見到自己的小妹。

而此時的姜鵬也沒了逗弄安玉冉的興致，他知道她現在肯定是心急如焚，所以整個人也正經不少，緊摟著她，然後猛踢馬肚，千里良駒就像離弦之箭一樣朝著前方奔去。

豐賢鎮上，林副將休養的那座小宅院內，安玉善從蕭林的口中得知季景初已經將自己還活著的消息送到了峰州，想必這會兒她的家人已經知道她即將歸家的事。

安玉善的心也因此變得更加急切。她也想快點見到季景初，想要問問他余州久攻不下的主要原因。

簡兒從小就是孤兒，被她視為家人的甯婆婆和瘋爺爺死了後，現在最重要的家人就是她身邊的安玉善，所以她很難理解安玉善此刻焦灼的心。

「玉善妹妹，妳別著急，妳很快就能回家的。」簡兒安慰著她。

「我也希望能很快回去，我的家人一定很著急。」安玉善看著峰州的方向說道。

好在兩天後她幫林副將診病時又見到了季景初，這時候的林副將已經有了意識，而且能坐起來說一會兒的話了。

安玉善一直在門外等著季景初與林副將說完話出來，然後兩個人在廂房裡坐了下來。

「季少將軍，余州城什麼時候能夠拿下？」安玉善直接問道。

「我們是不是應該重新改一下對彼此的稱呼？」這次見面，季景初覺得很多事不能再模糊不清了。

不過在急著回家的安玉善眼裡看來，現在的季景初似乎總愛答非所問，她問的是攻城，他卻說起了稱呼。

「你想怎麼稱呼都行。」安玉善真的不在意這些，因為她覺得這根本不是問題的重點。

「那好，以後我叫妳玉善，妳就叫我景初哥哥。」季景初說著，抿了一口茶，似乎覺得這茶極為香醇。

「景初哥哥？能不能換一個？」即便不在意，可她總覺得這個稱呼肉麻兮兮的；而且真要算起來，她兩輩子加起來比季景初大多了。

「不喜歡？那就叫景初。」季景初語調平靜地說道。

「行！那你可以趕快告訴我，為什麼余州城還攻不下了嗎？」安玉善覺得這樣的稱呼她還能接受，畢竟在現代朋友間，互稱對方的姓名是再正常不過的一件事，可她哪裡知道，在大晉朝名門望族的規矩裡，只有最親密的男女才能稱呼對方的名字。

「余州城內有高人在，豐賢鎮的水毒就是他的『傑作』，我現在還沒有想出破解陣法的辦法，所以還要再等等。」季景初沒有隱瞞安玉善余州城內的情況。

最初他從京城率軍前來，只用了半個月就將余州周邊縣鎮的叛黨剿滅了，不過叛軍主力全都退守在余州城內，還設下四門龍虎陣，他的人攻了幾次都失敗而歸，且傷亡慘重。

現在不找到破解之法，他是不會輕易進攻，畢竟身為主帥，他不能拿將士們的性命再草率行事。

「你找到破解這陣法的人了嗎？」安玉善追問道。

「有人已經去找了，算算時間，他也該回來了。」季景初現在只能等待。

雖然安玉善腦子裡有很多奇門遁甲的相關知識，可這四門龍虎陣她並沒有聽說過，坤月谷裡那些關於陣法的書冊她也只是死背硬記，自己都一知半解了，該怎麼幫季景初破城呢？

啪！

「放開我！你這個登徒子，壞人！」

正坐在屋子裡聊天的季景初和安玉善突然聽到院子裡傳來簡兒火冒三丈的怒斥之聲，似乎還有某人被打了一巴掌的聲音。

「你這個小廝好大的脾氣，本少爺又不是故意的；再說，要不是本少爺好心扶住你，你早就摔到地上了，真是好心沒好報！」緊接著一個無奈的男聲響了起來。

安玉善和季景初趕緊起身走了出來，就看到院中一個身穿淺藍色交領直裰外衫的俊俏男子和羞惱的簡兒正在對峙著。

「你……無恥！」簡兒話音裡已經有了微微的哭腔。

「我怎麼無恥了？季家的下人真是越來越沒規矩了，就算本少爺嚇到你，你至於這麼生氣嗎？」

「誰讓你摸我的……你就是壞人！」那些罵人的話，簡兒還真的不怎麼會說。

「我摸你的胸怎麼了？大家都是男人，卻斤斤計較的像個姑娘。景初，你家這下人該換一個了！」慕容遲不想和簡兒糾纏，打算走到季景初身邊去。

「這位可不是我家的下人，而是我請來的客人。慕容遲，你還是給人家道歉吧！」簡兒是安玉善的結拜姊妹，季景初可不想好友得罪了她。

不過也難怪慕容遲會把簡兒一個嬌滴滴的大姑娘認成男子，現在安玉善和她都是女扮男裝，而且容貌和剛來豐賢鎮時一樣。

「客人？我……」慕容遲還未反應過來，一陣白色粉末就朝他撲了過來，接著他只覺得奇癢無比。

氣憤之極的簡兒轉身跑開。誰教這個男人太可惡了，不但摸了她，還當著這麼多人的面說了出來，她沒臉活了！

「我先去看看！」安玉善可沒時間同情慕容遲，不管怎麼說，他的確是傷害了簡兒那顆單純而又脆弱的心靈。

「啊，癢死我了！這是什麼鬼東西，快給我拿水來！」慕容遲整個人跳了起來，他忍不住要抓癢，可卻越抓越癢。

「蕭林，帶慕容公子去洗臉。」季景初搖搖頭走進了客廳。人家姑娘沒下毒藥就算不錯了。

過了一小會兒，季景初就見慕容遲頂著一張腫成豬頭的臉氣呼呼地來到了客廳。

「快……快叫你那客人……給我解藥！」慕容遲連嘴巴都腫了，嘴上像掛著兩根大肥腸，說話也不索利了。

「再等等吧，等人家消了氣再說。」安玉善製出來的藥粉可不是什麼人都能解的，這些癢癢粉聽說安家的女人人手一份。

「消……消什麼氣？」慕容遲到現在都還不明白怎麼就得罪人了？

「人家是個姑娘，你說消什麼氣？」季景初沒好氣地看了慕容遲一眼。

「什……什麼？她……她是個……女的？」怪不得剛才手感那麼好，慕容遲臉也紅了。

「我……我不是故意的……我是……是為了……救人。」

兩個人又在客廳裡等了一會兒，安玉善才走進來，看到慕容遲的樣子，忍不住就笑出了聲。

「怎麼樣了？」季景初問道。

「簡兒姐已經不生氣了，不過她還需要緩一緩。」單純的簡兒還沒有和男子這麼近距離接觸過，經過安玉善的開解，對慕容遲的惱意雖然少了些，但羞憤還是有的。

「玉善，妳先給我這位好友消腫吧，他就是我說的那個出去找破解陣法的人。」季景初對安玉善的親近語氣，讓慕容遲覺得萬分震驚。

「她是誰？」這次慕容遲腦袋靈敏了些，猜出安玉善也可能是個女子。

「是我請來的大夫，也是我非常重要的……朋友。」季景初解釋道。

慕容遲與他朝夕相處三年，總覺得從季景初嘴裡說出來的「朋友」兩個字有些耐人尋味。

安玉善拿出一顆藥丸給慕容遲，讓他吞下去。

不到一刻鐘，慕容遲就恢復了原貌，直讚安玉善的藥丸神奇。

「既然妳是景初的朋友，那也就是我的朋友。作為朋友，這是我的見面禮。」慕容遲從懷裡掏出幾張銀票塞到安玉善的手裡，然後一臉渴望地看著她。「我的見面禮就要剛才的藥粉和解藥。」

安玉善還是頭一次見到這樣給朋友見面禮還跟人家要見面禮的，她無奈笑著看了季景初一眼。他這是認識的什麼朋友呀！

「你別鬧了，快說說陣法的事情。」現在破城也是正經事，季景初對安玉善搖搖頭。他也是無奈呀！

「啊……陣法啊！這個……景初，真的很抱歉，沒想到我師叔竟然在這個時候閉關，要到半年後才會出關。」慕容遲不好意思地解釋道，怕季景初太失望，又趕緊說道：「不過你別擔心，我把記載四門龍虎陣的書給偷出來了，只是裡面沒有破解之法，咱們必須再找別的高人研究研究。」

慕容遲從懷裡掏出一本有些破舊的薄書冊放到季景初身旁的椅子上，臉上尷尬地笑。

「你我都不懂奇門遁甲之術，就算有這本書又有什麼用，一時之間又到哪裡去找這方面的高手？」說不失望是假的。天下會奇門遁甲之術的高人本就不多，留給自己的時間又有限，雖然季景初讀過不少兵法奇書，可破陣之法卻是一竅不通的。

「我可以看看嗎？」安玉善聽後也覺得失落，可她不想放棄，什麼機會都要嘗試一下。

「妳懂？」季景初和慕容遲都有些奇怪地看向她。

「我也不大懂，不過先看看再說。」關於坤月谷裡的秘密，安玉善和簡兒出谷之後就約定好永遠不說出來，她們不希望有外人去打擾甯婆婆和瘋爺爺在地下的安寧。

季景初把書遞給了安玉善，而慕容遲覺得安玉善只是裝裝樣子而已，畢竟在自己師叔的薰陶下，他還是有那麼一點點的基礎的。

在安玉善看書的時候，他便對季景初解釋道：「這四門龍虎陣據說是兵家陣法之中最厲害的，如果擺陣之人對此陣法略懂皮毛，那麼陣法會反噬，甚至會讓擺陣方全軍覆沒，反之攻無不克、戰無不勝，依照書中所描述的，余州城的陣法應是屬於後者，我想，即便我師叔來了，他也未必能破陣。」

「除了你師叔外，還有誰會破陣法？」季景初表情陰沈了些。

「天下能人異士是不少，可真正被世人所知的並不多，我知道的那幾個連我師叔都比不上，就算把他們找來也是沒用的。」慕容遲不得不再次打擊季景初。

「難道真的就一點辦法也沒有嗎？」季景初追問道。

慕容遲搖搖頭。早知道這樣，當初他就不學武功，改學奇門遁甲之術了，說不定還能幫上一點忙。

此時安玉善已經將關於四門龍虎陣的內容全部看完，並在腦中將她在坤月谷看過的有關破陣的秘訣推敲一番，突然靈機一動，想起以前看過的一部電影中提到的幾句話。

「我有個想法，你們看看行不行？」安玉善笑了一下說道。

「妳一個大夫能有什麼想法？」而且還是個女的。不過這句話慕容遲沒有說出來。

「玉善妳說。」季景初卻是相信安玉善的，尤其是她的笑容還帶著一股難以言說的自信，再想到她一直以來的經歷，說不定她還真能想出來。

「我曾經聽人說過一種叫鬥獸棋的遊戲，這個遊戲中雙方都有八個棋子，分別為象、獅、虎、豹、狼、犬、貓、鼠，吃掉對方的棋子並佔據對方的地盤方為勝者。其中象可以吃掉獅子和老虎，而獅子和老虎能吃豹和狼，貓吃老鼠，但老鼠卻能吃大象。四門龍虎陣講求的是大開大合、氣勢磅礡，很容易壓制住一些想攻破此陣法的人，但如果變身靈巧的老鼠，說不定就能出其不意，將此陣法打亂。」安玉善將自己的想法說了出來。

「妳說得很有道理，可是咱們這裡也沒有會布置這種陣法的人。」以大吃小，但有時大的也能被小的吃掉，季景初覺得這個辦法是可行，但具體如何做卻又作了難。

「沒想到妳這個大夫還真能說出一些東西來。不過景初說得對，現在找個會布置陣法的比會陣法的更難。」慕容遲不得不對安玉善另眼相看，這個小大夫夠聰明。

「我能不能親眼看一下余州的四門龍虎陣？」書上所記載的陣法和實際的陣法也許有所出入，安玉善不敢貿然行動。

不過她的話倒是讓季景初眼中一亮，想她或許真的會佈陣也不一定。畢竟他們已經有三年沒見了，而對於這三年來的經歷，安玉善一直沒有據實相告，他也沒有追問。

「妳有把握嗎？」季景初看向她。

「沒什麼把握。」安玉善說的是實話。雖然她理論知識很豐富，卻沒有實際操作的經驗。

「明日我會集結大軍在余州城外叫陣，妳就隨我一起去吧。」季景初突然出聲說道。

「景初，你是不是瘋了？這小大夫說了她沒把握！」慕容遲就像不認識好友一樣看向季景初。

這小大夫到底有什麼能耐能讓季景初如此信任她？太奇怪了！

季景初的信任讓安玉善很感動，所以當第二日站在較高處看著下面烏壓壓的兵士擺開的四門龍虎陣，她尤其認真。

安玉善和季景初都不想讓兵士們白白送掉性命，因此這一次只是叫陣卻沒有對敵。回到大營後，季景初又把經歷過四門龍虎陣活下來的兵士集合在一起，讓他們講述作戰時的情況。

聽完之後，安玉善拿著慕容遲從他師叔書房偷來的書冊進了季景初的大帳，並不許任何人打擾。

安玉善不懂兵法作戰，所以她只是根據這三年來牢記的陣法實用知識嘗試著先布了一個陣，又把季景初叫進來，和她拿石塊演練一番。

「這個陣法的威力如何我沒把握，每個位置該布置多少人我也不清楚，這個只能靠你了。」季景初比她清楚軍隊的作戰能力，她這個半路上道擺陣的人也只不過是找到陣法容易攻破的地方罷了。

「原來妳真的會佈陣，這樣一來攻破陣法裡的叛軍希望會很大，我會和屬下商量一下，妳再研究一下陣法。」季景初不是一個自負武斷的人，他也看得出來安玉善應該是第一次佈陣。

安玉善點點頭。經過兩、三天的研究，她終於拿出一個比較滿意的陣法，並取名為「老鼠陣法」，而季景初和部下也已經估算出對戰時需要投入的兵力。

第四十二章 終於歸家

季景初用安玉善的陣法讓兵士們又演練了三天，發現她這個「老鼠陣法」比原來設想的還要厲害，只需要投入原本準備的一半兵力便能破陣。

「少將軍，您是從哪裡找來的能人，這『老鼠陣法』真是厲害，到時候管他是龍還是虎，都要被咱們這隻老鼠給咬死！」見識了陣法厲害之處的大晉朝官兵樂呵呵地說道。

「讓將士們今天吃飽喝足，明日迎戰！」季景初覺得此刻時機已經成熟。他已經讓人通知了惠王和礫州城外的守軍，到時候前後夾擊，一舉殲滅余州亂黨。

就在季景初準備大舉進攻余州的這天，安玉冉和姜鵬略有些狼狽地來到了豐賢鎮上。他們從礫州的高山上爬到了余州城外的懸崖邊，然後又攀著懸崖爬下，繞到了豐賢鎮外的大山裡，接著又從大山裡找到出口到了豐賢鎮。

這一路上，比起攀在懸崖峭壁上的危險，趕路的艱辛更讓他們感到辛苦，還好最後他們終於抵達。

「三妹說，小妹在這裡有惠王的人照顧，咱們該去哪裡找她？」匆匆吃了一頓早飯，安玉冉覺得鎮上的氣氛有些緊張。她已經聽說了，今天大晉朝的官兵會再攻城。

「妳別著急，我知道去哪兒。」姜鵬挑眉一笑，胸有成竹地說道。

「你知道？」安玉冉露出懷疑的神色。

三年來，這傢伙除了過年時離開過山下村，其他時間可都是跟在她屁股後頭，他是怎麼知道的？

「你可別騙我，你真知道？」安玉冉不禁又問。

「我什麼時候騙過妳？我是真的知道，妳就跟我走吧！」姜鵬雖然整日無所事事，但他怎麼說也是姜大將軍唯一最寵愛的弟弟，有些事情他還是知道的。

別看自家大哥不是在京城，就是出外打仗，好像對於皇子間的明爭暗鬥嗤之以鼻，其實暗中他早就站在了惠王這一邊，而自己在峰州三年除了要追妻，就是暗中為惠王辦事。

他記得很清楚，在豐賢鎮上有一座極隱密的宅院，安全性也很高，安玉善極有可能就在那裡。

兩個人到了宅院之後，安玉冉發現此處空盪盪的，什麼都沒有，不禁怒道：「還說沒騙我，這院子裡連個鬼影子都沒有！」

「不對呀，應該在這裡的……」姜鵬有些不解地撓撓頭。

兩個人又氣呼呼地回到大街上，安玉冉還特地去濟民醫館問了問，可什麼都沒問出來。

「現在該怎麼辦？」她本來還想著一個小鎮能有多大，問一問肯定就知道安玉善在哪裡，誰曉得問了也沒人知道。

正當兩人站在大街上一籌莫展時，突然聽到一道呼喚。

「二小姐！」

安玉冉看到三名身著勁裝的女子牽著馬朝他們走過來。雖然這三人臉上風霜多了些，但她一眼就看出是三年前跟在安玉善身邊的丫鬟。

三年前，木槿她們傷都沒養好就去找安玉善的下落，還說一日不找到安玉善她們便一日不回山下村，看來這次她們也已經知道安玉善在豐賢鎮上了。

「妳們知道小妹在哪兒嗎？」安玉冉想著安玉善或許已經和她們聯繫上也不一定。

「奴婢知道，主子她現在就在與余州叛軍對戰的大晉朝軍營內，奴婢們正要往那裡趕。」木槿解釋道。

「她去大營幹什麼？現在就要打仗了，我得去把她帶回來！」安玉冉急急說道。

於是，一行人快馬加鞭地往季景初的大營趕了過去。

余州城門殺氣騰騰，千軍萬馬一觸即發，季景初一身銀盔鐵甲，猶如戰神臨世。

安玉善和簡兒在大營的軍醫帳內來回忙碌著。待會兒兩軍廝殺，勢必會有人受傷，早點把止血藥、紗布等物品準備好，也能多救幾個人。

巳時三刻，戰鼓響震天，老鼠鬥龍虎，正式拉開了生死大幕。

龍盤虎踞張開了雷霆萬鈞的囂張大口，整齊排列、氣勢十足的兵士根本沒把對方看在眼裡，此刻大晉朝那有些零散的隊形真的很像一隻膽怯的老鼠。

四門龍虎陣擺得是外方內圓的陣法，其中大方陣都由小方陣組成，周邊陣法「陣中容陣」，四周兵力多，更加可以防禦敵人進攻，而中間的圓陣則彌補了方陣中間兵力薄弱的缺點，鞏固了中間兵力，這樣一來，即便周邊方陣被破，中間的圓陣也能抵禦敵兵。

整個陣法猶如無數小盾牌組成的堅固大盾牌，很難被突破。而安玉善想出的「老鼠陣法」則是錐形陣，前鋒兵力迅速尖銳，兩翼兵力堅強有力，依靠精銳前鋒在狹窄的正面攻擊敵人，以達到割裂、突破敵人陣型的效果，而兩翼則能幫助擴大戰果。

比起以防禦為主的四門龍虎陣，錐形老鼠陣更強調進攻，而且靈活性更強，猶如會在陣法中隨意轉變方向的長矛，猛插自己的心臟位置。

就在余州城外兩陣激烈對峙之時，礫州、峰州兩地的增援兵馬也已經趕到，與季景初的大軍前後夾擊，一鼓作氣要攻破城門。

就在季景初率領大軍破陣的時候，安玉善在後方大營見到了匆匆趕到的安玉冉等人。

「小妹！」安玉冉衝進軍醫帳時，就看到一身俐落女裝的安玉善正在給病人包紮傷口。

「二……二姊？」安玉善震驚地看向安玉冉。她還以為要再晚些時候才能見到家人。

兩姊妹登時激動得眼圈泛紅，抱在一起又哭又笑。三年了，她們終於見面了！

「小妹，快和二姊說說，這三年來妳到底去哪兒了？既然妳還活著，為什麼不給家裡送個消息？妳知不知道爹娘和我們有多擔心？」安玉冉很少哭，這次的眼淚她忍了三年才落下。

姜鵬還從未見過一向堅強的安玉冉表現出脆弱的一面，可見她有多擔心自己的妹妹，心裡更是湧上無限柔情。

「奴婢護主不力，請姑娘責罰！」木槿等人一見到安玉善就跪下請罪。

安玉善先安撫了下安玉冉，然後對木槿她們說道：「妳們快起來吧，當年的事情和妳們沒關係，聽說這三年來妳們一直在找我，謝謝妳們。」

「姑娘……」木槿等人眼圈也紅了。

「好了，快起來吧，如果妳們還願意，以後就還跟著我吧。」安玉善笑著說道。

「小妹，妳還沒回答我的問題呢！」急性子的安玉冉拉著安玉善說道。

「二姊，妳別著急，我待會兒什麼都告訴妳。」安玉善將簡兒拉過來，向安玉冉介紹道：「二姊，這是我的結拜姊妹簡兒，這三年來就是她一直照顧我的，以後她就是咱們家的女兒。簡兒姐，這是我二姊，以後妳也叫二姊。」

「簡兒見過二姊！」簡兒小臉紅彤彤地說道。

安玉善能與家人相見，她也跟著激動。

「簡兒妹子妳好，謝謝妳這三年來對我家小妹的照顧，以後我就是妳的二姊，有誰欺負妳就告訴我，二姊打得他滿地找牙！」得知簡兒的身分，安玉冉立即拉近了和她的距離。

慕容遲此時正從大帳裡出來，正巧聽到安玉冉這些話，不禁後背一涼。直到現在簡兒姑娘還沒接受他的道歉呢，貌似能給她撐腰的人越來越多了。

「小大夫，這軍醫帳內不是說話的地方，幾位要是不嫌棄，就先到我的營帳內暫歇。」慕容遲笑嘻嘻地走進來說道。

「慕容遲，你怎麼在這裡？」姜鵬聽到慕容遲的聲音，詫異地轉身，就見到他慢悠悠地走進來。

「喲，這不是姜二公子嘛？聽說你為了一個鄉下丫頭，把京城裡如花似玉的花魁娘子都給拒絕了，今天怎麼有空來這裡？難道你是回心轉意了？」慕容遲看著文質彬彬，可說起話來還真是不討喜，這不一下子就把帳內的幾個人都給得罪了還不自知。

「慕容遲，你少造謠，本公子清白得很！」姜鵬先是怒瞪著慕容遲反駁，又有些緊張地看向了臉色變黑的安玉冉。

「花魁娘子？」安玉冉冷笑一聲，掃向兩個人。

「慕容公子，其實有時候你不說話，還挺像個男人的。」就憑著三年來姜鵬待在安玉冉身邊陪著她，安玉善對他的印象就不錯，而這個慕容遲絕對是來破壞氣氛的。

「我本來就是個男人！怎麼，我說錯什麼話了嗎？」這次慕容遲反應依舊慢半拍，不明白氣氛怎麼有些變了？

「慕容遲！」姜鵬見他這樣子，牙齒都要咬碎了。

「安大夫、安大夫，傷員被送回來了！」這幾天，安玉善的非凡醫術在軍營裡已經傳開了，大家也都習慣叫她安大夫。

「二姊，有什麼事情咱們回頭再說，現在第一批傷員已經送過來了，我必須趕緊幫他們救治！」安玉善提起季景初找人給她做的藥箱就要往外面走。她也很想知道現在戰場上是什麼樣的情況。

「我來幫妳！」就像小時候那樣，安玉冉伸手接過了安玉善的藥箱。

「我也能幫忙！」這三年在山下村，姜鵬多多少少也學了些皮毛。

「還有我們！」木槿等人高聲說道。

安玉善點點頭，帶著大家一起照顧傷員，就連慕容遲也抹了抹鼻子跟在後頭。

外面的傷員比安玉善想像的要多些，她一邊給受傷較嚴重的兵士消毒和縫合傷口，一邊問意識較清醒的傷員。「前方戰事如何？龍虎陣還沒有破嗎？」

「就快要破了，少將軍今日要一鼓作氣拿下余州城，所有將士都出動了，所以受傷的人才會比較多。」一位傷員回答道。

「原來是這樣，你們別亂動，免得剛縫好的傷口裂開。」安玉善心裡鬆了一口氣。只要破了陣，接下來就好辦了。

而此刻余州城內則是一片混亂。原本城內百姓對於亂黨佔據余州就不是很歡迎，而且「新皇帝」還要以他們的性命威脅大晉朝的人不准進攻，這種行為讓他們很是寒心。

雖然沒有人喜歡做亡國奴，但是這幾年在大晉朝的統治之下，百姓們已經漸漸從戰火硝煙中恢復，希望能過上安定的生活。

更何況，原本的北朝並沒有帶給百姓多少真正的實惠，相反百姓們在北朝的統治下過得並不容易，官逼民反的事情也是時常發生。

如今眼看日子越過越好，有些復國亂黨卻還是不安分，一心要建立新北朝，結果蠱惑一些忠君愛國的人跟著謀反，還害得百姓們跟著受罪。

在大多數余州百姓心目中，誰做皇帝並不重要，重要的是誰能帶給他們更好的生活，而「新朝廷」的表現讓大家很失望，城內民心自然不穩。

一聽說「新皇帝」仰仗的厲害陣法被大晉朝的官兵給破了，而且馬上就要攻到城門口，百姓們躁動不安的心變得更加急切，封城這些日子快把他們也折磨瘋了。

同樣心躁不安的還有余州城內那些復國之人。他們當中很多人是為了成為開國之臣才到了余州，還以為仗著余州地勢險要和高人相助，會很快收復北朝被大晉朝佔據的疆土，哪想到這火焰剛剛點起來就被人當頭澆了一盆涼水，現在被人前後夾擊，高人也不知道跑到哪裡去，他們的美夢還沒作夠就要醒了。

於是，在大晉朝的大軍攻破城門的那一刻，許多復國之人攜帶金銀細軟四處狼狽逃竄，在逃亡的過程中，他們很快就被大晉朝的官兵殺的殺、俘的俘，不到一日，季景初的大軍便攻破了余州城，兩日便控制了余州的形勢，取得此次剿滅叛黨的大捷。

當然，安玉善的「老鼠陣法」功不可沒，可是在給皇帝的奏摺中，季景初並沒有提到她，這也是余州大捷之後，季景初和安玉善商議之後決定的。他們暫時都不想讓更多人知道安玉善還懂陣法這件事情，慕容遲和簡兒自也是不會說的。

雖然城門破了，但安玉善一時也無法離開余州城，因為有太多的傷兵需要她救治，好在有安玉冉他們一起幫忙。

「小妹，妳到底打算什麼時候離開？」照這樣下去，安玉冉覺得安玉善十天半個月也離不開余州城。

「二姊，我恨不得現在就回家，可這些傷兵怎麼辦？我總不能見死不救吧？如果齊全哥他們在就好了……」就算回家的心再急切，與眼前此刻亟待拯救的病人性命相比，實在是微不足道，誰教她骨子裡始終是個救死扶傷的大夫。

「那我給齊全哥他們傳消息，讓他們來這裡代替妳，這三年來他們可長進不少。」有安玉善留給安玉若的那兩本醫書，再加上惠王府任太醫手把手的教導，苦心鑽研三年的安齊全等人的醫道已非尋常大夫可比。

「不用傳消息了，我們已經來了！」軍醫大帳的門簾被人從外頭掀了開來，安齊全和安玉若笑嘻嘻地走了進來。

「齊全哥、三姊，你們怎麼……」安玉善驚喜地看著來人。

「知道妳在余州這個亂地，家裡的人怎麼會放心？妳二姊前腳離開峰州，大爺爺就讓我們都跟過來了。在城門攻破前，我們先到了礫州，而且還給你們帶來了藥材和藥酒，齊傑他們正在外面給人看病呢！」看著已經長成大姑娘的小堂妹，安齊全內心萬分激動。不過這些年來他跳脫的性子已經收斂不少，身上還多了一絲儒雅沈穩的氣質。

因為受傷的兵士較多，大帳內根本安置不了更多的傷員，很多傷員都只能躺在外頭。

「小妹！」安玉若走到安玉善面前，不管她兩手血腥，一把抱住了她。

當年安玉善把那麼多重要的事情託付給她，安玉若又是傷心，又是覺得肩上擔子極重。她本就比家中姊妹成熟，之後的日子裡她更是逼迫自己迅速成長，她發誓一定要完成安玉善交託的每一件事情。

如今，再看到自己的小妹，她像突然找到了主心骨，別人都覺得安家三姑娘要強能幹，其實沒人知道她內心也是脆弱的，而她的小妹就是她力量的來源。

「三姊，這幾年辛苦妳了！」安玉善只一眼便能看到自家三姊身上的蛻變，她承受的壓力和痛苦一定比自己想像的還要多。

「不辛苦，看到妳平平安安回來，一切都不辛苦，三姊沒讓妳失望，三姊盡力做到最好了。」安玉若流著淚笑道。

「是的，三姊，妳真的做得很好很好，以後我來和妳一起扛！」安玉善眼角也流出了眼淚。

「還有我，我可是妳二姊呢！」安玉冉看著動情的兩位妹妹大聲說道。

此時，別說姜鵬、慕容遲這些外人，就是聽到這些話的傷兵們也都跟著一起心懷感動。他們也是有兄弟姊妹的人，看到人家一家團聚，心中也湧起了對家人的思念。

第四十三章　閒話家常

有了安家兄弟的幫助，安玉善和軍醫的工作一下子輕鬆不少，到了晚上，季景初特意設宴為他們接風洗塵。

「沒想到程家小公子如今成了威名赫赫的少將軍，我記得大晉朝有一位大將軍姓季，當初攻打峰州時，便是這位季將軍，不知他和少將軍的關係是？」安齊全一雙眼睛笑著，但眼裡卻藏著審視的光。

以前在山下村時，安家的人除了安玉善外很少見到這位程小公子，如今三年未見，竟是完全不同了。

「我比幾位賢弟年長，大家要是不介意，可叫我一聲季大哥，咱們也是舊識，不必如此見外。至於那位季將軍，他正是家父。」面對安家人的時候，季景初臉上冷硬的表情緩和不少。

「這麼說，你和邵世子一樣都是當朝國君的親外孫，是惠王的親外甥。」安齊全一副「果然如此」的表情。

「沒錯。」季景初點點頭，似乎不想多談自己的身世，而且他也不明白安齊全今日為何有些咄咄逼人？

「聽說你母親是……」安齊全還想接著往下說，安玉善笑著打斷了他。「齊全哥，你怎麼都不問問我？我們都三年未見了。」

安玉善感覺得出來，對於自己的身世，季景初應該是有些忌諱的，而且這又是大庭廣眾之下，她不想他為難。

看著維護季景初的安玉善，安齊全搖頭一笑。這個傻妹妹，他做這些可都是為了她呀！算了，有些事情還是順其自然吧！

「明天妳就跟著妳二姊、三姊回山下村，這裡有我們在就可以了，孀娘她想妳想得茶飯不思，妳要是再不回去，她就要自己跑來了！」安齊全笑道。

「那好，明天一早我就走。」安玉善說道。

季景初深深看了安玉善一眼。他說過要親自送她回峰州的，可現在余州城內還有叛黨餘孽，他這個主帥不能丟下爛攤子離開，可他又不想違背對安玉善的承諾。

安玉善倒是很理解他，讓他先平定余州再說，加上自己有這麼多人護送，不會出任何問題的，不過季景初還是把她送到了礫州。

正當安玉善一行人急急往峰州趕去，得知小女兒已經出了余州城的尹雲娘，每日都要站在自家院門前一整天，希望從那條已經拓寬的道路上看到她的身影。

就像安齊全說的那樣，她茶飯不思，急得月桂、木蘭幾個下人不知如何是好？最好只好請來了陳氏、丁氏幾人。

「雲娘，妳這樣下去可不行，眼看玉善就要回來了，要是看到妳這樣清瘦，孩子心裡肯定也不好受。」陳氏勸慰道。

「是呀，嫂子，妳多少要吃一點，否則玉善好好地回來了，結果妳又倒下了。妳也知道玉善那孩子有多心疼人，要是看到妳這樣，她指不定多自責呢！」丁氏也勸道。

「我明白，可我這心裡就是著急得不行，不看到玉善安然無恙，我這雙眼睛就不敢閉上睡覺。」尹雲娘說著又哭了起來。

陳氏也跟著嘆了一口氣。尹雲娘一直都是個堅強的女人，可家裡人都知道，她對安玉善是極為偏愛，三年前安玉善失蹤，差點沒要了尹雲娘半條命。

要不是後來尹雲娘發現懷了身孕，她根本撐不下來，可生了兒子也沒讓她多歡喜，整日以淚洗面，希望能早點知道安玉善的消息。

「妳這三年都等了，還怕這幾天嗎？再說齊全他們都去余州了，這次絕對不會讓玉善有任何的閃失；惠王的人也去接人了，妳就安心在家裡等著吧！」陳氏又透露一些消息給尹雲娘。

「真的嗎？那可是太好了！」尹雲娘臉上這才有了些笑意。

「妳還是吃點東西吧，等玉善回來，咱們還要好好地慶祝一下，到時候妳還要起來張羅，可不能倒下！」丁氏笑道。

「妳說得對，我不能倒下。玉善這三年在外面一定吃了不少苦，我吃、我吃！」尹雲娘有些急切地讓人把飯菜端進來。

看著尹雲娘的心結解開了一些，陳氏和丁氏也鬆了一口氣。當娘的都不容易啊！

又過了兩日，就在峰州府城外，安玉善看到了一直等著她的蘇瑾兒和惠王。

當初，他們夫妻也是在這個地方送自己離開的，如今三載春秋，她終於回家了。

「玉善妹妹！」看到那個熟悉的身影，蘇瑾兒淚如雨下。

原來交心的朋友無論多少時日未見，那深厚的情誼是永遠不會變的。

「瑾兒姊姊！」安玉善也下馬迎了上去，兩個人的手緊緊握在一起。「這些年妳還好嗎？」

安玉善反手為她診脈，發現她走後讓人送到惠王府的那封厚厚的信起了作用。這些年任太醫一定有按照她寫的方法給蘇瑾兒治病，否則她的身體不會調養得這樣好。

「我很好，這都要謝謝妳！」蘇瑾兒要感謝安玉善的地方很多，但成千上萬的話到了嘴邊卻又不知道如何說，只得催促道：「快回家吧，義母一定等得很著急了。」

馬車再次疾馳而行，天黑之前終於到了山下村。

安玉善掀開車簾，就看到整個山下村此時都已經亮起了燈火，這和她記憶中的村落不大一樣，山下村變得更加生機勃勃，也更加美麗壯觀了。

「玉善、玉善——」一聲聲急切的呼喚讓安玉善跳下馬車往前方奔去，有一個略顯踉蹌的身影朝著她的方向跑來，那是她朝思暮想的母親。

「娘！」安玉善一邊大喊，一邊揮舞著她的手臂，臉上露出萬分喜悅的笑容。

「玉善！玉善！」

「娘——我回來了！」

當母女二人深情相擁之時，激動的尹雲娘幾乎有些站不穩，但她還是緊緊地抱住懷中已經長得如花似玉的小女兒。

「玉善，妳可算是回來了，這三年妳究竟去哪兒了？妳知道娘有多擔心妳嗎？」尹雲娘嚎啕大哭起來，她的小女兒終於回來了。

「娘，對不起、對不起，都是我不好，妳別哭了！」安玉善也從未這樣情緒失控過，面對自家娘親溫暖的懷抱，她捨不得離開。

「都是娘不好，是娘沒有保護好妳，都是娘的錯！」尹雲娘自責地說道。

在一旁看著母女相逢的人全都跟著感動落淚，安松柏努力忍住淚水，但眼角還是流出了眼淚。

「好了、好了，雲娘，咱們快回家吧！」陳氏幾人勸慰著泣不成聲的尹雲娘。

回到院中之後，安玉善先是一一拜見家中長輩，又把簡兒介紹給家人認識。

安家女人得知這三年來兩人被困在同一個地方走不出去，簡兒還是個孤兒，對她的憐憫和關懷瞬間就多了不少。

尤其是尹雲娘，更是把簡兒拉到身邊，眼中還含著淚水道：「孩子，這些年也辛苦妳了，以後這裡就是妳的家，妳就把我當成妳的親娘，咱們一起好好過日子！」

在坤月谷的三年，簡兒早就從安玉善的嘴裡得知她有很多的家人，這幾天見過安玉冉、安齊全等人之後，她內心深處其實是有些不安的，想著自己畢竟是個外人，到時候安家人會接受她嗎？

然而回到山下村、見到安家人的那一刻，她所有的顧慮都消失了，這裡給她一種溫暖如家的感覺，並沒有什麼陌生感，而尹雲娘和陳氏等人的親近，也讓她十分感動。

「是，簡兒知道了。」簡兒也落下了眼淚。

「義母，以後您有了簡兒妹妹，可不能把我忘了，我也是您的女兒呀！」蘇瑾兒故意酸溜溜地笑著說道。

「不會、不會，妳們都是好孩子，瑾兒、簡兒，妳們要是不嫌棄，以後就和玉善她們姊妹一樣，也喊我娘好了。」尹雲娘心情愉快，心中想什麼便直接說了出來。

蘇瑾兒先是一愣，然後呵呵一笑，看著簡兒說道：「簡兒妹妹，今日姊姊可是沾了妳的光，娘總算是沒把我當成外人了。」

看著蘇瑾兒和自己家人的關係變得如此親近，且絲毫不介意喊尹雲娘一個農婦為「娘」，安玉善內心萬分激動。從今往後蘇瑾兒不只是她的朋友，還是她重要的家人。

「哈哈哈，今天真是喜事多多！雲娘，妳可是好福氣呀，這下子又多了兩個親女兒，還找回自己的小女兒。不行，今天說什麼也要在妳家吃飯！」陳氏大笑著說道。

鄭氏在一旁笑道：「哪一天短了妳的吃食？今天嬸娘給妳下廚，做一道拿手菜。」

「老太太，這可是您親口允下的，我剛嫁過來的時候，還吃過您用野菜燉的小山雞，這麼多年可是想得緊，今天這麼好的日子，您可要做來讓我們大家夥兒都嚐嚐！」陳氏對著鄭氏撒嬌道。

「瞧瞧妳這饞樣兒，哪像個安家長房的大兒媳婦？呵呵，今天我孫女們都回來了，老太太我沒什麼拿得出手的見面禮，就給你們好好做一頓好吃的！」鄭氏滿臉笑容地說道。

「嬸娘，那我們可就等著了！」丁氏也在一旁笑著打趣。

不過她們這些為人媳婦的，不可能真的讓老太太一個人進廚房做飯。等到尹雲娘拉著安玉善進內室單獨說話，陳氏她們就跟著進了廚房，蘇瑾兒則是和簡兒坐在一起說話。

坐在房間的床上，安玉善先是好奇地打量四周。這三年自家的變化不小，住的房子是越來越好了。

「玉善，妳跟娘好好說說，這三年妳真的被困在谷裡出不來了？」尹雲娘有些心疼地撫摸著女兒消瘦的臉龐。

「娘，我剛才說的都是真的。當年我被瘋爺爺抓去給甯婆婆看病，結果和簡兒姐一樣被困在谷裡出不來；後來甯婆婆死了，瘋爺爺清醒之後告訴我們出來的方法，我和簡兒姐埋了兩位老人家後就往峰州趕了。」安玉善剛才也是這樣告訴蘇瑾兒和安松柏等人，不過她沒有提到陣法之事和瘋爺爺的真實身分。

「我的玉善真是命苦……」一想起從小就命運多舛的小女兒，尹雲娘已經哭腫的雙眼又落下淚來。

對於那位抓走安玉善的瘋爺爺，尹雲娘就是想要怨也怨不起來了。人死如燈滅，她也沒法和一個死人計較。

「娘，其實仔細想想，當初被瘋爺爺抓走也未必是壞事，您也知道我還沒出峰州就被人半路劫殺，要不是瘋爺爺把我抓走，說不定我早就死了。雖然三年不能和家人見面，但也算間接保住了一條命，而且還給您帶回來一個女兒，這是好事呢！」安玉善不想尹雲娘總是沈浸在往昔悲傷和悔恨的情緒中。

「唉，妳這樣說也是，娘聽到有人要殺妳，又聽到妳被人抓走，一顆心都要碎了……後來妳生死未卜，娘又有了身孕，就跑去佛領寺求菩薩，菩薩兩次為妳續命，又有仙醫教妳醫術，沒道理讓妳早早離開這個世上。娘想著，妳一定是在某個地方暫時回不來，只要心誠，菩薩一定會再把妳還給我。明日妳陪娘一起去佛領寺給菩薩還願，好嗎？」尹雲娘篤信神佛，三年來日日唸經、月月吃齋，就是為了替小女兒祈福。

如今她心願達成，自是要感謝菩薩成全。

「沒問題，我再陪您一起去。對了，娘，小弟呢？我還沒見過他呢！」想著有個小自己十一歲的弟弟，安玉善也覺得很好奇。

尹雲娘趕緊讓人把小兒子抱進來。安玉善看著有一雙大眼、十分秀氣可愛的小傢伙，心都要融化了，而小傢伙頭一次見到自己的四姊，也不認生，反而笑嘻嘻地朝安玉善走過來跟她討抱。

「平哥兒，來，讓四姊抱抱！」安玉善彎腰把自己的小弟安齊平抱在懷裡。「這小傢伙好重呀！」

「本來這孩子生下來比較瘦弱，是瑾兒讓任太醫給孩子做了調理，這一年多平哥兒也長胖了些。」因為尹雲娘懷孕時憂思過重，安齊平是早產生下來的，幸虧當時醫術高超的任太醫在，否則孩子都不一定能保得住。

安玉善一手抱著安齊平，一手給他診脈。

「娘放心，現在小弟的身體很好。」安玉善一邊說，一邊笑著逗安齊平。

待飯做好之後，分為男女坐了好幾桌，大夥兒熱熱鬧鬧地吃了一頓團圓飯。

村裡人也沒打擾他們，等到吃完飯後，村裡的婦人們才湧進安家來看三年未見的安玉善。事實上，如果不是安玉善，她們也過不了如今的好日子。

「玉善，妳不知道，自從妳失蹤後，妳娘就跟丟了魂似的，總算是菩薩保佑，平安無事！」張大娘笑著說道。

「一轉眼，玉善都變成大姑娘了，長得越來越水靈。玉善，妳還不知道吧，現在妳教給大家的水稻養魚法，不但峰州百姓家家戶戶都學，就是敬州、遵州還有附近的州縣也有好多人來咱們這裡學呢！頭兩年，夏天發生旱澇，別的地方是顆粒無收，咱們這三州家家有餘糧，沒餓過肚子，這可都是因為妳呀！」村民林石的妻子孫氏笑著說道：「對了，妳李妙嫂子現在不但會說話，還給我生了一個大胖孫子，大娘都不知道怎麼感激妳了！」

當年，安玉善能讓啞巴說話的奇聞一傳到村裡，林石夫婦就來求安玉善，讓她幫忙給兒媳婦李妙看看，安玉善也沒有推辭。

給李妙診斷之後，她發現她的啞疾是後天造成的，還有治癒的可能，除了針灸外，還需要藥物輔助，只是在自己離開峰州的時候，李妙還是不會說話的。

「林大娘，這可真是太好了！我不在的這三年，無論是我家還是咱們村都變得不一樣了，也添了不少人，這兩天我可要好好轉一轉。」一直到回到山下村，安玉善才有一種心靈的歸屬感。

「別著急，先在家陪陪妳娘，這山和土地又不會跑掉，過兩天春耕的時候，大家種藥草還要來請教妳呢！」張大娘笑著說道。

現在山下村家家都有藥田，其中山藥栽種得最多，外面經常有藥商來大量購買，山下村村民光是靠賣山藥，一年就能蓋起一座新房子。

「好，只要我知道的，一定都告訴大家！」安玉善也跟著笑道。

第四十四章 「師兄」來了

接連好幾天，絡繹不絕的客人登門拜訪，其中大部分都是以前受過安玉善恩惠的人。有旗遠鏢局的呂進夫婦、益芝堂的徐掌櫃和閻大夫、敬州糧商大戶的朱家婆媳、祁大善人一家，還有在便民醫館治好的那些病人。

真是三教九流、各樣身分的人都來了，而安玉善都以一種熱情的態度對待所有人。

她還聽家人說，這三年來，自己救過的那些病人聽說她失蹤之後，也自發地去尋找她的下落，不但會主動來安家問候，逢年過節更會送禮過來。

柳蟬、連氏還因此和安家的女人成為了關係很好的朋友，連氏的女兒更即將嫁入安家長房。

這天晚上，一家人吃過飯坐在院中喝茶，許甯帶著安齊平以及安玉璿的兒子許鋭在一旁玩，而尹雲娘則和自己的幾個女兒閒話家常。

「娘，齊全哥真的要娶敬州朱家的女兒為妻？我可聽瑾兒姊姊說過，這朱家雖是北朝人，但是和大晉朝的皇親國戚還有些關聯呢！」當年如果只憑朱家是敬州糧商大戶，惠王府的宴會怎麼也不會邀請朱家，為此心有疑惑的安玉善還特意問了蘇瑾兒。

「這六禮都快過完了，婚期就訂在六月。一開始妳大伯娘也不知道朱家的門第這麼高，當時妳失蹤不見，朱夫人感念妳治好了她兒媳婦的病，還讓她朱家添了一對寶貝孫子，就經常往咱們家來，與妳伯娘、嬸娘都熟悉了，有時也會把她女兒帶過來。」尹雲娘想起這三年來，原本那些陌生人變成了熟悉的朋友，不禁感慨。

「結果一來二去，那位朱小姐就看上了咱們齊全哥，而且還大膽追夫表白，嚇得朱夫人幾個月沒敢登咱們家的門。後來還是大伯娘會做人，先請了媒人去朱家，又有惠王妃作保，這婚事就定下來了。」安玉若說道。

「那齊全哥也喜歡那位朱小姐嗎？我發現齊全哥和以前不一樣了，變得更穩重。」安玉善想起安齊全現在的樣子，總覺得和她記憶中的那個人不同，所以有些彆扭。

安玉冉一聽，噗哧笑了，揭開安齊全的老底。「小妹，妳可千萬別被齊全哥的外表給騙了，他現在就是咱們天將山最狡猾、善變的一隻狐狸，以前覺得他老實衝動，結果那都是他裝出來的，他心眼兒多著呢！」

「玉冉，怎麼這麼說話呢，齊全可是個老實的孩子！」尹雲娘似是不滿二女兒對於安齊全的「編排」。

「他老實？娘，他要是老實，天下就沒有老實人了。我告訴妳們，當初可是他先看上人家朱小姐的，他……」安玉冉興致勃勃地想要繼續講，卻被尹雲娘一掌拍在了後背上。

「妳這孩子，不讓妳胡說還說！妳可別話多，壞了人家的姻緣！」尹雲娘笑罵著看向安玉冉，她剛才那掌其實很輕。

「娘，我知道！」安玉冉吐吐舌頭，調皮地笑道：「這院裡又沒別人，都是咱們自家人；再說齊全哥怎麼說也是我親堂哥，他能娶到一個心儀的姑娘，我也跟著高興不是？」

「知道就好。不過，妳和鵬哥兒的事情怎麼辦？」姜鵬三年的「努力不懈」已經成功博得好感，變身為安家長輩嘴裡的「鵬哥兒」，而不是「姜二公子」了。

「娘，什麼怎麼辦，涼拌！我和他什麼事情都沒有。娘，小妹剛回來，您怎麼就把精神又放在我身上了？」安玉冉無奈地撇撇嘴。

「娘知道這三年來對妳們姊妹有些忽略，可玉冉、玉若妳們年紀都不小了，村裡像妳們這麼大的姑娘早就出嫁當娘了。前兩年，玉冉妳說不找回玉善不成親，現在玉善回來了，妳還有什麼好推託的？況且姜家誠意十足地來提親，妳大爺爺他們幾位長輩和妳爹都已經默許了。」尹雲娘心裡也清楚，小女兒失蹤，她對安玉冉和安玉若兩個女兒的關心少了很多，可事情該辦還是要辦。

「娘，我還小，二姊都還沒出嫁，您就別扯上我了。」安玉若發現安玉善一回來，她娘整個人都輕鬆起來，注意力開始轉移到她們身上。

「還小？妳都快要滿十五了，玉善和簡兒也都有十三了，妳們的婚事都不能馬虎，再拖下去就成了老姑娘！」這次尹雲娘連安玉善和簡兒也捎帶上。

安玉善聽到這些倒是無所謂，可簡兒臉皮薄，當下就羞紅了臉。

「我的親娘，您還是省省力氣吧，我的事情我自己做主就行！」安玉冉起身就想溜。

「那可不行，婚姻大事豈是妳自己可以做主的？就算我答應，妳爹和妳大爺爺他們也不會答應。反正我是喜歡鵬哥兒做我的二女婿，今年就給你們徹底定下來。」尹雲娘堅持道。

「娘，三年前您可不是這樣說的！」安玉冉就覺得奇怪了，姜鵬這個缺心眼的傻子到底是用什麼方法獲得尹雲娘的認可和喜歡的？

「妳自己也說是三年前，現在是三年後；還有玉若，妳大姊說了，這幾天峰州知府夫人想給她娘家姪子找個敦厚可人的姑娘做妻子，似是相中了妳，過兩天……」尹雲娘現在氣勢十足，精神煥發。

「娘，您就饒了我吧！您女兒哪像個敦厚可人的人？您可別逼我用特製的藥粉。大姊，妳回去告訴知府夫人，我對她娘家姪子真的一點興趣也沒有，近兩、三年，我是沒有成婚的打算的！」安玉若起身，跑得比安玉冉還快。

看著兩個落荒而逃的妹妹，安玉璿也是無奈一笑。不怪尹雲娘著急，兩個妹妹的確到了說親出嫁的年紀。

安玉善和簡兒也是相視而笑。好久沒有體會到這種溫馨又有些吵鬧的家庭氛圍了，這樣才是真正的家和家人呀！

又過了一日，蘇瑾兒邀請安玉善到惠王府做客，兩個人像三年前一樣在王府後花園坐著喝酒、賞景、聊天。

她們互相談了一些這三年來各自生活的點點滴滴，說起了余州城的戰事，還談到蘇瑾兒的身體，最後蘇瑾兒臉色有些為難地看向了安玉善。

「瑾兒姊姊，妳有什麼話就說吧。」安玉善察覺到她的欲言又止。

「玉善妹妹，我也不瞞妳，這三年王爺雖然把三州封地治理得很好，百姓們無不拍手稱讚，可是卻始終不得皇上的歡心。當年妳被劫走後，小皇孫就突發疾病而死，皇上大怒，責罰了王爺……或許在外人看來，是因為王爺護送不力，但很明顯是有人故意要針對王爺，讓他失了帝寵，我擔心……」蘇瑾兒意味深長地看向了安玉善。

「瑾兒姊姊是擔心皇上得知我安然無恙回來的消息，會再度召我進京，到時候還會有人阻止我，甚至像三年前一樣痛下殺手？」安玉善有些不解。

她在許多人眼中不過是個會些醫術的鄉野之民，拿她對付惠王，有點小題大作吧？

「不錯，可這次和三年前是不一樣的。妳被困在谷裡不知道，這兩年皇上的身體越發不好，皇子們為了爭儲也是蠢蠢欲動，王爺是皇上最小的兒子，也曾是他最疼愛的皇子，現在他在三州名氣又這麼大，即便遠離京城，也是別人的眼中釘、肉中刺，我怕這次又會有人拿妳這個女神醫做由頭，要給王爺致命的一擊。」蘇瑾兒擔憂地說道。

「聽瑾兒姊姊妳這樣說，京城還真不是什麼好地方，如果王爺和瑾兒姊姊不想蹚京城的渾水，那麼這場危機是很好化解的，但如果……瑾兒姊姊希望我怎麼做呢？」安玉善看向了蘇瑾兒。

「我和王爺早就身處在京城的渾水之中，更何況王爺的心，三州封地也裝不下。」趙琛毅是一個有野心也有雄才大略的男人，蘇瑾兒相信他能幹出一番事業，只是她卻不想安家陷入這漩渦。「玉善妹妹，妳和妳的家人如今就是我的家人，我不能把你們扯進來，所以我想求妳一件事情。」

「瑾兒姊姊妳說。」

「我希望妳能承認藥王神穀子就是妳的師父，而且他除了妳之外，還收了另一名關門弟子，而妳的『師兄』醫術遠高於妳，這樣一來，妳就安全了。」這也是惠王和季景初想出來的主意。

「好，我答應。」安玉善不想和家人再分開三年，甚至是一輩子，更無心捲入朝局。

雖然對於擋箭牌「師兄」有些愧疚，但想必這位「師兄」也是惠王計畫的一部分吧。不管他們這些大人物的計畫是什麼，她都希望和自己這個平頭老百姓關係不大。

春風輕柔地吹過臉頰，聽到安玉善如此直接而果斷的回答，蘇瑾兒臉上露出輕鬆的笑意。

「瑾兒姊姊，謝謝妳。」不管這樣做的目的是什麼，蘇瑾兒都是為了她和安家人好。

「不用客氣，我們是一家人，不是嗎？」蘇瑾兒看著她笑了，然後還調皮地眨了眨眼睛。「對了，妳『師兄』明日就到了。」

「那我可要好好期待了，他醫術如何？」對於半路殺出來的「師兄」，安玉善還是很好奇。

「他的醫術在任太醫之上，此人是王爺多年的好友，只是喜歡在江湖上隱姓埋名的生活。早些年，他曾受過藥王神穀子的恩惠，也算是藥王的半個徒弟。」蘇瑾兒將自己知道的告訴安玉善。

「看來我這個『師兄』的能耐也不小。」聽蘇瑾兒這樣一說，安玉善就更好奇了。

到了次日，安玉善在惠王府的待客大廳見到了她的「師兄」陳其人，一位丰神俊朗、身姿挺拔的男子，看起來大約二十五、六歲。

「這就是我師父收的入門弟子，也是我的小師妹吧？」陳其人笑容中帶著一絲顯而易見的揶揄，不過充滿善意和好奇。

安玉善也是微微一笑，說道：「想必你就是我多年不見、唯一的『師兄』吧？」

「呵呵，不錯。小師妹，久仰大名，幸會幸會！」陳其人笑道。

「師兄，彼此彼此。」反正都是「演戲」，安玉善也不覺得尷尬，而且陳其人給人的感覺很隨和，應該不難相處。

惠王和蘇瑾兒相視一笑。這兩個人倒真像多年未見的師兄妹，別看年齡差一半，說起話來倒比旁人還親近。

自從陳其人到了峰州，他這個藥王神穀子大徒弟的名聲就一日比一日響亮，而且他在便民醫館每隔一日坐診；高超的醫術、平易近人的態度再加上優雅迷人的外表，讓他迅速獲得醫館上下的好感。

不坐診的時候，陳其人就會去山下村找安玉善，美其名曰師兄看望師妹，其實是想找安玉善討論醫術。

一開始，安玉善是有些排斥的。她和陳其人只是名義上的師兄妹，其實兩個人根本就是陌生人，可後來陳其人廣博的見識、精準的醫術、不恥下問的精神以及勤勉好學的態度改變了她，讓她願意抽出時間和他聊聊天。

「小師妹，妳可是醫術不錯的大夫，怎麼整日裡和田地泥巴打交道？妳以後不會是想嫁個農夫吧？」陳其人故意誇張地看著在藥田裡忙碌的安玉善，而他則一身白衣飄飄、搖著摺扇，氣定神閒地站在田埂上。

「師兄，你是大夫，應該很清楚醫術再高也是需要藥物輔助的，總不能只靠山裡的那些藥草吧？」經過一段時間的相處，兩個人的關係親近不少，而且看著陳其人特意做出那不染塵埃的樣子，安玉善其實很想笑。

「大夫有大夫的職責，藥商有藥商的職責，大夫可以懂得炮製藥材和栽種藥草，但不能把這些當成一個大夫全部的生活，妳應該有更重要的事情要去做。」陳其人來找安玉善可不是單純的只想和這位名義上的小師妹拉近關係或者探討醫術，他見識過不少女孩子，覺得她最與眾不同。

最重要的是，她所學醫術和自己同中有異、異中有同，尤其是那些縫合外傷的醫術，讓他也覺得神奇和佩服，只是她屈居在小山村裡做農女，實在是太浪費她那一身才華了。

他認為女子不應該固守內宅和家庭，尤其是像安玉善這樣才華洋溢的女子。明明可以造福百姓蒼生，拯救很多人的性命，可現在的她不是種種田就是採採藥，至少從余州回來之後，她有半個月沒出過村子了。

「師兄，你知道我想過什麼樣的生活嗎？」安玉善不是沒有意識到陳其人這番話背後的意義，只是經過坤月谷三年孤單的生活，她現在更渴望與家人朝夕相處，彌補這三年來錯失的親情。

「什麼樣的生活？不會是過兩年嫁人生子，安安穩穩做個農家婦人吧？」陳其人覺得自己一定猜到了安玉善的內心想法，因為她聽後明顯一愣。

不過接著安玉善便莞爾一笑，說道：「我想過『采菊東籬下，悠然見南山』的田園生活。笑看花開花落，淡看雲卷雲舒，師兄不覺得這樣的生活才最舒適美好嗎？」

「這種生活不應該是那些看破紅塵的老和尚或隱士喜歡的嗎？妳到五十歲的時候再想過這樣的生活也不晚，可妳現在只有十三歲，正是青春年少的時候，而且我也不認為妳和一般的女子是一樣的。」陳其人並不苟同安玉善這樣的觀念，雖然他和安玉善相處的時間不長，但看得出來她是一個很有抱負和同情心的女子。

「我和別人有什麼不一樣？難道是因為我小小年紀醫術就比較高？」安玉善站了起來，手上還沾著泥土。

「這只是其中一點。我覺得妳骨子裡和她們就不一樣，妳應該走出大山，去施展妳過人的醫術，去拯救更多受苦的百姓，做一個真正有醫道的大醫者，而不是為了保住性命和不招惹麻煩，躲在這個小山村裡！」陳其人覺得她太過淡定沈穩了些，似乎不是十三歲的少女，而是三十歲歷經滄桑、看透一切的成熟女人。

「大醫者」三個字讓安玉善看向陳其人的目光散發著難懂的光芒。沒人能理解她曾經對這三個字的追求，就在這個念頭準備熄滅時，陳其人突然又提了出來。

不錯，從坤月谷出來之後，她一心想的是和家人在一起過平淡的生活。雖然之前她與安氏本家有「協議」，那就是本家全力支持她所做的事情，而她也要努力為安氏本家創造利益、培養醫學人才，只是現在無論是這份「協議」，還是在醫者的這條路上，她都打算放棄，因為她覺得沒什麼比家人更重要了。

可是，她真的就這樣甘心放棄嗎？因為懼怕危險而選擇退縮，從此以後過著古代大小姐的安逸生活？還是從此之後為了不被盛名所累，安居田園，不問世事，只過自己的小日子？

這一刻，安玉善是迷茫的，以至於陳其人離開之後，她的臉上也沒展露過笑容。

第四十五章　重燃夢想

「姑娘，您別想這麼多，奴婢覺得在家裡挺好的，您要是再出點什麼事情，夫人他們一定會更傷心的！」甘草唯恐安玉善被陳其人說服。現在家裡氣氛才剛好幾天，可不能被陳其人給破壞。

其實陳其人和安玉善在田裡說話的時候，幫忙耕種藥田的安家僕人大多都聽到了兩人的談話，對於一心鼓勵他們家姑娘出去涉險的陳其人，他們內心深處並不歡迎。

春耕的這段時間，尹雲娘總覺得剛回家沒多久的小女兒一副心事重重的樣子，雖然她並沒有表現出來；相反的，在回到山下村的這段時間，安玉善顯得十分快活，整日裡圍著她轉，手邊也有忙不完的事情讓她做，從余州回來的安齊全等人來請教她醫術，她也是不遺餘力地教他們。

可是作為母親，尹雲娘就是能從這些表相看出她的小女兒藏著心事，就連處理完余州事務、連夜趕來峰州的季景初也感覺到了。

自從安玉善離開豐賢鎮已經將近二十多天，他快馬趕到峰州來見她一面，之後就要回京覆命，短時間內不會再回到峰州。

夜空星辰閃亮，略顯疲憊的季景初站在曾經是程家的院中。自從安玉善失蹤之後，這個宅院一直是空的，偶爾會有下人來打掃。

雖然他人在余州，但是她回到山下村發生的一切他都知道，自然也清楚陳其人和她在田間的那段對話。

安玉善不是傻子，她清楚季景初風塵僕僕趕來一定是有話要和她說，只是兩個人見面之後就一直站在院中仰望明月星空，沈默良久。

「你打算什麼時候離開？」最後還是安玉善打破了沈默。似乎只要兩個人在一起，她永遠是那個最沈不住氣的人。

「一會兒就走。」他現在有皇命在身，不能讓人知道他擅離職守，事實上，他來見她，就連惠王也不知道。

寂靜的小院裡只有他們兩人，安玉善是沈睡之中被木槿輕輕喚醒，然後偷偷溜出來見季景初的，她也清楚以他現在的身分和面對的情況，不能隨心所欲的現身在眾人面前。

「有什麼話就說吧！」皎潔明月灑落的銀輝照亮了安玉善的臉龐。

「陳其人的話讓妳不開心了。」這是肯定句，不是疑問句。

「你不會就是因為這個才來這裡吧？」安玉善有些詫異地看向他。

季景初沒有回答，他的影子有一半藏在斑駁的樹影裡，一股異樣的感覺在兩人之間蔓延。

「景初，我們是朋友吧？」

對安玉善來說，朋友分為很多種，有君子之交淡如水型的，有像家人類型的，當然還有一種是默契、知心型的，而從很久之前，她就覺得和季景初能成為最後一種。

「當然。」季景初的回答簡短有力，可他要的不只是當她的朋友，他還想要更多。

「你知道嗎？從當年你送我那幅石頭與枯草的畫時，我就把你當成了朋友，雖然咱們之間沒說過多少話，但我總覺得和你在一起，有些話即便不說，彼此也能明白，就像現在一樣。」安玉善笑了一下，將目光投向暗夜中的遠方。

「妳有特別想做的事情嗎？和妳的家人無關，只和妳自己有關係。」黑暗中，季景初的眸子亮得嚇人，安玉善一下子就明白了他話裡的意思。

於是，她開始回想，想到剛來這個時空不久，她曾許下的「志向」，那時的她就像陳其人說的，希望能成為一名真正的「大醫者」，還想在這個時空辦一所醫學院。

可這次回來，她發現在坤月谷與世隔絕的經歷消磨了她的意志，她開始渴望溫馨的家庭生活，所以她一口答應蘇瑾兒提出的辦法。

但同時她也很清楚，這種想法只是暫時性的，她畢竟和古代的女人不一樣，無論是陳其人的那番話，還是此刻站在自己面前季景初的提醒，都讓她心緒難平。

「我有。」她堅定地回答。很多時候人是會怯懦逃避的，但有時候也會瞬間變得勇敢無畏。「你呢？你有嗎？」

「我也有，除了保護我的家人，我還希望成就一番事業。」季景初也毫不避諱地談到了自己。

安玉善聞言，勾起了嘴角。這和她的想法不謀而合，雖然男人的事業和女人的事業不一樣，但人應該要活出自我。

「你會做到的。」和季景初簡短地聊過之後，安玉善覺得這段時間的迷茫彷彿消失了，整個人豁然開朗，輕鬆許多。

「我們都能做到。」他一定會做到，而且要做得更好，他要強大羽翼，將她安全地護在自己身下。

這一晚，兩個人沒有聊太長的時間，季景初就走了，但之後的很多很多年，安玉善總是會想起這個夜晚，想起和季景初的這些對話，然後變得輕鬆起來。

接下來的半個月，安玉善還是和之前一樣來回田地和大山之間，但大家都能感覺到她心情變得越來越好，而且精神滿滿，似是要大幹一場的樣子。

到了晚春中旬，峰州突然迎來許多生病的外鄉人。他們都知道峰州府城有一家便民醫館，裡面有很多醫術很高的大夫，而且診金和藥價都極為便宜。

於是，越來越多的百姓不遠千里來求醫，造成便民醫館大夫和病人之間的比例嚴重失衡，病人還沒好，大夫已經累病了。

再加上外頭早就傳言藥王神穀子的兩個徒弟都在峰州，慕名而來的病人就更多了。為了不給家人造成困擾，安玉善也去便民醫館坐診，去的便是兒童館。

三年前，三個大夫便能應付一天的兒童病人，而現在兒童館變成五個大夫，從早到晚外面還是大排長龍，而且有些急症不是一般大夫能治的。

「我兒子快死了，快讓大夫先給我兒子看看，求求你們了，讓我先過去吧！」在長長的隊伍裡，總能聽到有人這樣哀求著。

「不是我們不讓你往前走，這孩子的病都是大事，大家都等著呢！」自從便民醫館開業，兒童館的大夫是最累的，病人也等得最是心焦。

安玉善坐診第一天，就像流水一樣快速地給那些生病的孩子診脈、開藥方，一天下來，她也是累到虛脫，但等著她救治的病人不但沒有減少，反而越來越多，她興建醫學院的念頭也越來越強烈。

無論如何，她都要培養出更多的兒科大夫。雖然現在兒童館裡的幾位大夫也很擅長給孩子治病，但那只是一般常見的病，就算有她這個專門解決疑難雜症的人在，可她只有一個人，精力也有限，這並非長久之計。

「木槿、安正，你們去峰州城找最好的工匠給我打造兩套這樣的工具出來，記住，一定要又薄又利。另外，再問問有沒有能做出我圖紙上畫的這種細皮管和針頭？」安玉善利用晚上的時間畫出她以前最熟悉的手術工具和點滴針管，為了更有效地治療病人，她決定中西醫結合。

不僅如此，她還讓惠王在便民醫館替她單獨設立了兒童急診部，而她的堂兄安齊志則成了她的新助手。

雖然陳其人醫術也很高，也和安玉善一樣喜歡研究和救治疑難雜症，但相比兒童來說，他更擅長替成人看診，不過他還是很好奇「急診部」到底長什麼樣子？

這天，有位疼得死去活來的孩子被送進了急診部，安玉善替他把過脈之後，就讓人把他單獨送進一間十分整潔的房間，裡面鋪著光可鑑人的大理石，即使是白天也亮著燭火，晃得人有些刺眼。

「對不起，你們不能進去。」同樣作為助手的茉莉攔住了孩子的家人。

「為什麼？你們要把我兒子送到哪裡？」孩子的母親顯得有些慌亂。

「你的兒子需要做手術。」茉莉說著安玉善教給她的新詞彙。「如果你們不同意，孩子只能保守治療，但這樣會很危險。」

「手術？什麼是手術？」孩子的家人都有些不知所措。

「就是把你們孩子的肚子剖開……」茉莉才剛開始解釋，就聽到孩子的母親尖叫一聲。

「不！我不要讓我兒子做手術！你們不能剖開他的肚子，你們這是在殺人！」驚恐的喊叫引來了許多人。

「那孩子肚子裡的腸子已經壞掉，再耽擱下去，他命就沒了。」安玉善穿著一身乾淨的白衣走了出來，嚴肅地說道。

「妳不是女神醫嗎？天底下不是沒有妳治不好的病症嗎？我給妳下跪、給妳磕頭，求求妳救救我兒子！」孩子的母親跪在安玉善面前哭道。

「我這就是在救他。現在一般的中藥維持不了他的性命，必須要把他壞掉的腸子取出來，否則他必死無疑，如果立即動手術，還有一絲生存的希望！」這裡沒有無菌手術室，安玉善必須在條件不完善的情況下去救那個孩子的性命，而這也是便民醫館手術室迎來的第一位進行手術的病人。

「把肚子剖開，把腸子割掉，我兒子也是活不成的！」婦人哭得更傷心。
「女神醫，只要能救我兒子，您就動手吧！」孩子的父親看著是個老實人，此刻卻很果斷。
「小師妹，妳真的要把人的肚子割開？」在這之前，陳其人一直以為用特殊的針線給人縫合傷口就是安家人口中的「手術」，但似乎並不只是這樣，他也想跟進去看看。
「我現在沒時間跟你們多費唇舌，你們可以不在乎自己兒子的命，但我在乎我的病人。茉莉，不要讓任何人進來！」情況緊急，安玉善說完就轉身進了裡面的門。
陳其人本想跟過去，卻被茉莉伸手攔住了。「我家姑娘說了，誰都不能進去。」
「我是她師兄，而且我醫術也不錯，我進去也能幫忙的！」對於所謂的「手術室」，陳其人真是好奇死了。
「不行，你太髒，沒消毒。」茉莉堅定地拒絕。
「我髒?!」陳其人指了指自己。他可是出了名的愛乾淨，竟然還有人嫌他髒?!
「是的。」茉莉謹記安玉善說過的話，手術室只有消毒過的人才能進去，其他人都很髒。
房間內，安玉善鎮定地替已經昏迷的孩子進行盲腸切除手術。她現在手裡沒有麻醉散，也沒有術後點滴，只能用西醫手術加上中醫術後的消炎止疼治療。
為了防止病人因為疼痛而醒來，她用銀針封了這個孩子的穴道，讓他處在深度昏迷之中。

對於安玉善來說，這種急性盲腸炎手術只是個小手術，可因為先天條件的原因，術後很可能會造成感染，所以她在做手術時也十分謹慎，儘量用最快的速度完成。

「好了，手術已經結束了！」安玉善戴著縫製的口罩走了出來，她白色的外罩衣上一點血跡也沒有。

「好了？小師妹妳……妳不是才剛進去嗎？」陳其人有點舌頭打結。雖然這有損他風流倜儻的形象，但即便是安齊傑做縫合手術時，時間也沒有這麼快。

「這本來就是個小手術，雖然是急症，但開個小口子取出肚子裡爛掉的腸子，再快速縫合就可以了。」安玉善簡單地解釋了一下。

「可……妳也太快了！」陳其人覺得他就和茉莉說兩句話的工夫，安玉善就從裡面出來了。

「女神醫，我兒子沒事了嗎？」那孩子的母親著急地問道。在來之前，兒子捂著肚子都要疼死過去了。

「手術很成功，不過還要做術後觀察，傷口不要沾水，待會兒讓他喝一些消炎水。」西醫的消炎點滴一時半會兒提煉不出來，但是中醫藥草同樣可以熬煮出效果不差的消炎良藥。

「神醫，謝謝妳、謝謝妳！」孩子的父母九十度彎腰道謝。

安玉善點點頭。並不是每一個送到她這裡的人都需要進行西醫手術，她也儘量用中醫的辦法解決難題，畢竟這裡是古代，不是什麼人都能接受還活著的人被開膛剖肚的。

安玉善想得沒錯，就在她做完這個小手術沒多久，關於她手術的特殊方法就快速地傳揚開來。很多大夫覺得她醫術神奇，但更多的是表示懷疑，還有的人認為她這樣給人看病是有違天道。

短短幾天，不說別的地方，單是便民醫館內的大夫就分為了好幾派。

「小師妹，不管別人怎麼看，我都堅定地站在妳這一邊，以後妳若再做手術，可不可以讓我做妳的助手？我也想學習這種新奇的醫道。」雖然陳其人在行醫這條路上有著自己的野心，但他也是一個很能接受新事物的人。

透過這段時間的觀察和與安玉善的切磋探討，他覺得在她所說的中醫上，兩人各有千秋，但對於那些需要動用奇怪工具的「手術」，他卻是個門外漢。

只要是能救人的醫術，他都很願意學習，更何況他和安玉善還是名義上的同門師兄妹，沒道理師妹會的，師兄卻不會。

「做我的助手就不必了，你回去可以先用縫針和持針器練習縫合傷口，過一段時間我會先開間家庭醫學館，你要是不嫌麻煩可以過來。」她要培養出天懷大陸第一批外科大夫、兒科大夫和婦科大夫。

這個目標艱難而遠大，她打算先培養出幾個優秀的人才，然後讓他們像燎原野火一樣到處發光發熱，而人選她自然看好安齊全幾人。

「不麻煩、不麻煩，在什麼地方？」陳其人興致極大。

「就在我家旁邊的院子。」安玉善早就打算把季景初原來住的院子改造成醫學館了。

接著，她利用好幾晚的時間畫好了幾張圖，其中包括穴位圖、男性人體內部構造圖、女性人體內部構造圖以及兒童人體內部構造圖。

這幾張圖一畫好，別說是還沒見過的外人，就是先見到的自家人，都表示了強烈的意見。

第四十六章 遭人詬病

「玉善，妳……妳是個女兒家，怎麼能畫……這麼……」尹雲娘滿臉驚駭，不知道該用什麼詞彙來形容她看到男性人體構造圖的羞憤。

「玉善，這圖絕不能讓外人看到！」安清賢也是一臉凝重。

「大爺爺，我以為整個家裡你是最開明的……」安玉善滿頭黑線，更覺得前路漫漫。沒想到一張人體構造圖就把家人嚇成了這個樣子。

「玉善，這和開不開明沒什麼關係，要是外人知道妳一個未出閣的女兒家畫出這樣不知羞恥的畫來，而且畫上連人的五臟六腑都有，別人的唾沫都能淹死妳，妳以後還怎麼嫁人呢？」作為一個見多識廣的長輩，安清賢從未見過這樣大膽又令人覺得有些恐怖的畫。

「大爺爺，我這畫的是供大家學醫的基本人體構造圖，你們不要帶著有色的眼光看。再說了，那些小書肆的春宮圖不是比這更過分？學醫者只有仔細瞭解人體結構，才能更有效地醫治病人。」安玉善無奈嘆道。保守的古人如果連這幅詳細的人體構造圖都不能接受，更別說學習更精準的醫術了。

「玉善，快閉嘴！」尹雲娘第一次對小女兒動了怒，她怎麼能張口閉口說什麼「春宮圖」，這可不是女兒家該說出口的，會讓人說她不知羞恥。

「好吧，我知道你們一時都有些難以接受，這些圖我自己先收起來好了。」安玉善多少也能理解，就像現代有些老師總是把健康教育課給孩子們「漏掉」一樣，能讓人坦然面對男女身體的怕也只有在床上了。

不過，她既然用心畫了出來，就一定要派上用場。

這天晚上是家庭醫學館開學的第一天，除了安玉冉、安玉若、安齊全、安齊傑、安齊文、安齊志、安齊武和簡兒外，還有兩個旁聽生——陳其人和任太醫。

經過修繕之後的大客廳就像古時候的私塾一樣擺了桌子、椅子和文房四寶。

剛進來的時候，陳其人和任太醫忍不住相視一笑。沒想到安玉善弄得還挺像樣的。

等到「學生們」都坐下之後，安玉善沒開口，先把畫好的人體構造圖展示給他們看。

「呀！」簡兒這是第一次見到，羞得趕緊摀住了臉；安玉若也是脹得滿臉通紅，女孩子中膽子最大的安玉冉也有些尷尬。

三個「女學生」的表現似是在安玉善的意料之中，再觀察安齊全等人，倒是大大出乎她預料，他們很是認真地看著畫紙。

安齊文早已對針灸深深著迷，更是看向安玉善問道：「玉善妹妹，妳這幅穴位圖可以再給我畫一張嗎？」

安齊文之前看過的醫書上也有人體穴位圖，但是都十分簡單，有的只標出二、三十個穴位，最多的也只有六、七十，與安玉善拿出來的這幅相比，簡直就是小巫見大巫。

「原來這就是人體內部的樣子，和仵作說的還不一樣！」安齊傑癡迷外科手術和人體構造，這三年中他還交了一位當仵作的朋友，多少知道一些人體的結構。

「老朽做了這麼多年的太醫，還從未見過這麼詳盡的人體構造圖，五臟六腑畫得如此清晰，此人畫功著實厲害！」任太醫在太醫院多年，也見識過大大小小、不同種類的人體構造圖，但都畫得極為簡潔，大多只有一個人的大體線條，所以看到安玉善拿出來的圖，震驚之餘更是欣賞。

再有，他對於賞畫也有幾分功力，這人體構造圖很有收藏價值啊！

「小師妹，這是妳畫的吧？師兄不得不承認，這一點妳的確是比我厲害，這幾張圖可以送給我嗎？不然……妳也多畫幾張給我吧！」陳其人絲毫不介意自己的厚臉皮。

「我現在沒時間給你們畫，不過這些畫你們可以在這間屋子裡臨摹，而且你們一定要牢記這些圖，無論是針灸還是日後要學習的手術，都會用到它們。今天你們就先認識人體結構吧！」這些學生中，除了簡兒沒什麼醫學底子，其他人多多少少都是學醫高手。「還有，學醫首先要拋卻羞恥心和膽怯，懸絲診脈那一套是救不了人的，要救人就肯定要和病人有肢體接觸，所以這些圖是每一個學醫者應該牢記的基本知識。」

「小妹，我知道了。」安玉若知道最後這幾句話是對她和簡兒說的。她的目標可不是成為藥酒坊的女掌櫃，而是成為一名出色的女大夫。

「我也是！」簡兒大著膽子看著安玉善，堅定地說道。

在坤月谷時，她是沒有任何未來的，更不知道自己以後的路該怎麼走？可認識安玉善並走出坤月谷之後，她找到了人生的方向，就是成為像安玉善一樣厲害的大夫。

不過安玉善到底還是低估了她敢於剖開病人肚子治病所造成的影響力，就像風從山間吹來，然後迅速地傳遍大地一樣。

沒過多久，她就聽到許多亂七八糟的傳言。比如說她和很多年前峰州臨姚村那個孩子一樣，不過是居心叵測的人為了斂財和名聲故意說她過了神氣；也有人說她用開膛剖肚的方式給人治病觸犯了神靈的忌諱，不但會讓她死後墮入地獄，也會給無辜的人帶來災禍；還有的人說她妖言惑眾，根本就是惠王故意贏得民心的「陰謀」。

當然更有人藉由她未出閣女子的身分詆毀她的清譽，各種惡言像一波波的巨浪，朝她撲了過來。

只不過比起家人、朋友聽聞之後的憤怒與委屈，安玉善倒是淡定得很，她用四兩撥千斤之勢，將惡浪化為平靜的心湖，並沒有激起任何漣漪。

「玉善，妳怎麼能一點都不生氣？我都要氣炸了！」文強在房間裡踱來踱去，看向笑盈盈坐在椅子上的安玉善。

「文強哥，你一直在我眼前晃蕩，我頭都要被你晃暈了。不是說小酒樓生意好得很，你這個大掌櫃不坐鎮可以嗎？」安玉若笑道。

「我現在哪裡還有心情做生意？妳在村裡是聽不到府城那些人說得有多難聽，我早就氣得報官了，可是就連知府大人也拿他們沒辦法，說是什麼沒法擋住他們的嘴！」文強氣憤地說道。

「文強哥，知府大人說得也沒錯，這本就是以訛傳訛的流言，我這個當事人都沒往心裡去，你就不要太在意了。」安玉善看得很開，笑著說道。
「那不行，他們這樣說妳，妳以後還怎麼出門、怎麼嫁人？妳救了那麼多人的性命，還反過來被人誣衊，這口氣我嚥不下去！」安玉善不但是自己的表妹，還是自己的恩人，更是自己的指路明燈，文強怎麼可能讓外界的污言穢語來侮辱她？
「我也嚥不下去！」安玉冉氣呼呼地走了進來，那些流言她也聽說了。「這件事肯定有人在背後搗鬼，這幾年咱們安家明裡暗裡也得罪了不少人，要是被我查出來是誰在背後嚼舌根，我一定扒了他的皮！」
「那我就多配幾副藥，都毒啞他們！」安玉若跟在安玉冉後面，也氣憤地附和道。
「其實你們真的不需要這樣生氣。從古至今，醫學上的爭議不計其數，新事物的出現必定會引起人們多多少少的排斥，我不過是這個世上第一個吃螃蟹還被人知道的人，所以他們有不同的意見也屬正常，你們可千萬別出去惹麻煩。」安玉善看著安玉冉和安玉若說道。
當然，這件事的背後絕對沒有她說的那麼簡單，雖然她不怎麼關心大晉朝的國家大事，但去惠王府時，從蘇瑾兒透露出的一點訊息可以推測出來，國力強盛的大晉朝如今正是最關鍵的時刻。
這兩年，御駕親征、攻下北朝的元武帝身體不大好，邊疆似乎也不大安穩，已經心有餘而力不足的元武帝打算把一部分的朝中大事交到他器重的兒子手上。
可據說太子屢次犯錯，惹惱了元武帝，親自立下的儲君讓元武帝越來越不滿意，他甚至曾向親近的大臣透露，有意在最後這幾年更換儲君。

這個消息讓京城以及居住在封地的皇子們蠢蠢欲動，各個都爭著要在元武帝面前討好，暗中更是拉攏大臣準備將太子拉下馬，然後取而代之。

惠王雖然在外人面前表現得十分低調，大有這輩子只固守封地三州之意，可他在百姓中的名望越來越高，比起京城那些皇子，更得民心和軍心。

只是因為他不得元武帝喜歡而被遠逐京城，所以很多人對他放鬆了警惕，當然也有洞察先機的聰明之人將他當成強勁的對手。

這次的流言，安玉善漸漸嗅到了一股不尋常的味道。攻訐的方向已經從她身上開始轉移到惠王利用安家行事，這背後定是有人在策劃此事，且手段十分高明。

自己的家人都是淳樸善良的山民，即便安氏一族在這片大陸有很深的根基，但最大的根是安氏本家，峰州安氏族人都只是普通百姓，真要是出了什麼大事，安玉善毫不懷疑本家會選擇放棄旁支。

在局勢還不明朗的情況下，她不希望自己的家人莽撞地冒險，到時候不但可能被人利用，還會淪為可悲的棄子，白白丟掉性命。

她不懂大晉朝的朝廷爭儲，但她懂得人心，懂得貪戀權勢地位的人會做出怎樣冷漠無情又慘無人道的事情。

「難道就這樣忍下去？」文強真佩服安玉善的定力，反正他現在是做不到，此刻他恨不得把那些長舌的人拖到自己面前狠狠踩幾腳。

「是的，必須要忍下去。你們別忘了，咱們是峰州百姓，這裡是惠王的封地，不是什麼人都能在這裡興風作浪的。」

這三年來，惠王把三州封地治理得很好，他那樣驕傲的男人是不會允許有人在他的地盤上撒野的，就連蘇瑾兒也不會坐視不管。

在安玉善眼裡，惠王夫婦就像是困在淺灘的龍和暫棲鵲巢的鳳，只要機會到來，他們便能掙脫束縛，攜手傲視九天。

只是她沒有想到，這個機會來得這樣快，而且她這隻小蝦米也被拖上了岸。

春夏交接之際，大神山脈各處角落翻起碧浪，萬紫千紅的野花隨風飛舞在山坡谷地、溪邊湖旁，而天將山周邊的農田裡，除了綠色的稻穀麥苗，還有一塊塊數都數不清的藥田。

安玉善好不容易偷得一點空閒進山採藥，她將背簍放在身邊，自己坐在一處向陽的山坡處，旁邊是正在放羊的紫草。

因為需要製造大量的羊腸線提供給便民醫館，從兩年前開始，安玉若就說服家裡長輩買了幾十隻羊自己養，反正山裡青草多，這樣一來羊腸線、羊肉、羊骨頭和羊皮就都有了。

有時候安玉善覺得她三姊這麼精明，不應該學做一個大夫，或許當個商人更適合她。

安逸他們正在能看得到她的地方採著草藥。自從這次歸家，幾個丫鬟和侍衛就把她當成了重點保護對象，寸步不離。

紫草看著此時望著遠山、心事重重的安玉善，想著或許是最近外面的傳言讓她心情不好，有心想上前安慰兩句，卻又有些膽怯，只得偷偷地看她。

山坡上除了吃草的羊群就是自己和紫草，所以安玉善很難忽視紫草朝她投來的目光，於是她轉頭看向已經長得很高的紫草，微笑問道：「怎麼了？」

紫草似是沒料到安玉善會突然和她說話，有些驚慌地搖搖頭，等到又沈默下來，她終於鼓足勇氣，小聲說道：「姑娘，外頭的人都是胡說八道，妳是個大好人，千萬別把他們的話放在心上。」

即便有羊群隔在中間，安玉善還是聽到了紫草安慰她的話，臉上露出燦爛的笑容，點點頭道：「謝謝妳，我不會放在心上的。」

事實上，她顯得有些憂心忡忡是因為昨天去惠王府後，蘇瑾兒告訴她的那個消息。

紫草有些害羞地笑了。她沒想到安玉善會跟她這個奴婢道謝，但很快又覺得沒什麼好奇怪的，安家人對他們這些下人就像自己人一樣好。

紫草趕著羊群去了另一個山坡，她想安玉善應該喜歡更安靜一些，自己和羊兒可不能吵到她。

山坡瞬間安靜了下來，只能聽見風的聲音，安玉善輕輕嘆了口氣。

之前，惠王等人想出讓陳其人當「擋箭牌」的這招似乎並不管用，就算現在陳其人身為藥王神穀子徒弟的神醫之名比她的還要響，但是元武帝依舊沒忘記三年前那道聖旨，執意想要見見她這個小神醫。

蘇瑾兒告訴她，惠王在京城的人傳來消息，皇帝即將下達宣召聖旨，而且這次還打算派御林軍的人親自來峰州，以確保萬無一失。

不過這道即將下達的聖旨最特別之處，不僅是要藥王神穀子的兩位徒弟進京，還要求惠王夫婦一同前往。

據蘇瑾兒說，元武帝之所以在「遺忘」他們三年之後下旨讓二人進京，是因為惠王的母妃淑妃娘娘給帝君托夢，說是想在皇陵見見兒子和兒媳，她想他們了。

「玉善妹妹，妳相信托夢嗎？王爺已經三年沒有親自去皇家宗廟和皇陵祭拜過母妃了，這一趟進京也不知是福還是禍……」安玉善還記得昨天蘇瑾兒擔憂的話語。

安玉善猜想托夢只不過是一個藉口罷了，至於皇帝是怎麼想的、京城的那些人又是怎麼想的，還真難猜得出來。

三年前發生的事還歷歷在目，這回聖旨一下，她很可能將再度入京，無論是對她還是她的家人，這個消息都是一個很難過去的坎兒。

死，她當然怕，但她更怕家人受到無辜的牽連。

可就和三年前一樣，在皇權統治下，她這個小老百姓是沒有反抗的權利的，否則她的家人依舊會受到傷害。

但她要怎麼跟家人說呢？娘親不安的情緒才剛緩過來兩天，要是這時候她說要再進京，這後果她真不敢想像。

在山坡上想了許久之後，安玉善最後決定先把這件事情告訴家裡的男人們。

第四十七章　再度入京

長房大院主廳裡，安清賢、安清順、安清和還有安松柏、安松達等人都在，此刻全都眉頭緊鎖著看著安玉善。

「玉善，王爺和王妃有沒有說這件事情可有轉圜的餘地？」安清賢也沒想到皇帝的聖旨會下得這樣快。

「瑾兒姊姊說這次是御林軍親自護送，足以表示皇帝對我們幾人的重視，看來不去是不行的。」安玉善回道。

「我聽說這兩年皇上身體一直不太好，這次召妳和陳公子進京，估計也是為了皇上的身體，怕只怕……」安清賢後面的話沒說完，但在座的人也都瞭解他未說完的意思。

「大爺爺，別的我都不擔心，我也相信這次進京，惠王和瑾兒姊姊一定會做出最妥善的安排，即便發生像三年前那樣的事件，也會想出應對之策，我擔心的是我娘。」安玉善說道。

「大伯，玉善說得對，這三年來雲娘擔驚受怕，就沒睡過一場好覺，玉善才剛回來又要進京，我也擔心雲娘會承受不住。」安松柏在一旁擔憂地說道。

「不能承受也要承受，咱們不能抗旨不尊，別說是皇上，我看惠王也是想讓玉善跟著去的。」雖然陳其人的出現在安清賢的意料之外，他也清楚惠王這樣做是因為蘇瑾兒不想安家落入麻煩之中。

只是，安玉善醫術高超是事實，如果她跟著進京能對元武帝的身體有幫助，那麼元武帝對惠王肯定也會增加好感。

現在與本家關係親近不少，安清賢也知道了許多原先他在山下村所不知道的朝中局勢。安子洵對他說過，安玉善的存在是安氏一族最大的變數，而且根據本家神相族老的占卜，她這顆異數之星將會左右很多人的命運，不僅僅是整個安氏一族。

而事實也證明，自從她在佛領寺二次續命被神相族老看出異樣，圍繞在她身邊的很多人的命運都與原來不同。

現在最是福禍難料的時候，無論他們做出怎樣的決定，都無法預測結果。

換句話說，安玉善再度入京可能是福，也可能藏著禍，他們能做的便是順其自然，順勢而為。

「松柏，你大伯說得對，無論咱們怎樣以為，在外人看來，惠王妃是雲娘和你的義女，那麼安家與惠王府的關係也就分不開了；更何況不管外面那些傳言怎麼詆毀玉善，她的的確確救過很多人的性命，所以對於她醫術的真假，明白人自是明白的，不是誰都能糊弄過去。皇上兩次下旨宣召她進京，這次要是再出事，那麼惠王的好日子到了頭，不只安家，峰州、敬州和遵州的百姓也都會受到牽連。」安清和是自小長在鄉野的農人不假，但不代表他觀察事物的智慧會因此變少，相反的，那些自詡聰明的人未必有他看得透世事。

「爹，事情真有您說的這樣糟糕嗎？」安松柏聽後不但沒有放輕鬆，反而變得更緊張。

「恐怕比你爹說的還要糟。本家來信說，現在各個皇子還有太子為了那把椅子掙得都快頭破血流，這時候皇上宣召惠王進京，其中用意就連本家族長也猜不透。」還有一事安清賢此時還沒法對任何人說。本家神相族老夜觀天象，大晉朝紫微星晦暗不明，怕不是什麼好徵兆。

「大伯，照你這樣說，京城根本就是個危險之地，那玉善……」明知危險還要讓女兒前去，安松柏這個當爹的怎麼會不擔心？

安清賢沒有說話。他也知道京城是龍潭虎穴，可是峰州安氏只是亡國之民，就算安玉善是本家的嫡親子嗣，這一趟京城她也是要去的。

「爹，沒事的，這次我跟著瑾兒姊姊，還有皇上的御林軍護送，路上一定不會發生什麼事情，就算到了京城，我也能應付過來的。」雖然前路茫然不可知，但她已經不那麼害怕了。

「可是妳到京城人生地不熟，就算有惠王照顧妳，那些使壞的惡人也會想辦法對付妳。」安松柏自然不希望女兒去京城，可他也知道自己阻止不了。

「松柏，這次京城之行看來是免不了，你別擔心，本家的人會照顧她的。」安清賢說道。

家裡的男人已經得知自己要去京城的事情，但安玉善還是沒想好怎麼對尹雲娘說，因為聖旨很快就到了，到時候想瞞都瞞不住。

最後，安清賢決定把說服尹雲娘這件事情交給長媳陳氏，比起安玉善親口說，陳氏更懂得怎樣讓尹雲娘接受這個事實。

而安玉善則把三位姊姊叫到了天將山後山的小河邊，像當年說起安玉璿和許誠的婚事一樣，四姊妹又在河邊說起了心裡話。

「妳說什麼？妳還要進京？什麼聖旨？我怎麼不知道！」安玉冉一聽安玉善說起再度入京的事情，整個人都跳了起來。

「二姊，妳別激動，聽我慢慢說。聖旨還有兩、三天就會到峰州了，到時候我就要和瑾兒姊姊他們一起進京，和三年前一樣，這是必須要去的。」安玉善希望安玉冉能冷靜下來。但是她忘了三年不見，自家二姊的脾氣是見漲了不少，現在就是個火藥筒，一點就著。

「不去不行嗎？皇帝是不是整天閒著沒事幹，幹麼老找咱們的麻煩！」安玉冉氣鼓鼓地道，一腳把一塊石頭踢進了河裡。

「二妹，別一遇到事情就咋咋呼呼的，皇上的決定是妳能隨便評論的嗎？這要是被不懷好意的人聽去就麻煩了！」早已是端莊少婦的安玉璿對著安玉冉直搖頭。這麼多年了，自家二妹這性子還真是讓人不放心。

「二姊，妳先別急，聽小妹往下說。」安玉若早就收起輕鬆的表情。聖旨的事情也在她的意料之外。

「還讓她說什麼？京城她肯定是要去的，娘知道之後不得哭瞎了！上次一走是三年，這次還不知道是多久呢！」安玉冉握緊了拳頭。她真希望元武帝此刻就站在面前，然後她會狠狠地給那老傢伙一拳。

「二妹！」安玉璿加重了語氣。這些年她和峰州的幾位官夫人有些交情，也知道現在京城沒有想像的那麼安穩，但她們只是普通老百姓，皇上宣召是不可能不去的。「玉善，妳確定聖旨已經下了，而且確定要妳跟去？」

安玉善看著三個姊姊點點頭。「沒錯，再過兩天，估計全天下都會知道這件事了，好在這次我有充分的時間做準備。」

「妳又想交代什麼？我可告訴妳，這次我說什麼也要跟著妳一起進京，家裡的事情就交給大姊和三妹。」這次安玉冉絕不可能再讓安玉善單獨離開峰州，她一定要護送她安全地出去，再安全地回來。

「家裡的事情交給大爺爺和爹他們就好，我也要跟著去京城！」安玉若也是不放心。

「不行，這次妳們都要留在這裡，我還有事情要姊姊們幫忙呢。娘知道我又要去京城肯定會擔心，妳們都要留在她身邊照顧、安撫她。」這也是安玉善把三位姊姊叫出來的原因。

「妳說什麼都不管用，我這次一定要跟著去！」安玉冉說完就轉身離開，根本不給安玉善三人說話的機會。

「二妹！二妹妳——」安玉璿朝著安玉冉的背影喊道。

「大姊，別叫她了，二姊從小到大就是這樣，她決定的事情，天皇老子都改變不了。」安玉若搖搖頭道。

待三姊妹在河邊說完話回到家的時候，尹雲娘也已經從陳氏那裡知道，安玉善過幾天又要離開家了。

「娘，您沒事吧？」安玉善趕緊走上前扶著臉色蒼白的尹雲娘。
「娘沒事，能有什麼事情？沒事！」尹雲娘假裝堅強地搖搖頭，並沒有在女兒面前表現出脆弱。
「娘，不會有事的，您放心吧！」安玉善扶著她走進屋裡。
有些事情不是抱怨、哭泣或擔憂便能阻止的，這時候再脆弱的人也要學著堅強地支撐下去。
就在聖旨到達峰州府城的前一天晚上，安玉善找到了安清賢，單獨和他說話。
「玉善，聖旨明天就到了。」安氏本家還有安子洵都知道了聖旨的事情，已經開始著手安排到京城的事。
「大爺爺，我已經從瑾兒姊姊那裡知道了。我今天晚上來找您，是有件事情想和您說。」說著她從懷裡掏出一張紙，在面前的桌子上展開。「大爺爺，這是咱們山下村的簡易地圖，我走後，希望您能讓村裡人在我畫上的地方種下桃樹，若沒有桃樹，其他的樹也可以。」
「這是什麼？」安清賢並沒有看懂。
「這是一個防禦的陣法，平時是看不出什麼來的，可一旦有人想對村裡人不利，只需要砍斷我特意畫出來的這幾棵桃樹，外人就不能輕易進來；另外也可以在樹下栽種一些毒草，若是山匪闖入，也傷害不到村裡人。」這是安玉善在坤月谷的一本書中看到的陣法，布置起來很簡單，為了以防萬一，她才告訴安清賢。

「玉善，妳什麼時候會奇門遁甲之術了？」安清賢驚奇地看向她。

「大爺爺，我也是跟著死去的瘋爺爺學了兩招，也許這個陣法根本用不到，但萬一有壞人來，也能保護大家。」安玉善半真半假地說道。

安清賢倒是沒有懷疑，笑著說道：「妳說得對。放心吧，我明天就讓人把樹都種上，也會安排人在村子裡警戒的。」

安玉善點點頭。只要村裡人有自我保護的意識，壞人也能少鑽一些空子。

第二天吃過早飯之後，安家特地設了香案迎接聖旨的到來。這一次為了宣召安玉善進京，元武帝特意單獨給她下了一道不得違抗的旨意。

安玉善恭敬地接下聖旨。這個京城，她勢必是要去一趟了……

清晨的微風徐徐吹來，帶著一絲初夏的爽朗熱意，山下村這次依舊是全村出動替安玉善送行，而這次尹雲娘執意要送她出峰州。

馬車上，母女倆與蘇瑾兒、簡兒坐在一起，而安玉冉被困在了家裡，安清賢並不許她跟著進京。

「義母，您就放心吧，我一定會好好照顧玉善妹妹的。」這三年來蘇瑾兒看得很清楚，因此她比安玉善更能明白尹雲娘的擔憂。

「我知道、我知道，有妳在，我放心……」尹雲娘拉著蘇瑾兒的手，含著眼淚笑道。

「玉善妹妹，妳也別擔心娘，我會在家好好照顧她和小弟的。」簡兒在一旁安慰安玉善。

「簡兒姐，家裡就麻煩妳了。」她知道簡兒是一個很會照顧人的姑娘，自己離開家後，大姊要照顧繡坊，二姊要帶人進山採藥，三姊要管理藥酒坊，能夠在尹雲娘身邊做個貼心女兒的，也只剩下簡兒了。

「放心吧！」簡兒笑著看向她。

「簡兒，妳也是個好孩子，妳們都是娘的好孩子。」雖然最疼愛的小女兒又一次離家，但也因為她自己又多了兩個好女兒，尹雲娘決定像陳氏勸說的那樣，要變成孩子堅強的後盾，而不是讓她們出門也牽掛的累贅。

不管尹雲娘如何不捨，最後還是要暫時分別，她含著眼淚，看著安玉善一行人的馬車越走越遠。

「雲娘，回去吧，玉善不會有事的。」安松柏將站在官道上，一直眺望遠方的妻子扶上了馬車。

「真的不會有事吧？」尹雲娘還是很擔心。

「一定不會有事的！」簡兒安慰尹雲娘的同時，也給自己打氣，即便她心裡也有些惴惴不安。

兩日後，尹雲娘就收到安玉善報平安的信。因為安玉善在離開之前曾答應過她，去京城的這一路上會經常給她寫信。

等到夏日第一場大雨降臨，安玉善他們已經走了快一半的路程。比起走水路，惠王選擇的是較安全的官道陸路，加快腳程的同時，也能在驛站休息。

「這雨可真大！」雖然是夏日，蘇瑾兒還是覺得有些冷，披著披風坐在馬車裡。這段官路有些崎嶇，下雨時更是難行，而此地離驛站還有一段距離。

「是挺大的，希望不要把秧苗都打壞了……」透過打開的車簾，安玉善看著遠處的農田，有些擔憂地說道。

「峰州那邊應該沒問題，這些地方就不知道了。王爺曾經寫過奏摺送到京城，希望皇上能夠讓百姓們都學習水稻養魚之法，這樣一來即便是大雨傾盆，多餘的水也能順著水渠流到別的地方，而不是農田裡。可聽說皇上看都沒看奏摺一眼，就把它扔進了火盆。」蘇瑾兒輕嘆了聲。當初如果不是惠王違背聖命，執意要娶自己為妻，他們父子的關係也不會越鬧越僵。

「瑾兒姊姊，皇上真的很不喜王爺嗎？」之前安玉善在這兒時也讀過一些史書，聽人說起過大晉朝元武帝的一些事蹟。

雖然他是造成北朝滅亡的元凶，但不可否認的，他是一位精明強幹、勤政愛民的好皇帝，大晉朝也正是在他的嘔心瀝血之下，走上了更加強盛的一步。

只是這位皇帝到了晚年，貌似有些老糊塗了。

「皇上的心思最難猜了。對了，我不知道在余州時，景初有沒有告訴過妳關於他的身世？」蘇瑾兒看向了安玉善。她不知道這件事情是否應該由她開口，但到了京城後，她很快也會知道的。

「他只說過自己小的時候被人拐走，現在認祖歸宗，其他的沒說。」安玉善道。

「季家是皇上最看重的，但也是他心頭的一根刺……我想他應該是想以後再告訴妳吧！不過在抵達京城之前，我想讓妳先明白一些事情。」蘇瑾兒湊近安玉善，就算馬車裡只有她們兩人，她還是壓低了嗓音。「王爺自小能得皇上幾分喜歡，一是因為他是皇上最小的兒子，二是因為那位皇后娘娘會做人，如果王爺沒有及時醒悟，恐怕最後只能為他人做嫁衣裳，落得個屍骨無存的下場吧！」

安玉善從不知道皇家還有那麼多秘辛和糾葛，怪不得在余州見到季景初的時候，他會變那麼多。

「瑾兒姊姊，妳別想那麼多了，兵來將擋，水來土掩，既然不知道對方會出什麼牌，那麼咱們就盡力打好自己手中的牌，即便沒有贏的機會，但也不一定會輸。」

「妳說得沒錯。玉善妹妹，我現在能信任和依靠的人除了王爺外就剩下妳了，我希望妳能幫我，我也不會讓別人傷害到妳。」蘇瑾兒和一般後宅婦人並不同，她手中也有自己的力量，即便沒有蘇家，在京城也不是什麼人都能動她和她的人。

「瑾兒姊姊妳放心，我會幫妳的！」安玉善承諾道。

到了京城，很多事情會身不由己，只要自己相信的不背棄自己，那麼她也不會只做一個獨善其身、置身事外的人。

安玉善的承諾讓蘇瑾兒莫名安心了不少。論聰明智謀，安玉善並不下於她，甚至比她看得還要深遠，所以要對付皇后那類的難纏女人，光靠她自己的力量還不夠，她還需要有力的幫手，而安玉善就是最佳人選。

隊伍又行進一會兒之後，突然有探路的侍衛跑來稟告。

「王爺，前面有一幫百姓攔在了官道上！」

第四十八章　平安到達

「他們是什麼人?要幹什麼?」惠王坐在最前面的一輛馬車內，陳其人和他正在商量著到京城要辦的事情。

「他們說自己是附近的百姓，村子裡突發疾病，聽說神醫的兩位徒弟都會經過此地，已經在這裡等了好幾天，希望您能恩准讓神醫給他們治病。」大雨中，侍衛帶著一絲同情說道。

「他們現在在哪裡?」惠王朝前方看了一眼。

「都在官道旁的涼亭裡待著。」侍衛回道。

「好了，我知道了。」惠王放下車簾，讓隊伍繼續前進。

這一次進京，他並不懼怕那些兄弟們會對他暗中下手，何況他早已不是那個會被皇后和善面目所迷惑的趙琛毅，更不會變成皇后手中的棋子。

三年前是因為沒有準備，這次他早就暗中派人清除了路上的障礙，所以他可以判斷前方攔路的百姓應該不是有人蓄意為之。

事實上，這一路的確有很多人因為陳其人和安玉善是藥王神穀子的徒弟而上門求醫，只不過上京的陣仗很大，再加上有聖旨召見，那些人並不敢阻攔他們的去路。

很快的，隊伍就到侍衛所說的涼亭處，此時雨勢依舊很大，而窄小的涼亭裡擠了三、四十個人，都是衣衫襤褸的百姓。

「王爺，不如讓馬車暫停一下，我和小師妹先給這些百姓看看？」陳其人看著那些百姓臉上的愁苦和期盼之色，開口建議道。

惠王有些猶豫。不是他不想救治這些百姓，只是擔心即便有了萬全準備，還是可能發生意外。

陳其人看出惠王心中的擔憂，笑著說道：「王爺，要成大事的確需要小心為上，只是不能因為有危險就失了民心。對現在的您來說，民心更重要。」

陳其人不但是醫術高超的大夫、惠王多年的好友，同時也是惠王想要成就大事的幕僚和軍師，這些年他暗中也幫惠王做了不少事情，因此惠王十分信任他。

「我明白了。」惠王一點就透，點頭應允。

涼亭內的百姓一聽說惠王同意讓神醫給他們治病，全都衝出涼亭，跪在馬車外磕頭謝恩。

惠王隨行的侍衛們趕緊搭了一個簡易的遮雨帳篷，而陳其人和安玉善就在帳篷和涼亭裡分別用自己的方法給這些百姓診病，最後得到的結論一致——他們得了一種瘟疫。

安玉善立刻請惠王派人將這些百姓隔離，在詢問之後，她幾乎可以確定這是一種慢性的傳染性瘟疫，和她之前知道的任何一種瘟疫都有相同和不同的地方，對她來說，是一種從未接觸過的新型瘟疫。

不過這並不妨礙她思考治療這些人的方法。陳其人趕緊讓人做了防護措施，而這些百姓得知自己得了瘟疫，都害怕極了。

「神醫，我們死了沒關係，可我們的孩子太可憐了，求求你們救救他們！」有一個中年漢子跪下給陳其人和安玉善磕頭。

他們雖是普通百姓，但也知道瘟疫有多可怕，以往要是哪裡發生瘟疫又治不好，官兵就會直接滅村，別說是人，就連家禽和牲畜也會焚燒活埋。

他們本是來求一條生路，沒想到卻找上了死路，早知道就是病死也不出村找神醫治病，現在是想走都走不了，因為官兵已經把他們都給圍住。

「小師妹，妳怎麼看？」陳其人雖然知道一些治療瘟疫的辦法，可這種瘟疫他之前也沒看過，不知道該採取哪種方式比較好？

「這種瘟疫是慢性的，還不知道後續會怎樣，不過至少他們發現有人生病後還沒有造成死亡。我給他們把了脈，也許事情沒我們想像的這麼糟，我可以先用針灸還有治療瘟疫的藥丸來試驗一下。」安玉善身上常備著各種藥丸，為的就是以防萬一，沒想到今日竟然派上用場。

「好，我也用其他方式嘗試一下，看誰的效果更好，到時候就用哪一種方法給這些人治病。」陳其人說道。

「好，就這麼辦。」安玉善點點頭。

她先從行李裡取出古方中，治療瘟疫的一種藥丸「至寶丹」給一個病情較重的孩子服下，接著又給他針灸。

沒想到也就一盞茶的時間，那個原本昏迷的孩子就醒了，臉上的紅疙瘩也消退了不少。

「太好了，有效了！」安玉善又給他把了一次脈，笑著說道。

惠王和蘇瑾兒聽到安玉善找到治療瘟疫的方法，都鬆了一口氣。還好是虛驚一場，就是那些侍衛也在心底雀躍，畢竟如果真是厲害的瘟疫，恐怕他們也難逃一劫。

「可是我瓶子裡只有十粒至寶丹，現在只能救十個人的性命。」安玉善看著陳其人和那些百姓說道。

「女神醫，求您先救救我們村的孩子。」這些百姓一致同意先把孩子們的命保住。

「你們別擔心，我會把藥方寫出來，只要到鎮上買到藥方上的藥，熬煮後喝下去，應該就不會有什麼問題了。」第一個吃下至寶丹的孩子此刻已經能站起來，可見至寶丹治療這瘟疫的效果有多顯著。

惠王立即派人快馬加鞭依照安玉善藥方上所寫的去買藥，還要多買一些，畢竟這是傳染性瘟疫，他們這些人也要喝藥預防。

另外，惠王還通知了最近的府衙，讓他們貼出告示，若還有百姓也是這種情況，就要按照藥方所說的吃藥，藥方自然也公布出來。

原本這不過是惠王和安玉善一行人半路上的一個插曲，但後來的影響卻相當大，百姓們不但交口稱讚安玉善醫術高超，是真正的神醫再世，更為惠王為民著想的品德所感動，對他的擁護就更甚了。

終於，惠王一行人趕在夏季燥熱之前抵達了京城，而皇帝特許他們在京城先安頓兩日再聽候召見進宮。

自從進了大晉朝皇都的城門，安玉善即便不掀開車簾，也能聽到外面喧鬧鼎沸的聲音。據史書記載，大晉朝的京城是按照九五至尊的涵義而建造，城外還有護城河，東西南北各有城門，從空中俯瞰，城門口正對著京城兩條十字交叉筆直寬闊的主街，而十字交叉口便是巍峨聳立的皇宮。

京中的建築大多以四合院式的院落為主，紅牆琉璃瓦折射出只有大晉朝京城才有的威嚴。

皇子們的府邸院落大多靠近皇宮，不過惠王府卻在離皇宮兩條大街的珠玉街上，這條街上除了惠王府，還有一座將軍府和一座侯府，不過聽說將軍府裡住的是一群死了丈夫的孤兒寡母，皇上感念她們的丈夫、兒孫精忠為國，特別恩准她們一直住在這裡；而將軍府旁邊的侯府早些年就被封了，說是一座不祥的鬼宅。

珠玉街本就人跡罕至，自從惠王夫婦去了峰州，這條街上就變得更安靜了，平時幾乎沒人來這裡走動，也就惠王府和將軍府的下人會出門採買東西，但主要是從後門出去，前門一年也沒開過一次。

「這裡挺冷清的。」安玉善下了馬車，看了一眼空蕩蕩的大街，覺得夏日裡在這裡走一圈都不會覺得天熱了。

「害怕嗎？」蘇瑾兒拉著她的手，笑著走進已打開的王府大門，留守在這裡的下人早就打掃好了宅院，恭迎主子歸家。

「有什麼好害怕的？」安玉善一笑。她就是覺得在熱鬧的京城裡還有這麼一處安靜的地方，又都是豪門大戶聚集之地，有些奇怪罷了。

「惠王府的鄰居比較少，不過這樣也清靜，這裡其實挺好的。」蘇瑾兒耐人尋味地看著安玉善笑道。

等安玉善在京城待的時間長了她就會明白，比起別的地方，珠玉街會是讓人最自在的所在。

只是還沒等蘇瑾兒給安玉善介紹她以後暫住的惠王府，就有下人急匆匆地跑來稟告，說是崇國公府老夫人送了請帖過來，要先請表小姐去認認門。

「表小姐？誰呀？」蘇瑾兒和安玉善都是一頭霧水。她們和這位國公府的老夫人可都不熟。

「好像說是姓安……」

還沒等蘇瑾兒與安玉善接過崇國公府的帖子，大將軍府方怡郡主的帖子和安平侯府的帖子也跟著送了過來。

最後，安玉善決定先去門風清正，又專出頗具帝師、軍師之才的四世三公之家——崇國公府黎家，當然，主要她還是想弄清楚自己這門表親是如何攀上的？

寬敞整潔的青石板路，兩旁栽種枝繁葉茂的高大綠槐，撲面而來的是消滅暑氣的涼意。

眼前馬車徐徐前進的這條街就叫綠槐巷，崇國公府座落於綠槐巷中間，前後左右鄰居不是學士府就是狀元府，不但緊鄰著宮外特設的皇家書苑，巷尾還有一家名氣不錯的綠槐書院。

每年槐花盛開的時節，這條巷子是全京城香味最濃郁的地方，清新淡雅的純白槐花更是住在這條街上有才學之人吟詩作賦的對象。

據說詩興大發的時候，就連各家的門童都要即興一首。

被人引領著進入崇國公府見過當家老夫人之後，安玉善才恍然大悟，原來崇國公府的老夫人是安氏族人，也是族裡給她在京中找的最大靠山。

黎家眾人給安玉善的感覺很和善，尤其是黎家五小姐黎悅、四少爺黎博軒、六少爺黎博宇讓她的印象最深刻。

從崇國公府出來時，天色有些晚了，安玉善坐的馬車還沒有駛出綠槐巷，趕車的安正就隔著車簾悄聲詢問道：「姑娘，季少將軍的馬車在前面，似是示意咱們跟上，要跟上嗎？」

「跟上吧！」安玉善輕聲說道。

正好她有一些事情想要問他，也不知道這次他會說嗎？

兩輛馬車一前一後駛出綠槐巷，約兩刻鐘後，拐進了京城一條較為冷清的街道。

這條街上零零落落開著幾家鋪子，明眼人一看就知道這是一條背街（注），平時沒有多少客人來這條街上買東西。

注：背街，指主要馬路後面的小街道、弄堂等等。

安正趕著馬車跟在勿辰後面，等行到一處茶館門前，季家的馬車停了下，勿辰還特意看了安正一眼，接著繼續趕車拐進一條小巷裡。

「姑娘，季少將軍似是想讓您進入茶館。」對察言觀色十分敏銳的安正將自家馬車停下，轉頭低聲對車內的安玉善說道。

「那咱們就去茶館裡坐坐。」安玉善答道。

待她下了馬車之後，發現眼前是一座兩層小樓的茶館，此刻茶館裡沒什麼生意，店小二見客人上門，趕緊熱情地迎了上來。

「姑娘裡面請，您是喝涼茶還是熱茶？」現在這個時節，客人們喝涼茶解暑的比較多，故店小二才有此一問。

「有雅間吧？涼茶、熱茶各來一壺。」安玉善笑著說道。

「好嘞，您樓上雅間請，茶這就給您奉上！」機靈的店小二咧嘴笑道。

上了二樓東邊雅間剛坐下沒一會兒，店小二就端來兩壺茶後退了下去，木槿給安玉善各倒了一杯。

茶香四溢，無論是涼茶還是熱茶，都讓安玉善滿意地點點頭。

「這茶不錯，你們都坐下喝口茶吧！」這茶館要是換個地方開，再找個說書先生，說不定早就賓客盈門了。

這時茶館掌櫃的敲門進來，略帶恭敬地說道：「還請姑娘勿怪，小二把您帶錯地方了，您需要的雅間在別處。」

「哦？那就煩請掌櫃的帶路吧！」安玉善意有所指地說道。

「是，姑娘這邊請。」掌櫃的領著安玉善從二樓側門下去，進入了茶館後院的房間，勿辰正站在房間門口。

安玉善走進房間，木槿等人則和勿辰一樣在外面等著。

房間內很整潔，家具不多，光線和通風都很好，讓安玉善覺得很舒服。

「這是你的地方？」安玉善稍微打量了一下，看著站在窗邊的季景初的後背問道。

「嗯。坐吧，才到京城第一天，妳一定很累了。」季景初轉頭看向她，臉上雖沒有多少笑容，但多了些之前沒有的放鬆與舒適。

「是挺累的！」安玉善笑笑，在他不遠處的一張椅子上坐了下來，一旁的高几上還有一杯冒著熱氣的香茗。「特意給我準備的？」

「這裡的茶不錯。」季景初淡淡說道，在她對面的椅子上坐下，端起另一杯熱茶。

「你怎麼會想到在這個地方開茶館，肯定不掙錢！」安玉善揶揄道。

「這裡清靜。」季景初答道。「妳沒有什麼想問我的嗎？」

「那你沒有什麼想說的嗎？」安玉善反問道。

「有。」這次季景初回答得很乾脆。「之前我跟妳說過，我兩歲的時候被壞人抓走，是程爺爺救了我，但其實事情沒那麼簡單。」

他停頓了下，專注地看向安玉善，然後緩緩說道：「想必妳也知道我是長公主和大將軍府的兒子。我母親是當今聖上的第一個孩子，身分尊貴的皇家長公主在成年之後，被賜婚給當時備受皇上寵信的季元帥長子為妻，婚後生下兩女一子，只是我自生下後身體就一直不大好，母親很憂心，遍訪名醫也治不好，那時她根本不知道我是中了毒。後來母親帶我出門上香的時候，遇到了蒙面匪徒，從那之後我就下落不明，母親因此得了瘋病，皇后便作主將她的娘家姪女方怡郡主賜給我父親做了平妻，說是可以照顧我兩個年幼的姊姊。」

說起這些曾經的往事，季景初眼中平靜無波，聲音也沒有一絲溫度。

「你那時候才兩歲，關於你的身世你是怎麼知道的？程家老爺子又怎麼剛好救了你？」

安玉善心下震驚，不知道還有這麼波折的故事。

第四十九章　他的身世

「妳說得沒錯，這世上怎麼會有那麼多『剛好』的事情。在我八歲那年，突發舊疾，爺爺他耗盡一生武功修為才保住了我的性命，也就是在那天晚上，我才得知自己的身世。」說到這裡，季景初似乎又想起當時的情景，目光有些幽遠。

就在他差點死去的那個晚上，程鵬老爺子和程南在他房間說話，當時他們以為他已經陷入重度昏迷。

原來渠州當地的世家大戶程家並不是北朝人，而是大晉朝人，更確切地說他們是大晉朝皇室安插在北朝的「奸細」，只不過程老爺子天性就是個耿直之人，程家在北朝扎根也很多年了，他並不想看到生靈塗炭的情況。

故他年輕時經常以遊歷江湖的理由來到大晉朝京城，希望勸說當時的元武帝不要大興戰爭，並在一次悄然進宮密見元武帝的時候，得知了一件秘密。

皇后竟密謀要除掉長公主和她的兒子，而且第二天就要動手。

帝后的關係一向親密無間，當時的程老爺子也知道元武帝非常尊重和信任皇后，無論後宮有多少絕色佳麗，都無法撼動皇后的地位。

思慮過後，程老爺子在見到元武帝時，並沒有草率地將自己聽到的事情告訴皇帝，但同時他也知道皇帝很寵愛自己的長女和外孫，還一直委託自己在北朝等地找尋名醫。

於是，第二天程老爺子就尾隨季家的馬車，在大批匪徒進攻的時候救下了長公主和季景初，並告誡長公主以後小心皇后。

長公主是何等聰慧之人，她的親生母親並不是皇后，而是已經過世多年的良妃娘娘，雖然她在皇后身邊長大，但其實細心的她早就漸漸發現皇后所隱藏的真性情。

因此嫁人之後，她這位在皇后膝下長大的長公主，與皇后的關係慢慢疏遠起來，不過皇后對她還是一如既往地好。

長公主深知皇后以及皇后娘家的勢力在大晉朝有多麼龐大，自己就算是皇上的親生女兒也無法與他們抗衡，因此她能想到最好的保命辦法，就是讓所有人都以為她的兒子在這次劫殺中「死了」。她懇求程老爺子帶走她的兒子，因為他留下來，即便這次逃過一劫，下一次也未必這麼幸運。

面對長公主的懇求，程老爺子心軟了，便提議對外宣稱孩子在逃亡過程中意外落崖摔死，而他則偷偷帶走年幼的季景初。

之後他聽說長公主在這次事件後因受刺激而發瘋了，便知道這也是長公主的計畫之一。長公主的孩子死了、長公主瘋了，自此之後，皇后也就安了心，沒再把長公主放在眼裡。

回到渠州後，程老爺子便一直四處尋找名醫救治程景初，有好幾年沒再來大晉朝的京城。

可之後他聽說長公主是真的瘋了，長公主的兩個女兒也被方怡郡主養得刁蠻自大，整日惹禍，很不受季家人喜歡。

「我還記得那時候爺爺對南叔說，皇后和方怡郡主的手段實在太高明了，就算我母親一開始是假瘋，最後也被她們逼成了真瘋，而兩個姊姊明顯是被她們捧殺（注），怕是這輩子都毀了。想到生母和胞姊被人如此玩弄於股掌之中，那時的我真的想要殺人。」說到這裡，季景初眼中平靜的神色變暗了些。

他還記得當自己得知這些事情後，非要去京城尋親，結果被程老爺子訓斥了一頓，因為長途跋涉會讓他的身體愈來愈差，況且季家主母早已是方怡郡主，年幼的他根本沒有任何能力跟她及皇后抗衡。

這之後的每一天，他都在隱忍和等待中度過，而程老爺子在臨終之前，分別給元武帝和惠王寫了一封信表明他的身分。給元武帝的信中只說他是被自己意外救下，並受長公主之託以程家子孫的名義養大，並沒提到當年追殺長公主母子之人是皇后指使一事；至於給惠王的信中則是實話實說，並請惠王幫助他認祖歸宗。

只是，當他出現在親生父親面前時，那位季大將軍並沒有自己想像中的激動，或許在他看來，自己不過是一個他不喜歡的女人為他生下的孩子罷了，也是從這之後，他對將軍府和季大將軍除了怨懥，只剩下失望和冷漠。

第一次進京時，蘇瑾兒就讓安玉善小心皇后，這次又聽季景初說起他的身世，安玉善心中也拉起了警報，看來大晉朝這位穩坐後宮四十多年的皇后絕對不容小覷。

注：過分地誇獎或吹捧，使被吹捧者驕傲自滿，導致墮落、失敗。

「那現在呢?你母親和姊姊她們怎麼樣了?」雖是這樣問,但照季景初所說的發展,估計也不會太好。

果然,季景初告訴安玉善,今天陳其人已經給他母親診過脈,說是經過這麼多年,他母親的身體和精神都受到了嚴重打擊,很難清醒,就連壽命也會跟著縮短。

至於他的兩個姊姊,大姊雖嫁進了功勛世家為正妻主母,可是夫妻關係不睦,與娘家的關係也鬧得很僵,幾年前就已經和離,如今養在郊外的莊子裡。

二姊被方怡郡主養得十分跋扈,現在是京城裡有名的悍婦,鬧得夫家也是整日不得安寧,京城貴夫人們都不願與她結交。

聞言,安玉善輕嘆一聲。季景初的兩位姊姊也算是有皇室血脈的貴女,如今下場卻如此淒慘,看到自己至親之人變成這樣,難怪季景初的心情好不到哪裡去。

「景初,你是知道我的醫術的,今天那位方怡郡主已經派人來請我給你母親診病,明天我便可以去看看,說不定會有轉機。」安玉善主動說道。

說實話,在知道季景初的身世之後,她對他有了些許同情,即便她清楚眼前的男人並不希望別人來憐憫他。男人的自尊心總是那麼奇怪。

可無論做為朋友也好,做為病人和大夫也罷,安玉善都希望自己能幫上他的忙。

「妳師兄也是這樣說的,他說由妳來看,我母親的病或許會有轉機也不一定。」季景初揚起嘴角。

安玉善總是能在別人絕望時又重新點燃希望之燈,也正是因為她的存在,很多事情才變得不一樣了。

只是第二天，安玉善並無法如約前往季大將軍府——她、陳其人和惠王夫婦被皇上召進了宮。

金碧輝煌的宮殿裡，曾經叱吒風雲的元武帝已經暮暮老矣，唯有那雙銳利的雙目緊盯著跪在他面前的四個人。

在天子面前，安玉善自是不敢有一絲多餘的動作。

「你們兩個便是藥王神穀子的徒弟？」元武帝目光直直地看向陳其人和安玉善。

「回稟陛下，草民正是。」陳其人和安玉善恭順地答道。

「那就起來給朕把把脈吧，朕最近頭有些不舒服。」元武帝收回審視的目光說道。

「草民遵旨。」陳其人先站了起來，腳步沈穩無懼地走向元武帝。

安玉善想了一下，也緩緩站起身，跟在了陳其人的身後。而惠王夫婦依舊以大禮跪在地上，元武帝也沒讓他們夫妻起來。

正當元武帝身邊的太監要把一塊明黃龍布搭在元武帝的手腕上時，陳其人卻大膽說道：「啟稟皇上，診脈不應隔物，否則脈象不準。」

元武帝深深看了他一眼，接著示意太監把布拿開。「真不知道朕的太醫院是醫術太高還是學醫不精。」

面對元武帝耐人尋味的冷哼話語，陳其人假裝沒聽到，接著開始仔細給皇帝診脈。

診脈結束之後，他起身看著皇帝說道：「啟奏皇上，您的身體最近有些虛弱，也有些勞累，應多吃些補品，多讓龍體休息。」

「哼，說的和那些太醫沒什麼兩樣，朕的頭還不是疼！妳，過來也給朕把把脈。」元武帝似是不滿陳其人把脈的結果，將凌厲的目光轉向了安玉善。

「是，民女遵旨。」安玉善自始至終都低著頭。

她先將手放在元武帝的左手脈搏處，凝神細感，臉上表情平靜，之後她準備將手換到皇帝右手時，元武帝卻猛地打斷她，威嚴之聲響起。

「妳就是三年前沒進京就被劫走的那個小神醫吧？朕的脈有什麼不同嗎？」

安玉善心裡顫了下，總覺得這句簡單的問話經由元武帝嘴裡問出來，似乎不是那麼單純，但還是說道：「啟奏皇上，您的龍脈並沒有什麼異常，只是民女診左右雙脈才能更加確定，若是皇上不願……」

「那就診吧！」元武帝將右手放在安玉善面前，注視著她的一舉一動。

診脈結束之後，安玉善後退兩步，臉上依舊平靜，說出的診脈結果和陳其人一樣。

「藥王神穀子的徒弟也不過如此！」元武帝似是有些失望，這時才轉向惠王夫婦。「好了，不必跪著表孝心，起來吧。朕累了，給你們母后請安之後就先回府吧！」

「兒臣遵旨。」對於元武帝的冷淡，惠王似乎早在意料之中。

等到惠王夫婦去給皇后請安時，陳其人和安玉善已經由宮人領著從宮裡走了出來。一路上，兩個人都沒有說話，心裡似乎都在思索著什麼。

宮外有惠王府的馬車，兩人對視一眼，分別坐上來時的馬車，並在車裡等著惠王夫婦。

沒過多久，惠王和蘇瑾兒就走了出來，惠王坐上了前面那輛陳其人所在的馬車，而蘇瑾兒則坐上後面那輛安玉善所在的馬車。

他們上車之後問的第一句話都是——「皇上的病到底如何？」

而陳其人和安玉善的回答也驚人的相似，都是皺著眉道：「回府再說。」

等到四人回到了惠王府，惠王為了安全起見，也可能猜到將要聽到的話事關重大，將陳其人、安玉善和蘇瑾兒都拉進了密室之中，又派了信任的侍衛在外頭把守。

「父皇的身體是不是有什麼問題？這幾年他常有頭疼的毛病，不過吃了補藥就會好些，難道這其中另有隱情嗎？」惠王有些著急地問道。

「王爺，皇上的身體並沒有表面看到的那麼簡單。他的脈搏看似強，實則弱，而且明明氣血不足，外表卻看不出來，這種脈象我只從一本殘缺的古醫書上看過，怕是不簡單。」關於這種脈象，陳其人看過的那本古書只略微提到一、兩句，他所瞭解的也很少。

「怎麼個不簡單？」陳其人對自己說話還沒這麼不乾脆過，這讓惠王覺得事態怕是比他想像的還嚴重。

「這個我說不好。」陳其人也是首次遇到這種難以解決的問題。

「玉善妹妹，妳診出什麼了？」蘇瑾兒則是看向進入密室後便一語不發的安玉善。

安玉善看了看惠王，又看了看蘇瑾兒，這才說道：「我診出皇上現在的身體就是一個空殼子，裡面塞滿了奇怪的東西，而且已經侵襲到他的腦部，隨時都有死亡的可能。」

「怎麼會這樣！」惠王一聽，握緊了雙拳，眼中滿是驚駭。

「小師妹，妳把妳知道的都說出來。」

陳其人一直都知道有些疑難雜症安玉善比他知道的更多，可他從未見過她看過什麼特別的醫書，更搞不懂她一身過人的醫術究竟是跟誰學的？難道真是神仙不成？

「玉善妹妹，妳說吧！」在皇宮時，陳其人和安玉善都沒有把皇帝真實的情況說出來，蘇瑾兒便猜出皇帝的病肯定另有隱情。

惠王這時也定定地看向安玉善。雖然元武帝這幾年並不喜他，但作為兒子，他卻有種難以對外人言的真切感受。

一直以來，元武帝都沒有特別把他這個兒子放在心上，反而從他反抗皇后的意思娶蘇瑾兒開始，皇帝的目光才意味深長地瞟向他。

畢竟是他的親生父親，就算他有野心，想要登上寶座，卻也不想看到在自己心中一直猶如英雄般偉岸的父親就這樣死去。

安玉善看了三人一眼，沈思片刻，整理了一下思緒後說道：「在這之前，我只聽說過這種脈象，從未在任何人身上診出過，甚至以為這不過是天外奇談，可我萬萬沒想到，竟然會在這裡發現。」

曾經的十年山中歲月，安玉善一直不大理解，怪老頭師父為何讓她學習那些對於還年幼的她來說，有些晦澀難懂的中醫術？甚至有些脈象和病症聽起來就像是科學怪人的實驗一樣，這令她覺得匪夷所思。

她是個上進勤奮的好學生，即便當時不甚理解，還是學得很出色，卻無論如何都沒想到，那種詭異的病會在一個莫名的古代時空中、一個年邁帝王身上診斷出來。

安玉善突然覺得怪老頭師父更奇怪了，似乎她的許多經歷與這個時空冥冥之中注定會有聯繫一樣，不然為什麼是她成了安玉善，又經歷了之後的一切呢？

輪迴、因果、偶然、必然……或許真的都存在吧！

「玉善妹妹，皇上的病究竟是……」蘇瑾兒沈重地看向了安玉善。

「我想你們都知道水蛭這種在水溝裡常見的吸血蟲吧？」安玉善看著眼前三個神色各異的人問道。

見他們點點頭，她才繼續說道：「一般來說，水蛭是一種很常見也令人覺得恐怖的東西，但若是不小心被毒蛇咬了，通過血蛭吸取毒血，反而能救人一命，所以血蛭是一種對人體有害也有利的東西。」

安玉善深呼吸了下，接著說道：「不過我在一本書上曾看到過，對於這種能對付劇毒、需要依靠血液的普通血蛭，有人用加入很多種毒液的血液來餵食它的幼蟲，進而讓這普通血蛭變成一種特別的吸血蟲，同樣需要吸血為生，但需要加入毒液的血才可以，而且體型很小，不會長大，就算進入人體，也很難察覺。」

「妳的意思是說，父皇現在身體裡就有這種血蛭？」惠王震驚地問道。

安玉善點點頭道：「沒錯，這種特殊的脈象我記得很清楚，不過我還需要進一步證實，如果能弄到皇上的血液就好了。」

「依照小師妹這樣說，這種血蛭唯有人才能養得出來，而且具有毒性，若是有人故意放入皇上的身體裡……難道是蠱毒？」陳其人睜大雙眼，驚異地問道。
安玉善搖搖頭。「這種特殊培養的血蛭和蠱毒是不一樣的，它需要毒性來誘發自身的瘋狂吸血性，在這之前只是在慢慢蠶食人的身體，人的肉眼幾乎看不見，尋常的把脈也只會診斷出氣血不足而已。」
「是誰這麼狠毒，竟然這樣對待父皇！」惠王一拳打在密室的牆壁上。此刻只要想到自己敬重的父親體內爬滿了骯髒的蟲子，他就恨得牙癢癢。
蘇瑾兒想到這種景象就覺得噁心，這幕後凶手真是太可怕了！

第五十章　詭異的病

「小師妹，皇上還有救嗎？」陳其人問出了關鍵的所在。

安玉善陷入沈思，惠王看向她，發紅的雙眼閃爍著期待的光芒。

「世上萬物都有天敵，這種毒性血蛭也一樣，只要再培養出另一種藥性血蛭，讓它們在宿主體內相鬥，贏的那方便可主導宿主的身體。只是就算藥性血蛭贏了，血蛭始終靠吸血為生，宿主的壽命也無法延長太久。」安玉善小心地說道。

「玉善妹妹，妳能養出這種藥性血蛭對不對？」蘇瑾兒問道。

「事情恐怕沒那麼簡單。人的體內本來就會存在或多或少的毒素，何況皇上年邁，健康情形大不如前，再加上這種血蛭存在他體內也有幾年了，之所以沒有發作，是因為沒有人給皇上餵毒，只是讓血蛭慢慢地侵蝕皇上身體，可一旦有人知道我們在配製解藥，只要一滴劇毒入皇上的口，他立刻就會死亡。」安玉善說道。

「既然餵父皇毒藥就能讓他死，為什麼還這樣折磨他？」惠王憤慨的語氣中帶著一絲疑問。

「事情當然沒有那麼簡單，給皇上下毒想必不是一件容易的事情，哪怕是整日伺候他的人。」安玉善說道。而且想出這種毒計的人自然也不會用這種能令人抓到把柄的方式。「現在皇上的身體和普通人不一樣。打個比方，普通人喝一滴鶴頂紅便會立即死亡，並呈現中毒之後的狀態，但皇上喝下去後只會引發那些血蛭的瘋狂，促使它們在宿主體內吸血和啃咬宿主的五臟六腑，可從外觀上看，卻與常人血虛的臉色沒什麼不同，除非剖開皇上的身體。」

「我明白小師妹妳的意思了，意即皇上此時喝下毒藥，身上也不會有中毒的現象，因為他體內的血蛭本就是被毒血養大，即便皇上因此喪命，朝臣們也會以為他是年邁、氣血不足或勞累導致，根本不會想到是有人蓄意謀之。」陳其人雙掌一拍，大聲說道。

「沒錯，換句話說，知道這種真實情況的人掌握著讓皇上死亡的時機，而且外人還察覺不出來。」安玉善點頭說道。

「是皇后……一定是她！這個蛇蠍女人為了讓她兒子登上皇位，無所不用其極！」惠王悲痛地嘶吼著。

蘇瑾兒知道惠王此刻情緒激動，走到他身邊，輕撫著他的後背，用一種能安定人心的語氣說道：「王爺，這個時候你一定要冷靜，不管是不是皇后，咱們都不能讓人看出異樣，我想陳公子和玉善妹妹正是基於這一點，才沒有當面對皇上說出實情。」

「王爺，王妃說得是，如果要害皇上的人知道咱們也已經知曉皇上的身體狀況，不知道會採取怎樣過激的手段？」陳其人也勸說道。

「你們說得對，本王這時候不能慌亂，說不定三年前那些人不讓小神醫進京，根本就是怕被人發現父皇的身體有異樣。」惠王腦中靈光一閃。

「王爺說得沒錯，所以現在咱們更不能慌亂。」蘇瑾兒說道。

「安玉善，我趙琛毅想求妳一件事情！」惠王挺直背脊，臉色深沈而莊重地看向安玉善。

「王爺不必客氣。您是想讓我救皇上吧？這個我沒問題，只是我需要皇上的新鮮血液，除了用來培養藥性血蛭，還需要找出導致血蛭癲狂的藥引，恐怕不是一、兩次就能完成的。」安玉善說道。

惠王三人立即就明白她的意思，可這樣做勢必要告訴元武帝他身體的真實情況，這個戎馬一生的帝王能撐得住嗎？

「宮中耳目眾多，要想連皇上本身也瞞著取血那根本是不可能的事，而且這血一次要取的也不少，王爺您要想清楚。」安玉善親眼見過怪老頭做過這種培養藥性血蛭的方法，所以她並不陌生，只是這件事情能否順利進行不在她，而在惠王和皇帝的決定。

「我會想清楚的。」惠王鄭重地說道。

從密室出來之後，安玉善回到自己在惠王府的藥廬，她還要為黎博軒的母親楊氏配製治療腦疾的藥丸，而陳其人則是還有邀約。

又過了一日，就在玲瓏公主舉辦青梅園宴席的前一天，方怡郡主派身邊最得力的錢嬤嬤前來請安玉善過去，蘇瑾兒並沒有阻攔，因為安玉善說她想去看看。

「玉善妹妹，到了季大將軍府要小心一點，方怡郡主可是皇后親自調教出來的人。」臨行前，蘇瑾兒將安玉善拉到內室叮嚀。

「瑾兒姊姊放心，我心裡有數。」安玉善淡笑說道。

坐上前往大將軍府的馬車，安玉善也叮囑木槿等人一番。很快地，馬車就在大將軍府門前停下。

「姑娘，到了。」安正停穩馬車，掀開車簾讓安玉善下車。

另一邊，那位錢嬤嬤也在丫鬟的攙扶下走下季家馬車，對安玉善有禮說道：「安姑娘這邊請！」

「多謝。」安玉善抬頭看了大將軍府一眼，和崇國公府明顯不同，大門兩邊站著令人生畏的守衛。

跟著錢嬤嬤，安玉善先到了方怡郡主所在的佳柔院。

院內的布置十分雅靜，在清風的吹拂下，垂柳、池塘和夏荷都顯出一股溫柔之意，一進入這院子就讓人感到身心放鬆——尤其在這樣炎熱焦躁的夏季。

單看這院落的布置，安玉善就覺得自己即將見到的女主人定是一位柔情似水的婦人。果然，走進待客主廳，一位目光和善的年輕貴婦正笑盈盈地看著進廳的安玉善。

「民女見過郡主。」安玉善俯身行了一禮。

「安姑娘快別客氣，妳可是惠王妃的義妹，聽說景初在峰州的時候也得過安家的照顧，與姑娘也是舊識呢！」方怡郡主示意錢嬤嬤趕緊把安玉善扶住，似是不讓她行禮。

安玉善聞言，臉上表情沒有任何變化，恭謹回道：「郡主您才是客氣，程老爺子曾是我家的救命恩人，對於恩人之孫，略盡地主之誼也稱不上照顧，只是沒想到程公子竟是長公主與大將軍之子，讓玉善實在意外。」

「呵呵，我也是之前才聽大將軍說了兩句，還聽說姑娘三年前本該進京，卻半路出了事……唉，想必這三年安姑娘妳過得也苦！」方怡郡主臉上露出同情憐憫的表情。

「多謝郡主掛懷，有些事情也是免不了要承受的。聽說郡主想讓民女給長公主瞧病，不知長公主……」安玉善故意拉長了聲音。

她還沒有機會見到皇后，但眼前的方怡郡主絕對是一位善於偽裝的高手，言語之中的試探也令人生疑，而且看她提起大將軍時的恩愛密意，定是很受丈夫的疼愛。

這也難怪，英雄難過美人關，眼前這位方怡郡主實際年齡該是三十多歲，但看起來只有二十四、五的樣子，兼具少女的柔嫩和少婦的嬌媚，像季大將軍那樣的行伍之人，百煉鋼化為繞指柔也不是不可能。

見安玉善這麼快就提起長公主，方怡郡主溫笑的雙眼中閃過一絲銳利。看來安家與季景初的關係並不陌生，他的病極有可能就是眼前的人治好的。

「姊姊剛鬧過，才睡下，這會兒去倒是正好，安姑娘隨我來吧！」方怡郡主相當會掌握自己的待客之法，對安玉善釋放出善意的同時也保持距離，不會讓人討厭或覺得別有意圖。

安玉善點點頭。對於方怡郡主的好意她表現出感激，同樣也留有自己的疏離。

如果方怡郡主想要拉攏、親近她，太容易得到的人才，她一定不會珍惜。

到了長公主所在的後宅主院鳳儀院，方怡郡主領著安玉善一直走到屋內，院中伺候的丫鬟、婆子還有嬤嬤見到她們全都規矩地低頭行禮，看來方怡郡主非常善於管理後宅。

走到只有一張軟床的屋內，安玉善有些奇怪地環顧一下除了那張床就空蕩蕩的房間，真是比瘋人院的病房還要寂涼。

「姊姊她一犯病，很少有人能拉住，經常會磕到東西、撞到自己，所以大將軍就讓人把她房間裡的家具和擺飾都搬到庫房了。」方怡郡主適時解釋道。

安玉善表示明白地點點頭，接著跟著方怡郡主走到了軟床邊，抬頭朝床上之人看去。

只見蒼白瘦削的臉頰上滿是磕痕，凌亂的頭髮像是無人打理的稻草般糾結在一起，即使隔著衣物也能讓人察覺出那骨瘦如柴的身軀，鬆弛的眼皮沈重地覆蓋著雙眼。

蒼老、病態、憔悴……就算來之前有心理準備，安玉善還是有些震驚。躺在這張床上的不是別人，而是大晉朝堂堂的長公主，可她現在就像一個被人拋棄在無人角落的可憐老嫗。

「這是……長公主？」安玉善並不是不確定，她只是想藉此機會看向方怡郡主。

眼前這兩個女人都是這座府邸的女主人，可她們簡直是雲泥之別。

這種區別不僅僅是因為年齡、容貌、身體健康狀況的差異，而是那種女人發自內心的力量。長公主就像沒有靈魂、隨意被人擺弄的破布玩偶，而方怡郡主則在幸福的滋潤下，活得無所畏懼。

方怡郡主似是很感慨地點點頭，動作輕柔地坐在床邊，輕輕露出長公主的手腕，那枯瘦、蒼白的手在方怡郡主紅潤修長的纖纖玉手中，顯得那麼毫無生氣。

「安姑娘，請為姊姊診脈吧！」

「好……」安玉善在丫鬟從門外搬來的繡墩上坐下。

方怡郡主見安玉善給長公主左右手都診了脈，但是從她平靜的神情上竟看不出一絲異常。「如何？姊姊她的病可是能治好？」

安玉善起身看著方怡郡主道：「長公主乃是多年邪火上升導致狂躁異常，心病極重，五臟六腑也多有損傷，人至癲狂本就很難治癒，長公主的病也有十多年了，怕是……」

「唉，陳公子和宮中太醫也都是這樣說的，難道就沒有一點辦法嗎？哪怕是讓姊姊情緒變好一些？」方怡郡主很是遺憾地說道。

「怕是有些難。一般來說，狂躁性的病人最好住在風景宜人之處，有山有水說不定能夠舒緩她的心情，長時間待在這種封閉的房間內，只會加重長公主的病情。」安玉善看著長公主居住的地方，搖搖頭說道。

最初方怡郡主還不覺得有什麼，可細細一琢磨，眼前這小姑娘該不會是指責她故意讓長公主待在這樣的地方？

整個京城誰不稱讚她方怡郡主是賢良淑德的平妻，對長公主那是畢恭畢敬、像親姊妹一樣地照顧著，要是有人以此弄出什麼么蛾子，那就不好了。

「真的嗎？以前也沒有哪個大夫說過呢！大將軍與長公主夫妻情深，怎麼忍心把她送到別處去？不過只要是為姊姊好的事情，讓我做什麼都可以，等到大將軍回來，我就把安姑娘妳說的告訴他。」方怡郡主苦笑一聲說道。

「我是個大夫，也希望長公主在這所剩不多的歲月裡能夠多呼吸一些新鮮的空氣。」安玉善狀似可惜地又看了床上的長公主一眼。

「安姑娘說得是，我也是如此想法，希望姊姊能多過些舒心的日子。」方怡郡主面上真誠地道，心裡卻是歡笑一聲。

依照陳其人和安玉善的診斷，這長公主是沒幾天活頭了，只要把壓在她頭上的這塊令人噁心的石頭搬開，整個季大將軍府和丈夫才真正屬於她一人，她也就不用在人前繼續偽裝、伏低做小了。

接下來，方怡郡主又把安玉善帶到自己的院子，兩個人閒聊一會兒。基本上都是方怡郡主在說，安玉善坐在一旁安靜地聽著，偶爾附和兩句。

等到安玉善坐著馬車離開大將軍府之後，錢嬤嬤便扶著自家主子到了內室。

「郡主，您看這位安姑娘如何？」錢嬤嬤眼睛裡閃著精光。

「目前還看不出什麼來，不過本事倒是有的，聰明勁兒也有幾分，畢竟能交上蘇瑾兒那樣的女人做朋友，也不是個簡單的人物。」此刻方怡郡主臉上沒了笑意，眼睛裡藏著謀算。

「郡主說得是，她一個亡國女，三年前就和晉國公府和安平侯府扯上了關係，我看就是個心大的，這山溝裡的麻雀定是想飛上枝頭變鳳凰！」錢嬤嬤以她一貫看人識人的經驗猜測道。

「她有這個野心就最好了，知道她愛吃什麼食，到時候咱們就下什麼餌，還怕她不乖乖就範？」方怡郡主臉上露出冷笑。

錢嬤嬤一聽，也跟著低笑起來。這些年她們不是一直在用這個方法嗎？效果可是好得很呢！

另一頭，安玉善從大將軍府出來，馬車行了一會兒，安正對她低語兩句，然後馬車又拐到了與季景初相見的茶館裡。

安玉善走進茶館後院的房間，見到茶几上依舊給她倒了一杯清醇的香茗。

「我娘她究竟怎麼樣？」季景初開門見山問道。

「雖然有些糟糕，但也不是沒有挽救的方法。」安玉善對他淡淡一笑說道。

「有救？」已經做好失望準備的季景初聲音都禁不住揚高了些。

「如果是三年前，我或許不能肯定答覆你，但是在坤月谷的三年裡，我為了治好瘋爺爺的瘋病，可是用了很多種方法，更研究了許多藥物。雖然我不知道最後瘋爺爺的瘋病是不是因為我的治療才清醒過來，但三年裡我積累了不少治療精神異常的經驗，因此現在還是有幾分把握的。」

安玉善自然不可能對方怡郡主說實話，對於那個虛假的女人，她突然很想看看撕下她完美面具後的樣子。

「那……她什麼時候能痊癒？」雖然季景初早已記不清母親的影子，但在見到長公主之後，埋藏在他靈魂深處的記憶似乎甦醒了過來，天生的母子之情讓他無法忽視長公主的一切。

他可以不在乎給予他另一半生命的父親，但不能不在乎一直深愛著、保護著他的母親。

第五十一章 青梅園宴

「具體的時間我無法告訴你，只有在治療的過程中，我才能進一步確定。我希望長公主能離開大將軍府，最好在一處山明水秀之地進行治療，身邊照顧她的人最好也是她熟悉和信任的人。」安玉善對季景初說道。

「這個我來想辦法。只是這些年我娘身邊的人不是被那個女人收買，就是不知被她打發到哪裡去了，這樣的人不大好找。」

「其實也不用別的什麼人，你的兩位姊姊始終是你娘的親生女兒，作為母親，即便是精神異常，孩子給她的刺激旁人是比不上的，我想由你兩個姊姊來照顧她會不會好些？」

季景初沈默下來。雖然他已經認祖歸宗，也知道兩個胞姊生活不易，可他們姊弟之間畢竟很多年沒見，現在的接觸也不多，他並沒有多大把握。

「我覺得你還是將一部分實情告訴你兩位姊姊，不管怎樣，她們作為女兒也都有知道母親病況的權利，至於要不要來照顧長公主，自願是最好的，別勉強。」

安玉善剛到京城，對季景初的家人知之甚少。上一世她是孤兒，無法深刻體會母親與孩子之間的感情，可這一世她有一個十分疼愛她的娘親，設身處地地想，她覺得天下做女兒的其實也都是一樣的。

季景初點點頭。他想大姊應該會同意的，要不是與娘家關係鬧得太僵，她怕是早就回來照顧長公主了。

說完了長公主的事情，季景初和安玉善又說起了明日玲瓏公主在青梅園舉辦宴會一事，他和她都在受邀之列。

「明日去青梅園，妳若是不喜歡和那些人交談，只管找個安靜的地方待著便好，京城的這些女人總是不大喜歡女醫。」對於安玉善的性格，季景初還是知道些的，她對行醫救人很有熱情，但在人際關係上似乎不願多浪費時間。

「我不是小孩子了，放心吧！」安玉善笑笑。「京城的女人為什麼不喜歡女醫？女醫很可怕嗎？」

「心眼太多的女人總是想得多，妳到時候不要太在意就好。」大戶人家的女眷看個病都要遮遮掩掩，唯恐被人說三道四，要是與女醫關係太近，難保不會被人拿來做文章。

自從被皇帝召見之後，安玉善的「女神醫」之名已經在京城傳開，明天她去青梅園，那些貴女、夫人們說不定對她是有多遠躲多遠，季景初擔心她在青梅園受到冷待，因此才出聲安慰、提醒。

對於季景初的好意，安玉善笑著收下了，如果是一些躲不了的人際關係，她也是會好好地應付的。

蘇瑾兒特地為安玉善還有木槿幾個丫鬟準備了參加宴會的衣服，次日清晨，晉國公府的馬車老早就到。

盛情難卻，這次安玉善沒讓安正趕自家的馬車，而是和蘇瑾兒坐上了晉國公府的馬車，而青璃、青鶯和木槿幾人則坐在後面惠王府的馬車上。

青梅園是當初玲瓏公主出嫁時，皇上特意賞賜給她的，離綠槐巷有兩個街口，因其特殊的建築風格以及園內青梅樹的遮蔽，這處風景極佳的園子還兼具避暑的功效。

青梅園一共有東西南北四個入口，蘇瑾兒和安玉善從東門柳橋上過去，由玲瓏公主身邊的貼身嬤嬤親自領到用來見客的園中主樓摘梅樓正廳。

她們二人進入正廳時，裡面的女客除了女主人玲瓏公主，就是她的閨中好友威甯侯夫人。威甯侯夫人身邊還站著一個七、八歲，有些靦覥的小男孩，正有些怯怯地看向蘇瑾兒和安玉善。

「民女安玉善見過公主、見過夫人。」安玉善在蘇瑾兒給二人打過招呼之後福禮說道。

「玉善姑娘不必多禮，本宮早就想見妳一面，謝謝妳三年前救了我家澤兒一命，這份恩情，本宮終生不忘。」玲瓏公主真誠地說道。

「公主客氣了，玉善也算得上是一名大夫，一切都是分內之事。」安玉善謙虛地說道。

「前兩日就聽說京城來了位容貌絕佳的女神醫，今日一見，果然傳言不可信，本人可比傳言美上百倍不止。」威甯侯夫人開玩笑地看向了安玉善。

她原以為安玉善會如京城那些大家閨秀一樣羞臊起來，沒想到安玉善只是微微一笑。

「多謝夫人誇讚，玉善愧不敢當，想必我娘她聽到一定會很開心的。」

「呵呵呵，說得是，天下有哪個當娘的不希望聽到別人誇讚自己的孩子？」威甯侯夫人先是一愣，繼而輕笑起來。

「夫人，這位想必是府上的小少爺恩哥兒吧？」坐下之後，蘇瑾兒笑著看向威甯侯夫人身邊的男孩問道。

「沒錯，正是我家恩哥兒。」威甯侯夫人笑著回答。這時她看到安玉善似乎有意多掃了自己孫子兩眼，忙問道：「安姑娘，可是我家恩哥兒有問題？」

安玉善沒想到威甯侯夫人的眼睛會這樣厲害，自己不過是多看那孩子兩眼而已，但她還是照實說道：「夫人別怪玉善多嘴，這位小公子是不是常常會肚子痛，有時候還會有噁心嘔吐的現象？」

威甯侯夫人一聽，原本帶笑的臉上頓時大駭，忙說道：「沒錯，安姑娘，妳是怎麼看出來的？」

「能讓我再仔細看一下小公子的手嗎？」安玉善又問道。

「當然可以。」威甯侯夫人看向玲瓏公主說道：「公主，可否借一處安靜之地，讓安姑娘為恩哥兒看看？」

「雲荷，帶威甯侯夫人和安姑娘去樓上涼閣。」玲瓏公主知道待會兒客人們就會陸陸續續進來，安玉善在此處給恩哥兒看病實在不方便，何況看威甯侯夫人的意思，怕是還有隱情。

「玉善妹妹，你們去吧，我留下陪公主說話。」蘇瑾兒示意安玉善不用顧慮。

安玉善點點頭，然後跟著玲瓏公主的貼身大丫鬟雲荷上了二樓。

到了樓上房間，雲荷就退下了，威甯侯夫人讓跟著自己的兩個丫鬟在門外守著，房內只有她和小孫子恩哥兒以及安玉善。

「安姑娘，麻煩妳了！」威甯侯夫人看起來有些緊張。

「夫人客氣了。」安玉善對害羞的恩哥兒友好地笑笑，先給他把脈，再看了看他的指甲縫，果然在上面發現了白色的蛔蟲卵。

「怎麼樣？」

「沒什麼大事，回去我配幾顆藥丸給小公子服下，只要把肚子裡的蛔蟲排出來就好了。平時吃的東西一定要乾淨、熟透，還要常洗手，以後多注意就好了。」安玉善覺得大戶人家的孩子在吃食和衛生方面應該都會很講究，不明白威甯侯府的這位小公子是如何有蛔蟲病的？

威甯侯夫人先讓門外的丫鬟把孫子帶出去，然後才著急地看向安玉善。「安姑娘，我這孫子的病真的幾顆藥就能治好？」

「嗯，這種蛔蟲病主要是因為吃了不乾淨的食物，或者不小心吃了帶有蟲卵的生冷東西造成的，不要擔心，排蟲的時候也不要讓孩子害怕，以後注意些就是。」安玉善安撫道。

「真是謝天謝地！安姑娘，實不相瞞，恩哥兒這一、兩個月開始就不大愛吃東西，還老喊肚子疼，找了大夫來，吃了藥，可還是不管用，前段時間竟從這孩子的身體裡拽出一條長蟲子，把我兒媳婦當場就給嚇暈了，好在沒讓孩子看見。家裡老夫人還想是不是得罪了神靈，整日裡吃齋唸佛，可恩哥兒的肚子還是會疼，本來今天不想帶這孩子來，可是聽公主說她也邀請了兩位神醫到青梅園，一時心動，我就帶恩哥兒來了，真是幸好呀！」威甯侯夫人一臉感激地看向安玉善。恩哥兒是她長子嫡孫，以後是要繼承威甯侯府的，所以從他肚子裡拽出蟲子這件事一直隱瞞得緊。

現在好了，不是中了邪，也不是得罪了神靈，不過是吃了不乾淨的東西，能儘快治好就好。

「沒什麼，只要平時在吃食上注意些，勤洗手腳保持乾淨，就不會再有這種病了。」安玉善笑著說道。

「安姑娘放心，恩哥兒這會兒好了，我把他的東西全都換過，吃食衣物上一定會多加注意。」威甯侯夫人總覺得恩哥兒這病來得蹊蹺，平時他的吃穿用度都是最精細的，怎麼會不乾淨呢？

只是這種家事她自然不會對安玉善一個外人說，在京城大戶人家的後宅裡，哪家沒有幾件齷齪事？

待威甯侯夫人和安玉善說完話回到廳裡，只剩雲荷在那裡等著她們。

「公主呢？」威甯侯夫人有些奇怪地問道。

「回夫人的話，『看梅館』那裡出了點小事，公主便和惠王妃先去看看了。」雲荷福禮道。

「小事？」威甯侯夫人瞇起了眼。能讓玲瓏公主親自去看的絕對不是什麼小事。「安姑娘，不如咱們也去看看？」

「全聽夫人的意思。」安玉善沒有拒絕。

前往看梅館的路上，不時會碰到熟悉的女眷跟威甯侯夫人打招呼，安玉善則安靜地跟在一旁。

快走到看梅館時，她們看到好多女客都離得遠遠的，有的乾脆去別處先賞景納涼了。

「公主可在館內？」威甯侯夫人喊住一個從館內走出來的侍女。

侍女點頭應是，又回身去稟告玲瓏公主，不一會兒那侍女就帶著威甯侯夫人和安玉善進了看梅館。

一踏進環境優雅的看梅館，安玉善就察覺到一股不尋常的氣氛，玲瓏公主坐在正中的軟榻上，臉上滿是無奈；蘇瑾兒和另一位看起來很是和氣端莊的美貌婦人則分坐在館內左右兩邊的椅子上。

蘇瑾兒的下首坐著一位滿頭珠翠、略顯俗氣的少婦，滿臉怒氣，而另一位婦人下首則坐著兩位容貌脫俗的少女，臉上也俱是薄怒。

「這是怎麼了？」威甯侯夫人帶著笑，以打趣的口吻看了看兩邊坐著的人，又看向那位美貌婦人。「定王妃您可是稀客，我可是好久沒見到您了呢！」

定王妃看到威甯侯夫人進來，禮貌地堆起笑容，和她打了招呼，並沒有把她身後的安玉善看在眼裡，因為現在她正被氣得七竅生煙。

威甯侯夫人有些詫異地看向玲瓏公主，玲瓏公主讓她在蘇瑾兒的下首坐了下來，讓安玉善坐在威甯侯夫人的身邊。

「公主，既然康夫人不願意道歉，本妃也沒什麼好說的，今日多謝您邀請，本妃就帶著兩個女兒先回去了。」似是因為威甯侯夫人和安玉善兩個外人到來，有些話定王妃不準備再說，準備起身告辭。

「定王妃別生氣，薔姐兒她一向不懂事，妳一個長輩就不要和她一般見識了，這孩子性子暴躁，妳又不是不知道……」一心想做和事老的玲瓏公主好言勸慰道。

「孩子？她已經是兩個孩子的母親了！如此口無遮攔，本妃就是去皇上、皇后面前照實言說今日之事，怕也要康家給我定王府一個解釋，我兩個女兒可還未定親呢！」定王妃帶些怒意看向蘇瑾兒下首的婦人。

誰知那少婦似乎根本沒把她看在眼裡，反而輕蔑地白了她一眼，有些陰陽怪氣地說道：「哼，明知人家妻子、孩子都有了，還上趕著要做妾室通房，這不要臉的家風真不知道是從什麼時候開始延續的？」

「薔姐兒，住口！」玲瓏公主在定王妃發怒之前搶先呵斥。「不要以為有妳外公和姨母在，妳就能這樣肆無忌憚！怎麼說妳也是皇室貴女，說出這種話，讓妳母親長公主的顏面往哪裡擺！」

許是聽到玲瓏公主提起皇上和長公主，定王妃眼中閃過厲芒，冷哼一聲就離開了。

待定王妃和她的兩名庶女離開之後，玲瓏公主這才看向被人稱為康夫人的季薔。

「薔姐兒，都這個時候了，妳怎麼還惹葛家的人！」即便是當著蘇瑾兒、好友和安玉善這個外人的面，玲瓏公主也沒有消減她對季薔的訓斥。

「姨母，正是因為到了這個時候，我才不想忍。葛家的女人怎麼就喜歡和別人搶丈夫？

我可不想變成我娘那個樣子！」季薔毫不掩飾對於葛家人的厭惡。

當今的皇后姓葛，她父親的平妻姓葛，現在又來一個姓葛的女人要和她搶丈夫，真當她季薔是沒脾氣的紙糊人不成！

「薔姐兒，妳太衝動了，妳也不想想妳大姊現在過的是什麼日子？妳現在有康家護著，有兩個還年幼的孩子，親弟弟又找了回來深受父皇器重，如此安安穩穩的過日子不好嗎？」提起葛家的女人，在座的除了安玉善外都有一種深刻的感受，玲瓏公主更是如此。

她雖是皇家公主，也稱得上是身分尊貴，可也正是因為她公主的身分，成了當今皇后最痛恨的人。年幼的時候，她就比長公主更早知道那個外表善良溫柔的女人有著一顆怎樣善於嫉妒的心。

後宮裡的那些女人能不能得到皇上的寵幸、是生兒子還是生女兒，活下來的皇子和公主又該娶什麼樣的女子、該嫁什麼樣的男人，她都要完全掌控，成為她手中可以利用的棋子。

一旦棋子超出她控制的範圍，她勢必會插手矯正，比如姊姊長公主，比如她這個玲瓏公主。在皇后的心目中，她們是奪走她丈夫寵愛的女人生下的女兒，絕對不能過得幸福快樂。

不只她們不能過得好，就是她們的子女也跟著受牽連。很多時候玲瓏公主都會想，如果有一天揭開皇后面具下那真實可怖的樣子，一定會嚇到天下人，包括她那個英明神武的父親。

「我的日子過得好又有什麼用？大姊被季家趕出了門，方怡郡主那個女人又不許我探望母親；至於小弟，他與我們分開十多年，哪有什麼親情可言，說不定早就被那個女人騙過去了！」季薔怒道。

第五十二章　結識新友

最初季景初認祖歸宗時，季薔是滿心歡喜，想著自己和大姊終於有了依靠，就算有個惡婦的名頭她也不怕。

可三年來，季景初與她總共見了不過兩次面，還聽說他與方怡郡主的關係可不差。

玲瓏公主這時想要解釋什麼，卻看到蘇瑾兒朝她輕輕搖了搖頭，有些事情季薔現在還不適合知道。

安玉善坐在一旁，已經能斷定眼前的康夫人便是季景初的二姊，看來傳言還是不可信。

蘇瑾兒她們又勸了季薔幾句，這時有侍女稟告說有客人要來拜見玲瓏公主，安玉善和蘇瑾兒就先出去了。

看著季薔略帶怒氣的背影，蘇瑾兒臉上微微一笑，看向安玉善說道：「妳知道我剛才從咱們這位康夫人身上看到誰了嗎？」

「瑾兒姊姊不會是看到我二姊的影子吧？雖然她們脾氣有些像，但我二姊可沒這位康夫人有膽略，畢竟是京城貴女，雖然言行有些冒失，但內裡卻是個聰明人。」安玉善也笑了。

「剛才妳與她一句話未說，她也沒有正眼瞧過妳，妳怎麼知道她是個聰明人，而不是人們口中無知的惡婦呢？」蘇瑾兒眼中含笑，靠近安玉善低聲問道。

「直覺吧！」安玉善也低聲答道。

看來不只她，蘇瑾兒也已經看出來了。

「有些人和事是不能光看表面的，善的未必善，惡的未必惡，總要會分辨才是。」蘇瑾兒耐人尋味地說道。

「瑾兒姊姊說得是。」安玉善表示贊同，因為這是事實。

她們相視一笑，開始在青梅園裡閒逛起來。

就如季景初事先對安玉善說過的那樣，當得知她藥王神穀子女徒弟的身分，有些人對她敬而遠之，有些人看她的眼光藏著異樣，當然也有些人對她很好奇，想藉此與她結交。

「悅妹妹，那就是妳家前兩日到京城的遠房表妹吧？聽說她是個女神醫，妳介紹我們認識，好不好？」

就在蘇瑾兒和安玉善進入眾多女客視線中時，一個少女拉著黎悅興奮地說道。

「素素姊，介紹妳認識可以，可待會兒妳可別嚇到我表妹！」黎悅剛才就一直在找安玉善的身影，聽說她去見玲瓏公主了。

「妳放心好了，我絕對會小心的！」唐素素舉起一隻手做發誓狀。

於是，黎悅就帶著唐素素走到了蘇瑾兒和安玉善面前，向她們互相介紹。

「表妹，這是我好友素素，她是唐大學士的掌上明珠，平時喜讀醫術。」黎悅見到安玉善之後還是有些羞澀的陌生感，但聽說安玉善能治好楊氏的頭疼病，內心深處也多了對安玉善的崇拜。「素素，這就是我表妹玉善。」

「安姑娘妳好，我聽說妳給人縫過頭皮，這是真的嗎？」其實唐素素對於傳聞中的女神醫仰慕已久，只可惜一直無緣得見，平時她都讓自家兩位哥哥幫她搜集有關安玉善的消息。

「素素姊，妳不是說……」黎悅趕緊拉了唐素素一把。她們周圍還有很多人呢，剛才這句話可是引得許多人側目。

「對不起、對不起，我只是太好奇了！」唐素素趕緊道歉。

蘇瑾兒倒是不以為意地笑了笑，說道：「一直都聽說唐小姐是個藏不住話的爽快人，看來是真的。玉善妹妹，妳們去說說話吧，我有些累了，想先找個地方歇會兒。」

「王妃，我們送您過去吧，反正這宴會也沒什麼意思，我正好想找個清靜的地方請教安姑娘呢！安姑娘，妳不會覺得我很煩吧？」唐素素一口氣說完，又有些不好意思地看向安玉善。

「當然不會。」安玉善知道這幾年蘇瑾兒的身體雖然調養得不錯，但也不能長時間走動或勞累。

玲瓏公主聽說蘇瑾兒有些累了，知道她身子一直不好，惠王也事先打過招呼，早就為她準備好了休息的房間。

等到蘇瑾兒在房間歇下之後，安玉善、黎悅和唐素素就起身去了隔壁的廂房，侍女端上茶點後便退了下去。

「安姑娘，我一見妳就很喜歡妳，妳真了不起，而且長得真好看，妳能不能收我做徒弟？」唐素素早就壓抑不住見到安玉善之後的想法，她可比安玉善想像的還要更瞭解她的事情。

「唐姑娘，妳很想學醫嗎？來京城之前我就聽說京城有很多醫術高明的大夫，也有專門教人醫術的醫館，難道他們不收女弟子？」面對熱情洋溢的唐素素，安玉善覺得這位大家閨秀可真有些特別，也不知黎悅這樣溫柔又稍顯內向的女孩子是怎麼和她成為朋友的？

「他們都比不上妳！」唐素素一下子說出了理由。「我連悅妹妹都沒說過。三年多前我就知道峰州那邊有個小神醫，一根銀針就能讓啞巴說話，都快要死了的人都能救活，百姓們都叫妳小菩薩呢！」

「素素姊，妳是怎麼知道的？妳不是和我一樣一直沒離開過京城嗎？」黎悅目瞪口呆地看著好友。

她一直以為這兩天唐素素的興奮是終於遇到一個醫術高明的女神醫，沒想到她知道安玉善比自己還要早。

「我是沒出過京城，可我大哥經常去呀，他不是號稱要遊學嘛！前幾年他到了峰州，說認識了幾位好友，更聽說其中一位好友的堂妹醫術很高，知道我喜歡學醫，就當趣事寫信告訴了我。安姑娘，妳是不是有個堂哥在書院讀書？」唐素素眼睛裡的光芒比星辰還要亮，似是她終於找到歸宿一樣。

「沒錯，我大堂哥的確在書院讀過書，不過三年前我出事之後，他就一邊遊學一邊去找我的下落了。」安玉善說道。

唐素素一拍手掌，笑著說道：「這就沒錯了！我大哥也一起去了，現在都還沒回來呢，後來還是他寫信告訴我，妳已經平安無事回到了峰州，不過他和妳堂哥估計還要在外真正地遊學一番。」

黎悅這下更震驚了，事情也太巧了吧！

「這三年每次上香我可都祈求菩薩讓小神醫活著回來，能有機會讓我見一面，因為我太想知道妳年紀那麼小是怎麼學會一身醫術的，就算是神童也太神了！」唐素素真誠地說道。

安玉善沒想到在京城還有不相識的人會祈禱她的平安，不感動是假的，何況這位唐姑娘也是個率真可愛的人。

「唐姑娘，真是謝謝妳，不管怎樣，曾經作為陌生人的妳為我的安危擔憂過，這份情我記下了。」安玉善笑著說道。

「妳可不要這樣說，我是仰慕妳才會這樣的。我真的很喜歡醫術，可天分卻不怎麼夠，我真的很想變成像妳這樣醫術高超的人。」唐素素眼中都是崇拜和羨慕。

「對於一個大夫來說，天分不是最重要的，勤奮和認真同樣能彌補天分的不足；再說，妳又怎麼能斷定自己的天分一定不足呢？」安玉善本身就是一個對學醫很有熱情的人，所以當身邊出現同自己一樣的人，她不希望對方因為所謂的天分，或是其他原因就放棄學醫這條路。

「真的嗎？」從來沒人對唐素素說過這樣的話，雖然有些對不起黎悅，但她覺得自己終於找到了真正的知己，心底那份學醫的猶豫也變得堅定起來。「那妳願意收我為徒嗎？」

「我可以從旁指導妳，至於師徒名分……還是算了吧！比起做師父，我更想跟妳成為朋友。」安玉善真誠地說道。

「朋友？好，朋友比師父好！」唐素素心願達成，不禁傻笑起來。

「那我也要做表妹的朋友，我也想學醫……」這時黎悅也在一旁小聲地說道。

「好呀，不過一旦開始，就要堅持下去，如果學醫三心二意的話，到時候就算是朋友，我也不會客氣的。」安玉善假裝嚴肅地說道。

「嗯！」兩個人很是慎重地點點頭。

這一次的青梅園宴會，對於許多人來說可能和往年沒什麼不同，但無論是對安玉善，還是對唐素素或黎悅而言，都是一個重要的里程碑，因為她們即將結下的深厚友誼，將她們彼此的人生緊密地繫在一起，並因此改變其他人的命運。

從宴會回來之後，安玉善就一頭栽進她的藥廬裡，楊氏的藥丸、恩哥兒的藥丸還有藥性血蛭的培養，這些事情就夠她忙好長一段時間了。

只是惠王派人從外面買回來的藥材卻總是讓她不滿意，這些藥材與她親手炮製的相比，藥效相差太多了。

或許她短時間內製出的藥丸能夠治好楊氏和恩哥兒的病，但要培養藥性血蛭，這些藥材肯定是不行的。

「要不我派人去峰州取安家炮製出的藥材？」惠王提議道。

「這附近沒有種藥草的高山嗎？」安玉善覺得就近選擇可以加快進程，畢竟安家真正炮製藥材的高手可是她自己。

「位於京城北郊有一座連綿起伏的北靈山，此山谷深坡陡，奇峰迭翠，不但山清水秀，更是一座藥山，常年都有藥農進山採藥。」惠王想了想後說道。

聽惠王這樣說，安玉善決定第二天一大早去看看，而原本來見她的唐素素和黎悅聽說她去了北靈山，便一轉馬車方向，也追了過去。

夏日的陽光變得越發炙熱難耐，安玉善坐在馬車裡，臉上也出了一層薄汗，好在隨著馬車進入北靈山境內便開始涼爽起來。

北靈山山腳下有許多小村落，安玉善一行人將馬車寄放在一戶憨厚的農家，然後像在天將山那時候一樣，拿著背簍和食物、水囊等進了山。

「玉善妹妹，等等我們——」唐素素幾乎是從行駛中的馬車上跳下來的，把黎悅嚇了一跳。

「素素姊，妳別跑那麼快！」等到馬車停穩，黎悅被丫鬟扶下馬車，看著唐素素的背影喊道。

「妳們怎麼來了？」安玉善詫異地看向兩人。

「終於追上你們了，否則一會兒進了山，我們就不知道去哪裡找了！」唐素素滿頭大汗地笑看著安玉善說道，沒有半點京城大家閨秀的樣子。「玉善妹妹，妳要進山採藥怎麼不叫上我？以後妳去哪兒我就去哪兒！」

「表妹，對不起！」黎悅有些不好意思地看著安玉善，她實在拉不住唐素素。

「既然都來了，那就一起進山吧，不過採藥很辛苦，妳們確定能受得了？」唐素素還好說，安玉善比較擔心黎悅這嬌滴滴的小姑娘，估計走一段山路她就受不了。

「受得了！」兩個人異口同聲地答道。

於是，安玉善就帶著她們一起進了山，唐素素等人的馬車也寄放在了農家。

就像安玉善事先預估的那樣，進山的路上，唐素素一直很興奮，熱情滿滿地跟著她一起採藥，而黎悅和她身邊的丫鬟很快就看出疲憊之態來。

「前面有處小溪，咱們去那裡歇歇吧！」這北靈山的藥草比安玉善想像的還要多一些，她決定這幾天都留在這附近採藥，今天先來探探路也可以。

「對不起……」乖寶寶黎悅又不好意思地看向幾人，她知道安玉善這個休息的決定是因為她，自己似乎成為一行人的累贅了。

「悅表姊，妳不要總是這麼快道歉，這沒什麼好對不起的。北靈山風景不錯，咱們此行就當遊玩，順便採些常見的草藥。」安玉善笑了起來。

「聽說夏天的北靈山裡有很多野果子吃呢，待會兒我們可以摘來洗著吃！」這北靈山唐素素之前就偷偷來過，知道附近是有野果子的，可她還沒有在炎熱的夏季登山採藥過。

「這個主意不錯。木槿，你們再去捉兩隻野雞來，咱們正好可以來個野味大餐。」以前進山採藥的時候，有時一天都不回家，吃飯喝水就只能在山裡解決，比起吃乾糧，安玉善更愛山中野味。

「姑娘，是要燒烤嗎？」木槿起身問道。

「嗯，你們找找有沒有野生的竹子，削幾根竹籤。」在來之前，安玉善就特意讓木槿等人帶了鹽在身上，其實就算沒有調味料也沒關係，就像唐素素說的，這山裡野果子多，甜的酸的都有，擠一些天然果汁作為輔助，味道更鮮美。

「真沒想到玉善妹妹對吃還很在行呀！」一聽這話，唐素素就知道之前安玉善她們一定常在山裡吃東西。

接下來，唐素素帶著自己的丫鬟進山採野果，木槿和安正等人去獵野物、捉魚，安玉善和黎悅留在小溪邊一處陰涼的樹蔭下，先用附近的石頭搭建一個簡易的燒火架，黎悅的兩個丫鬟則忙著在周圍撿拾木柴。

這樣類似遊玩的野趣讓黎悅感覺很新奇。以前她從未有過這樣的體驗，就算進山，也只是跟著家人去寺廟燒香，走春出遊也大多在人潮眾多的地方。

山風柔和，間或傳來婉轉的野鳥鳴叫，清澈的小溪發出潺潺的聲響，所有的一切都讓黎悅徹底放鬆下來。

「玉善表妹，我真的好喜歡這種氣氛，可惜我這身子不爭氣。」黎悅想著回去之後是否應該鍛鍊一下自己的身體？如果下定決心學習醫術，進山採藥不能走兩步路可不行。

「每個人的身體狀況都不同，再說有些事情可以慢慢來，如果悅表姊想學醫，可以先讀一些醫書。」安玉善建議道。

黎悅點點頭。這兩天她已經從自家四哥那裡找來好幾本醫書看了。

「對了，四哥讓我代為謝謝妳，說二伯母的頭疼病已經好很多了，只是他最近有些忙，一直找不出時間來親自謝謝妳。」黎悅想起來之前黎博軒交代她的事情。

「四表哥不用這麼客氣，我本來就是大夫，這是我應該做的。」安玉善想著給楊氏配製的藥丸已經好了，待會兒倒是可以讓黎悅帶回去。

正當安玉善和黎悅在說話的時候，木槿已經捉了好幾條魚回來，還用草繩綁好，並用隨身帶著的利刃削了一根木叉子。

「悅表姊，咱們先來烤魚吧！」剛才就已經燒了火，安玉善還在溪邊撿了不少鵝卵石放進火堆裡，這會兒石頭已經開始發熱了。

黎悅的丫鬟幫忙把魚處理乾淨，接著安玉善就教她們把魚放在發熱的石頭上。

「玉善表妹，這樣用石頭烤魚可以嗎？我聽四哥說，烤魚都是架在火堆上的。」黎悅有些好奇地問道。

「烤魚不止有一種方法，用石頭烤魚，焦味會淡一些。」安玉善笑著解釋。

不一會兒，唐素素就回來了，隔著老遠就大喊道：「我聞到魚香味了，真的好香呀！」

「素素姊，妳的鼻子比貓的還靈！」黎悅笑道。

「不是我的鼻子靈，是這香味被山風一吹就送到我鼻子裡了，想不聞到都不行！」唐素素把一堆果子放在地上，反正待會兒也要去溪水裡清洗。

「哈哈，唐姑娘說得沒錯，這山風一吹，香味是擋也擋不住！」就在這時，突然傳來一道爽朗的男聲，嚇得黎悅和唐素素一驚。

第五十三章　野味大餐

安玉善倒是沒覺得驚奇。剛才木槿捉魚時就察覺有人靠近，已經偷偷去前方探過並告知她有人來了——還是她熟悉的人。

「見過邵世子。二哥，你們怎麼來了？」唐素素睜大眼看向邵華澤，他身邊站著孟元朗以及自家二哥唐隆，另外還有一位她不大熟悉的英俊公子。

「景初，我就說來北靈山沒錯吧？峰州的燒餅吃不上，可這安家獨特的野味大餐那是又碰上了！」邵華澤看著身邊的季景初笑道。

當初在峰州讓安玉善治病的時候，他並不知道安家隔壁的程家小公子會是他的親表弟。在所有的皇家公主裡，他的母親玲瓏公主與長公主算是關係最親密的一對姊妹。

後來季景初回到季家，他才知道兩人還有這麼深的親緣在。

安玉善和黎悅也起身給四人見了禮。論身分，邵華澤算是最尊貴的，不過安玉善老早就和他認識。而除了唐隆，其他三人都是黎悅第一次見到，顯得有些羞怯。

「二哥，你跟我再去摘些果子吧，這些還不夠玉善妹妹和悅妹妹兩個女孩子吃呢，現在你們幾個大男人一來，這些野味塞牙縫都不夠！」唐素素見到外人，不像黎悅那樣矜持羞澀，顯得坦蕩又落落大方。

「唐家妹妹說得是，那我們也來幫忙吧！」孟元朗襯著陽光一笑，顯得少年更加英武不凡。

唐素素卻在轉身的時候嘴一撇，嘟囔道：「誰是你唐家妹妹，咱們又不熟……」

她以為自己嘀咕得很小聲，偏偏在場的每一個人都聽到了。孟元朗也沒想到唐素素會直接說出來，臉上微微閃過尷尬，但很快就恢復正常。

「小妹，妳說話就不能小點聲！」唐隆突然覺得有些丟臉，早知道就不攛掇邵華澤他們一起來北靈山了。

「我說什麼了？」唐素素先是愣了一下，繼而反應過來，臉也騰地一下子紅了，拉著自家二哥就往前跑。

待兩個人的身影消失，邵華澤略微同情地拍拍好友孟元朗的肩膀，再一轉身，發現季景初不知何時已經走到安玉善的身邊，正幫她翻著石頭上的魚。

心底滑過一絲異樣，可邵華澤沒有太在意。他與安玉善是舊識，季景初與她也是，只是這兩個人站在一起，似乎有些過於和諧了。

季景初會主動幫忙，也在安玉善的意料之外，她還以為在外人面前，兩個人要裝作不熟呢。

很快的，採果子的、打獵的都回來了，野味處理好之後，安正用匕首將肉切成薄片，並用削好的竹籤串起來，接著放在火上烤。

除了肉，安玉善還去採了一些野菜和對身體有益處的藥草，烤出來的東西雖帶有一點苦味，但很快嘴中便有甘甜。

「我從來沒吃過這麼鮮的野味，要是天天都能吃上就好了！」唐隆在吃食上還算講究，但今天在這山裡就著陽光、空氣和山風吃東西，雖不是第一次，感覺卻與眾不同。「安姑娘，聽說妳家有特別好吃的吊爐燒餅，妳不能在京城開一家嗎？」

「二哥，玉善妹妹是妙手回春的大夫，不是開食肆的。」唐素素一臉抗議地看向自家二哥。

「當大夫和開食肆又不衝突，而且安家藥酒可好喝得很，只是京城這邊賣得少，聽說峰州那邊的百姓喝了安家的藥酒，一年四季都沒生過病！」唐隆有些羨慕地說道。

「玉善妹妹，這是真的嗎？」唐素素對此也很好奇。

「藥酒哪有那麼神奇，不過是有預防一些病症的作用，要是沒有百姓生病，藥鋪和醫館早就關了，哪能人滿為患呢！」安玉善還記得來京城之前，便民醫館外頭依舊排滿了長隊。

「說得也是，不過安家藥酒真的很神奇，我外公一到陰天下雨就腿疼，自從喝了安家特產的骨酒，現在已經好多了。」唐隆對於安家藥酒，還有從邵華澤、孟元朗口中知道的燒餅和雜碎藥湯，一直都有著執念。

「光靠骨酒只能暫緩一些疼痛，治標不治本，如果一遇到陰天下雨，身上就有關節疼痛，很可能是風濕病，需要針灸和藥用治療。」安玉善說道。

「玉善妹妹，妳是女神醫，一定能治好我外公的老毛病，我怎麼之前就沒想到呢！」唐素素突然激動起來。「玉善妹妹，我能不能請妳給我外公看看？」

「素素姊，診病是沒問題的，只是接下來幾天我可能要在北靈山附近住下來。過幾天如何？」對於安玉善來說，目前最重要的是採集培養藥性血蛭的草藥。

「可以、可以，等妳有空就行！」唐素素點頭如搗蒜。

「妳要在這裡住下？」季景初和邵華澤同時出聲問道，說完兩人都看了對方一眼。

「目前是有這個打算。」安玉善沒太在意他們彼此眼中的光，這北靈山的確有她需要的藥草。

季景初和邵華澤都沒有再說什麼，其他人也沒察覺出什麼異常，或多或少他們都知道安玉善曾救過兩個人的命。

接下來，眾人盡情享受這頓野外的大餐，腐木上生長出來的木耳、隨處可見的蘑菇，這一切都成為大家口中滋味鮮美的食物。

「這樣的野味要是配上酒就更好了！」唐隆覺得最遺憾的就是沒有帶酒來。

雖然沒有酒，不過有甘甜的溪水，冰冰涼涼的滋味讓人四肢百骸都跟著舒服起來。

一行人吃飽喝足，在溪邊閒聊休息了一會兒，安玉善想著這麼多人跟著自己，想要繼續採草藥有些不大可能，便和大家一起從山上下來了。

回到寄放馬車的農家，安玉善找到這家的男主人，問道：「老伯，我想在這裡找間房子住下來，請問你們這附近有沒有空的地方？」

曹老漢有些不解地看向安玉善一行人。「看你們都是富貴人家出來的，我們這窮山溝有什麼可待的？」

「老伯，我也是窮山溝出來的，他們都是我的朋友，今天偶然碰見，我想找個地方住下來，好進山採藥。」安玉善笑著坦白道。

「原來姑娘是大夫呀！」一聽安玉善說自己是大夫，曹老漢立即對她崇敬起來，仔細想了一下後說道：「我記得離我們村不遠處的山腰上有一座小莊子，不過荒廢好多年了，也不知道是誰家的，那倒是個不錯的地方。」

說完，曹老漢乾脆帶著安玉善他們去看看，一行人就浩浩蕩蕩地往山腰上前進。

沒想到馬車也能上山腰，也就兩刻鐘的時間，安玉善他們就到了曹老漢說的地方。

「姑娘，就是這裡，這附近就這一個莊子，我記得還是生我們家三兒的時候蓋好的，可是一直都沒人住，到現在幾十年都空著呢！」曹老漢說道。

「姑娘，裡面是空的，一個人都沒有。」前去打招呼的安正說道。

這莊子的大門已經年久失修、破爛不堪，不過裡面兩進的院落磚瓦都很堅固，稍微整修打掃一下應該能住人。

「這不像是無主的莊子，衙門應該有備案，查出是誰家的莊子，到時候買來就可以了。」唐隆往裡面瞅了瞅。許是很多年沒住人的關係，山風一吹，還有些陰冷。

「這件事情交給我來辦吧！」季景初淡淡說道。

「好辦嗎？」安玉善倒是沒有拒絕。

季景初點點頭，看向眼前破敗的莊子，而邵華澤和孟元朗幾人都聽到兩人自然的對答。冷性子的季景初竟然主動攬事，這可不是他的風格；而安玉善也不拒絕，似乎和她平日展現出來的性格也不大一樣，眾人更加確定這兩人之間的關係比他們想像的還要深。

稍晚時候，其他人都離開了北靈山，安玉善就帶著安正、木槿他們在曹老漢家暫時住了下來，方便第二天進山。

接下來兩天，安玉善每日天未亮就進山採藥，採回來的草藥就在曹老漢的院子裡晾曬。

到了第三天，季景初就把那處莊子的房契和地契交到了安玉善的手上，另外還有附近一百畝良田的田契。

「這些一共是多少銀子？」雖然談錢很俗，但安玉善覺得她和季景初之間還沒有到不用談這些俗物的時候。

「這些就當是妳診治我娘的診金，等到這所莊子修繕好，我會把我娘送到妳這裡，到時候我大姊和二姊會來一起照顧她。」季景初說道。

「你娘的事情已經辦妥了？」沒想到這麼短的時間內季景初就辦好了這件棘手的事。

「嗯。修繕莊子需要我幫忙嗎？」季景初現在是少將軍，皇上命他掌管北郊大營的十萬兵馬，武將之中他已經漸漸成為領軍人物。

「不用，這件事情我另有主張，大概半個月左右就能修繕好。」比起住在京城裡或是惠王府，這裡更能讓她感到自在，她打算日後就住在郊外這個莊子裡。

「莊子四周需要布置暗衛嗎？」季景初雖然不信任季家的人，但他可以用程家的人，而且皇帝也給了他一隊可用之人。

「這些事情你就不用管了，這莊子要是修繕好，也不是什麼人都能隨便進來的。」

雖然她的奇門遁甲之術是自學的，但坤月谷的那些書籍裡有專門用於防禦的陣法，她早就爛熟於心，到時候在莊子內外布置陣法和機關，就算是大軍壓境，也是能抵擋一陣的。

季景初立即就明白了安玉善的話，不過為了以防萬一，到時候他還是需要有人在周圍保護安玉善的安全。

莊子買下來的第二天，安子洵就帶了一老一少來到了北靈山，將兩人送到安玉善的手上。

這兩人是安氏本家善於機關之術的師徒，由他們從旁協助安玉善，莊子會更安全。

同天傍晚，近一百人的工匠隊進了北靈山，不到半個月的時間，就按照安玉善的要求將莊子內外整頓得煥然一新。

從山下通往這座被安玉善取名為「千草園」的莊子，道路兩旁栽種了四季常青的桂花樹，移植而來的每一棵都枝繁葉茂，莊子四周也栽種了許多果樹，不過看起來有些雜亂無章的樣子。

這天，聽說千草園已經正式修繕完畢，唐素素拉著黎悅就趕來道喜，奇怪的是，眼前這條通往山腰的路似乎怎麼走都走不到盡頭。

「我記得到山腰上的莊子，坐馬車不到兩刻鐘就能到了，咱們現在走了有大半個時辰了，怎麼還沒到呢？」唐素素有些奇怪地問道，又催促趕車的馬夫。

「小姐，小的也不知道是怎麼一回事，這路兩旁的樹都長得一模一樣，走了這麼長時間，還是沒到您說的地方……」大熱的天，車夫覺得後背發涼，聽老人們說，山裡最容易出現鬼打牆。

「不會是撞鬼了吧！」唐素素乾脆跳下馬車，前後左右望了望，除了多了桂花樹外，其餘和上次來時並沒有什麼不同。

「素素姊，要不咱們明天再來吧……」黎悅心裡也有些毛毛的。

「怕什麼，這都要到千草園了。」上次野餐之後，安玉善就常住在山腳下的曹老漢家裡，莊子修繕的時候也沒帶她們來過。「會不會是玉善妹妹把路給改道了？可是之前也沒聽她說起過呀！」

就在唐素素一行人犯迷糊的時候，從千草園的方向傳來馬蹄聲，緊接著她們就看到木槿的身影。

「兩位姑娘要來千草園怎麼不事先告訴我家姑娘一聲？就由奴婢來給兩位姑娘引路吧！」木槿下馬行禮之後說道。

「我們是想給玉善妹妹一個驚喜。木槿，從山下到千草園的莊子不是很近嗎，怎麼我們走了大概有半個多時辰了還是沒到呢？難不成你們修繕的時候把路也給鋪長了？」唐素素說著，疑惑地又看了這條路一眼。

木槿笑了一下說道：「這個奴婢就不清楚了。」

「素素姊，我們還是跟著快走吧！」黎悅催促道。

唐素素點點頭，木槿又騎上馬，領著她們的馬車往上走，這次很快就到了千草園。

「我就說快到了吧！」幾乎是剛坐上馬車沒多久，千草園就到了，唐素素高興地跳下馬車，入目的是用五彩繽紛的鮮花圍成的鵝卵石道路。「這地方可真美！」

踏進千草園之後，唐素素和黎悅發現莊子原本的結構並沒有太大的變化，只是多了一間正在冒煙的藥廬和一個小池塘，池塘裡養著靈活游動的大紅鯉魚，還栽種著綠荷。

院子裡到處都是移植而來的藥草、樹木和山裡的野花，淡淡的香氣撲鼻，兩棵相距不遠的槐樹枝葉相連，形成一處天然的納涼走廊，安玉善竟然還童趣地在兩棵樹間做了一個鞦韆。

「妳家姑娘呢？」唐素素沒看到主人安玉善的身影。

「我家姑娘正在後院的藥廬，還請兩位姑娘在前院稍等片刻，姑娘她很快就來。」木槿恭敬地說道。

「不用等了，我們去後院找她！」唐素素也想看看安玉善的藥廬。

就在她拉著黎悅準備抬步往後院方向去的時候，木槿卻伸手攔住了她。「抱歉，唐姑娘、黎姑娘，後院是千草園的禁地，沒有我家姑娘的吩咐，誰都不能進。」

唐素素先是頓了一下，繼而有些尷尬起來，不好意思地道：「這樣呀，對不起，我不知道，那我們就在前院等好了。」

「兩位姑娘都是第一次進千草園，不知道也是正常的。到客廳等候吧，奴婢已經讓人奉上茶點了。」木槿笑著引領二人進了前院的客廳。

第五十四章 他的告白

唐素素和黎悅在客廳等了一會兒才看到安玉善走進來。

「真是對不起，讓妳們久等了。」安玉善對兩人抱歉道。

「沒關係、沒關係，是我們不請自來！」唐素素這次沒有莽撞地問安玉善在後院幹什麼，既然是禁地，那在禁地做的事情自然也不想讓別人知道了。

「這邊上山的路不大好走，過兩天山腳下會開一家茶寮，以後要來的話，告訴茶寮的老闆一聲，我會讓人去接妳們的。」安玉善笑著說道。

「玉善妹妹，以後我們是不是不能常來找妳了？」唐素素就算有時候神經大條，可也聽明地看出這千草園和上次來時不大一樣，而且安玉善還特地設了禁地，她擔心她們常來會打擾到她。

「當然不是了，千草園隨時都歡迎妳們，只不過我在這裡主要是採藥、炮製藥材，活動範圍有限，妳們不要覺得無聊才好。」雖然不希望有太多人來打擾自己，但唐素素和黎悅都算是自己的朋友，她們來，她還是很歡迎的。

「我不覺得無聊，玉善妹妹，我就是想跟妳學習醫術。」唐素素誠懇地說道。

「素素姊，妳要學習醫術，妳家人都同意嗎？學醫不是短時間內就能完成的，而且妳已經及笄了，若是訂親成婚之後，妳還能學嗎？」安玉善不想教一個半途而廢的學生，如果唐素素只學一段時間，那麼跟其他人學會比較好。

「學醫是我自己的事情，而且我沒打算成親。玉善妹妹妳放心，我一旦開始，就會堅持到底。」唐素素堅定地說道。

「素素姊，妳可想清楚了，妳爹娘一定不會同意妳這個決定的。」黎悅還是希望唐素素能想清楚。學醫可以當成興趣，但若是為了學醫不嫁人，唐家的人第一個就不同意。

「他們管不了我。」唐素素不在乎地說道。

安玉善卻搖搖頭道：「素素姊，這件事我勸妳還是和家人商量之後再做決定。我希望能真正教出醫術精湛的女醫，如果只是暫時的興趣或者學來玩玩，我是不可能浪費時間在對方身上的。要學到真正的醫術，需要的不只是刻苦，還有時間。」

安玉善的話讓唐素素和黎悅都沈默下來，尤其是黎悅。她的確是像安玉善所說的那樣，對於學醫只是暫時的興趣，如果她真的決定學習醫術，那麼就要堅持下去才行。

這天，除了唐素素和黎悅來了千草園，邵華澤和孟元朗也來了，他們也是半路被人引接進千草園的。

晚上，安玉善正在後院的藥廬裡熬藥，因為主要是熬毒藥，所以才禁止任何人靠近。

突然，她聽到藥廬外有動靜，知道是有人闖了進來，不過貌似沒有成功。

不一會兒，她就聽到木槿的聲音。「姑娘，季公子來了，正在前廳等您。」

「剛才闖陣的是他？」安玉善問道。

「是，奴婢把他領了出來。」木槿輕笑一聲答道。現如今後院的陣法只有安玉善、木槿能走出來。

「知道了。」沒想到第一個試陣的外人竟是季景初，他也真是的，好好的正門不走，非要翻牆到人家後院。

前廳裡，季景初和勿辰主僕兩個迅速收拾起剛才的狼狽。論武功，他們已經是江湖上一流的高手，而且季景初最近也在研習奇門遁甲之術，可安玉善的陣法他們還是一點辦法也沒有。

不過這也讓他鬆了一口氣。他和勿辰都闖不過去，那就表示江湖上一流的武林高手也是闖不過去的。

「怎麼樣，我的桃花陣還不錯吧！」安玉善臉上帶笑，走進前院客廳。

「是很厲害，看來妳的禁地不是一般人能闖進來的。」季景初笑道。

「那是自然，這還只是陣法，若是心有歹意的進來，這裡面的機關也不少，你以後要來可小心了，最好先讓主人知道。」安玉善在他不遠處的椅子上坐了下來。「今天來找我有什麼事情？」

「這裡說話方便嗎？」千草園的前院看起來和平常的院子沒什麼不同，也沒設什麼陣法。

「進我的書房吧！」安玉善領著他走進隔壁的房間，其他人都等在外頭。

她在千草園的書房還只有空空的書架，看起來冷清得很。

「說吧，這裡很安全，也沒人能聽到咱們說話。」安玉善坐了下來。

「皇上還能活多久？」季景初一開口就讓安玉善抬起眼皮定定地看向他。

「你都知道什麼？」她反問道。

「該知道的我都知道，妳給皇上診完脈的當天晚上，他就秘密宣召我進宮了，他說妳知道他還能活多久。」

「他知道？」安玉善站了起來，她想起那一日進宮面對元武帝時他那意味深長的眼神。

「不錯，皇上不是聾子也不是瞎子，該知道的或不該知道的他都知道。」這話能聽出含著對元武帝的敬意。

「包括皇后的所作所為？」安玉善又多嘴問了一句，這次她看到季景初點了點頭。

她不解地問道：「為什麼？既然他知道自己身邊的人做了那麼多錯事，為什麼不站出來阻止？他可是執掌天下的帝王，他有這個權力。」

「就是因為他身為帝王，所以才有帝王的無奈吧！葛家曾經是皇上最倚重的力量，而當他有一天發現這力量在反噬的時候，不能輕易地就拔除，否則他一世英名毀了事小，整個大晉朝都會動盪不安，這是他最不想看到的。」季景初直到現在也不大明白，元武帝為何如此重視他、信任他？或許除了他是他的外孫，還因為他是由程老爺子帶大的吧！

「那皇上也知道自己的病？」安玉善不得不顛覆對元武帝的認知，這還真是一個心思深沈的帝王。

這一次，季景初依舊點點頭，說道：「當年藥王神轂子在京城的時候，皇上就密詔他進宮過，那時皇上就知道自己身體裡被人下了邪惡的東西，可是藥王神轂子找不出救治的辦法，皇上知道自己隨時都有死亡的可能，所以他必須要為穩住大晉朝做出準備。」

「你就直接和我說今晚來找我的目的，其他事情我不想知道太多。」安玉善是真的不想知道元武帝究竟有什麼打算，或許是她覺得知道之後會加重自己的心理負擔。

「皇上有意把皇位傳給惠王，但皇后和葛家的勢力太過龐大，他需要更多時間來排除惠王日後登基遇到的阻力，所以皇上希望妳能延長他的壽命。」季景初簡明扼要地道。

安玉善深吁一口氣，她發現自己現在的問題很多。「惠王知道皇上的決定嗎？你知不知道惠王已經讓我在為皇上配製解藥？」

「惠王還不知道，現在他們父子應該在說這件事情吧。至於解藥的事情，我也是剛剛才知道。」季景初臉上的表情晦暗不明，一時間安玉善猜不透他此時心裡在想什麼。

「你特地過來就是讓我知道這些事情？其實你不必對我說這些皇家私密之事，我知道自己該做什麼。」安玉善越發覺得今夜季景初有些不一樣。

「我知道。」季景初看向了安玉善。「我們不是最親密的朋友嗎？我以為什麼話都可以對妳說。」

「是這樣沒錯，可……」安玉善看著他幽暗的雙眼，突然停下嘴裡的話，這一刻她忽然明白了他的用意。

元武帝要把帝位交到惠王手上，也就意味著接下來與皇后、太子和葛家等人有一場硬仗要打，他這時候跑來對她說這些，或許是想找個值得信任的朋友說說貼心的話，尋求一絲安慰吧？

「走吧！」季景初突然朝她伸出手。

「去哪兒？」

「帶妳去我的禁地。」

夏夜的風難得出現一絲涼爽，安玉善被季景初帶上馬背，疾馳在黑漆漆的野外，沒有光亮照明，但他就像戴了夜視鏡，一路暢行無阻地將她帶到一處四進五重院落、格局嚴密的大院前。

「這是哪裡？」安玉善下了馬，抬頭往府門前的橫樑上看去，並沒有看到標示的匾額。

「這裡曾是長公主府。」季景初將馬扔給了守門的小廝，直接牽著安玉善的手朝裡面走去。

「那現在呢？」

「現在是我的府邸。」

這座院落十分安靜，不知是不是因為深夜的原因，安玉善並沒有見到多少下人走動，可她卻有種錯覺，總覺得黑暗中有無數雙眼睛在注視著她。

「別怕，這四周有我的暗衛。」看出她眼中的懷疑，季景初開口解釋。

兩人一路前行到了後院的主殿，勿辰已經吩咐下人點起燭光，整個大殿亮如白晝。

「這裡不像是公主府，倒像是將帥的指揮大帳。」走進主殿之後，安玉善發現牆上掛著許多簡易軍事地圖，還有很多地形沙盤，殿裡還有兩排堅實的梨木椅子，氣氛似乎有些威嚴且肅殺。

季景初看著她，笑了。「妳猜得沒錯，這裡就是我和部下商議事情的地方，不過我要讓妳看的是另一處。」

安玉善正覺詫異，就看到季景初走至正前方，手往牆上的某處一按，一間寬敞的密室就出現在自己面前。

兩個人進去之後，密室也隨即亮了起來，裡面有成排的書架和箱子，布置得就像是間書房。

「這就是你的禁地？」安玉善看了一下，並沒覺得有什麼特別。

「不錯，這裡就是我的禁地，也是皇上的禁地。」季景初讓安玉善在一張椅子上坐了下來。

「什麼意思？」安玉善疑惑地問道。這和皇帝有什麼關係？

「這間密室裡有皇后、葛家還有那些不忠朝臣做壞事留下的把柄。妳想像不到吧，皇上沒把這些重要的東西留在自己的身邊，而是全都放在了長公主府的密室裡，就連最了解皇上的皇后也猜不到。」季景初笑道，但安玉善可以看出他臉上隱藏的嘲諷之色。

「既然皇上已經掌握了這些證據，為什麼不直接辦了他們？遺留禍患在自己身邊，這可絕非明智之舉。」安玉善想著既然元武帝不糊塗，可他怎麼做糊塗事了呢？

「我之前說過，皇上也有皇上的無奈，正如皇后了解他一樣，他也很了解皇后。他很清楚葛家雖然家大勢大，與朝中文臣武將有著千絲萬縷的關係，但只要皇后在，葛家的人就掌握不到實權，也就造不了反，太子要想繼位，需要葛家的支援，但葛家要想甩開皇后的兒子，也成不了事。皇后的兒子是名正言順的儲君，她不會得不償失地造反，除非皇上改變心意。」季景初在安玉善面前的木箱子上坐了下來，那動作顯得瀟灑極了。

「現在皇上不就改變心意了？他要把皇位傳給惠王，皇后肯定不答應，到時勢必會有一場內亂，難道皇上身邊就沒有可用的將才嗎？」元武帝身邊怎樣也會有皇后收買不到的人吧，要不然這皇帝當得也太可憐了。

「當然有，跟隨皇上南征北戰的忠心朝臣也不少，可朝局沒有妳想的那麼簡單，這時候每個人都在賭，站對了有可能平步青雲，站錯了就是殺身之禍。『忠君』，誰是新君便忠於誰，很多人不過是在等而已。」或許就是因為這樣，季景初覺得自己從原本的家仇走上了更加如履薄冰的境地。

當初他回京，是皇上先找上了他，因為他不僅是他長女的親生兒子，還是由他最信任的部下養大，有著程家龐大的財力、人力為依靠。

那時候他才知道，對於他這個外孫的存在，元武帝從很早之前就知道了，那時候他壽命難料，即便知道他有仙姿之才，元武帝也沒有打擾他。

可後來他身體大好，又暗中布局回京，元武帝無法信任被女人迷惑的季大將軍，於是找上了他這個外孫。如今的大晉朝京城是皇后和葛家的天下，元武帝需要打破這種局面的力量，所以開始培養他。

「我想今夜我知道的是不是太多了？」雖然作為朋友來傾聽對方的心聲並沒有什麼不對，但安玉善還是覺得皇家私密的事情知道得越少越好。

「除了妳，我不知道心裡的話該跟誰說？玉善，我需要妳。」季景初的目光緊鎖著她。

安玉善心裡突突一跳，似乎預感有什麼事要發生一樣，但心底又在極力否認。

「需要我？我這個朋友除了能幫你治病，還能幫你什麼？」安玉善想以開玩笑的語氣蒙混過去，但顯然季景初並不準備就此放開她。

「我們從來都不是簡單的朋友，我需要妳，不管是作為朋友，還是作為男人。」此刻他眼中彷彿閃爍著萬千星辰，安玉善無法與之對視，只好選擇將臉撇到一邊。

「我想我們最好保持簡單的朋友關係比較好。」她心裡一直很清楚，她和季景初之間從來都隔著一層紗，他們彼此瞭解卻又無法完全看透對方，這和男女相處時間的長短、信任與否沒關係。

有些人的默契或知心是天生注定的，就像彼此陌生的人只看了對方一眼，就知道那個人需要什麼。

比如此刻，安玉善很清楚，季景初是作為一個成年男子在對她表白。

他從來都是一座引而不發的火山，也不知道這次是什麼觸動了他最敏感的神經，讓他選擇在今夜將那層薄紗揭下。

不可否認，安玉善對於季景初是心存好感的，或許是當年暴雨之際，在山下村祠堂裡那個瀕臨死亡時的眼神令她久久難忘，也可能是他送她的那幅畫中蘊含的不屈不撓、一心抗爭命運的堅強意志力讓她動容。

這個男人早已用獨特的方式進駐到她的心田，雖然那時她實際年齡還不到十歲，可她的靈魂穿越千年兩世，歷經了滄海桑田，而他也不過是一位異世多病的少年。

但是這時候似乎並不適合談論這些，她還沒有做好走入另一段關係的準備，而且她還有很多事情沒完成。

「我覺得夫妻關係比朋友關係更適合我們。」季景初不願再在男女感情的世界裡捉迷藏，他已經等到安玉善長大，不想看到他喜歡的女人從身邊溜走，然後投進另一個男人的懷抱。

第五十五章　培養血蛭

「景初，我不是矜持害羞、不懂自己要什麼的女人，扭扭捏捏也不是我一貫的作風。我承認對你有好感，但我們彼此背負的東西不一樣，每個人都有自己的命運，我也有我的。」安玉善嘆了一口氣說道。

「這世上每個人的命運從來都不是單獨存在，妳的和我的早就已經交織在一起，這輩子、下輩子、下下輩子都別想分開。我不是個多好的男人，可我從來都知道自己要的是什麼；現在，我只要妳，有妳陪著，我才能看到陽光。」季景初承認他有自私的想法，因為他太孤獨了，需要有個人成為他心靈與身體的另一半，而這個人不是別人，只能是安玉善。

「這件事情我需要好好想想，你要知道，我現在只有十三歲，還是個未成年的孩子。」一般女人這時候被男人表白多少會有羞澀感，但安玉善實在做不來那樣的表情與動作，即便此刻她也是心亂如麻、小鹿亂撞。

「我希望妳只考慮我一個。」季景初沒有立即給出安玉善想要的答案。

「難道還有別人成為我另外的考慮對象嗎？」安玉善不解地問道。

「不，沒有。」季景初直接把邵華澤從他腦海中抹去。

重新回到千草園時，安玉善還未來得及睡上一個時辰，天就亮了，而蘇瑾兒則是一大早就以身體不舒服為由來找她。

「這便是妳的千草園？的確是不同。」蘇瑾兒沒有說出來具體是哪裡不同，不過滿院子的花花草草讓她心情也變好了一些。

「瑾兒姊姊，妳的身體還好吧？」看蘇瑾兒的氣色不像是病重的樣子，安玉善給她診了脈，脈象平穩，並無大礙。

「我還好。這個給妳。」蘇瑾兒從寬袖下拿出一個小瓷瓶放到安玉善手裡。

「這是什麼？」安玉善詫異地接過。

「妳需要的東西，血。」蘇瑾兒別有深意地看著她的雙眼說道。

她不說是誰的血，安玉善也能猜到。

她心領神會地點點頭，讓蘇瑾兒稍坐片刻，自己則去了後院。

兩個時辰後，安玉善還是沒從後院出來，蘇瑾兒依舊耐心地等著，並沒有離開。

直到臨近傍晚，安玉善才一臉疲憊的從後院走出來，她的臉上帶著淡淡的笑容。

「怎麼樣？找到了？」蘇瑾兒並沒指望一次就能找出引發皇帝體內血蛭的毒引，可前段時間安玉善讓惠王幫她私下找了很多毒藥送來，說要試驗看哪一種才是對的？

此時，看到安玉善臉上放鬆的微笑，蘇瑾兒想著她是否已經用最快的時間找出了答案？

安玉善朝她點點頭，蘇瑾兒臉上露出激動的神色，待她走近坐下，才問道：「是什麼？」

「斷腸草。」安玉善輕聲答道。

斷腸草又稱為鈎吻，只需要很少的劑量便能致人於死，而且呼吸停止之後心臟仍能繼續跳動，會給不明真相的人造成混亂。

蘇瑾兒一聽是劇毒斷腸草，欣喜的臉又變得灰暗下來。這種劇毒連她都聽過，想必要找到根本不難。

一旦有人知道皇帝的想法和他的身體狀況，那麼只要一點點斷腸草就能神不知鬼不覺地殺人，除非剖開皇帝的身體才能查明真相，可這也就意味著查不出來。

蘇瑾兒覺得自己和惠王現在就像走在鋼索上，稍有不慎便會屍骨無存，蘇家會不會受到牽連她不在乎，可到時候安玉善也無法置身事外，因她現在已經上了他們夫妻這條船了。

「瑾兒姊姊別擔心，等到師兄找來我需要的藥材，我就可以開始培養藥性血蛭了。」安玉善估算了下時間，安子洵這兩天就該給她送一般的血蛭過來了，而出外尋藥的陳其人，估計還要一段時間。

「嗯，玉善妹妹，需要什麼妳只管說。另外，玲瓏公主和威甯侯夫人又送請帖到了惠王府，說是沒找到千草園在什麼地方，知道我要來找妳，就託我把請帖帶來給妳。」蘇瑾兒說道。

「這段時間我怕是很忙，還請瑾兒姊姊幫我想個辦法，就說我以後有機會定會登門賠罪。」對安玉善來說，現在藥性血蛭才是最重要的。

「好，這些俗事日後交給我來辦就好。」蘇瑾兒也明白孰輕孰重，不過京城這幫貴夫人還是要打好交道的。

又過了兩天，安子洵也來見安玉善，帶來了一個封緊的大酒罈子，裡面裝著密密麻麻的血蛭，正是安玉善所需要的。

安玉善讓木槿先把罈子送到後院的藥廬，她則留下和安子洵先說會兒話。

「堂伯，麻煩你了。」對於安氏本家的照顧，安玉善是心存感激的，畢竟她清楚本家能夠傳世這麼久，在人力、財力上根本就不需要她，哪怕她知道那麼多的神奇藥方。

「玉善，妳這樣說就見外了，我的責任就是保護妳，有什麼需要妳儘管說，本家一定盡全力幫妳，妳只需要按照自己的心意前進就可以了。」

安子洵第一次去見安玉善之前，本家族長就對他說過，本家只要盡一切力量照顧安玉善，讓她順其自然往前走即可，其他的不必插手。

「堂伯，本家的人究竟需要我做什麼？族長真的沒說嗎？」一開始安玉善以為本家的人算出她的與眾不同，想要利用她的才能，或是利用那些藥酒、藥丸賺錢，不過她很快就發現事情並不是這樣，自己的存在對於安氏本家一族來說究竟意味著什麼呢？

「這個我真的不知道，族長也交代過不需要妳做什麼，妳只需要做妳認為正確的事情就好。」安子洵笑著說道。

「我要是做壞事呢？本家的人也會幫我嗎？我有時都不知道自己在做的事情究竟算不算正確？」安玉善苦笑道。

「神相大人說過，每個人的頭頂都有一盞明燈，這盞燈會為妳照亮前行的路，如果妳感到迷茫了，不妨看一看頭頂的這盞燈。」安子洵用一副哲學家口吻笑道，然後起身。「沒什麼事情讓堂伯做，我可就走了。」

安玉善抬頭看看自己的頭頂，除了木頭樑柱和屋頂外什麼都沒有，有些傻氣地搖搖頭。

「堂伯，你的話我不明白。」

「妳這麼聰明，一定會想明白的。對了，妳三姊已經決定在大晉朝的京城開一家安氏藥酒坊了，她可是越來越有女當家的氣勢！」安子洵語氣中含著讚賞。

「那我家人都要來京城嗎？」安玉善一驚。在家書中她並沒有聽說家人要來京城的消息。

「妳二姊、三姊都會過來，放心，路上有本家的人照顧她們。」安家的這四個女兒，本家都同樣看重，不僅僅因為她們是安玉善的親姊妹，還因為她們各自都有著安氏女值得驕傲的地方。

「我沒聽她們說起過。那她們什麼時候會到？」安玉善追問道。

「怎麼著也要一個月後了，我想她們是想給妳一個驚喜，不過妳還是提前知道比較好，在京城這邊也好早點做準備。」安子洵說道。

「我知道了，多謝堂伯。」

古詩有云：「荷香銷晚夏，菊氣入新秋。」轉眼安玉善躲在千草園避不見客已經快月餘，這期間除了貼身伺候她的丫鬟偶爾能見到她，就只有暫居在千草園養病的長公主有機會每日與她見面。

這一個多月的時間裡，除了熟悉安玉善的人，京城的人可是沒把這樣一個言行奇怪的鄉下女大夫放在眼裡。

半個多月前，元武帝當朝痛斥太子無德，怒氣攻心，病倒後把大半朝政都交到京城的幾位皇子手中，其中皇后的小兒子英王代理朝政，奇王和惠王分理六部，就連皇城的守衛也交到了季景初與安平侯的手裡。

太子已經不得帝心，大有被廢的可能，就連太子的生母皇后也有意扶持小兒子英王，百官們心知肚明，大晉朝下一任儲君的人選怕是會有變數。

另外，眾所周知，英王與惠王乃是自小一起養在皇后膝下，雖說三年前因為小皇孫的事情有了些隔閡，但皇后最近可沒少把惠王夫婦召進宮，恩寵極深。

許多人都在猜測，英王是最有可能坐上那個位置的人，據說皇上也只叫英王在旁侍疾。

而這些事情都是安玉善從藥廬裡出來之後，從陳其人口中得知的。

「小師妹，妳還是個女孩子嗎？妳……妳有幾天沒洗澡了？」陳其人今天也是來碰碰運氣。他一直往千草園送各種珍貴藥材，可千草園的後院他根本就進不去，自然也不知道安玉善的進展如何？

誰知他今天運氣不錯，正好碰到安玉善從她的藥廬裡「出關」，可才一個月沒見，他覺得自家這「師妹」瘦得只剩皮包骨，而且一臉的黑氣、惡臭，跟鬼似的，太嚇人了。

「我昨天剛洗的，這些都是血蛭的毒氣熏的，你不是神醫嗎，不會害怕吧？」安玉善一笑，潔白晶瑩的牙齒配上此刻黑瘦的臉頰，讓陳其人渾身哆嗦了下。

「我這有解毒丸，妳趕緊吃下去吧，再這樣下去，我看別人的病還沒治好，妳就要先去地府報到了。」雖然是名義上的師兄妹，但彼此也相處了那麼長時間，又都是學醫的，陳其人佩服安玉善的同時，也真的把她當成師妹一樣疼愛。

此刻看到一個漂亮的姑娘家為了藥性血蛭，搞成現在這樣人不人、鬼不鬼的樣子，不心疼那是假的。

「沒事，你別忘了，我也是個大夫，怎麼會讓自己先死？怎麼，我這樣不好看嗎？多瘦呀！」安玉善故意笑嘻嘻地靠近陳其人。

「好看，妳怎麼樣都好看！」陳其人往後退了一步，他覺得她臉上的笑容有些陰森森的。

在製藥方面，自己或許還可以和她一較高下，可製毒方面，自己明顯是不如這丫頭。

「先不和你說了，我去打理一下，待會兒再說。」

待安玉善再度出現在陳其人面前時，除了剛才的消瘦沒變，她的皮膚就像喝了神仙水，瞬間變得冰肌玉骨，且滿臉生輝、明亮照人。

「對嘛，這才像個正常的女孩子。」陳其人玉樹臨風的姿態上多了輕鬆感。這一個多月他東奔西走也是很累的。

接下來，陳其人就將這一個多月京城裡的大事簡略地和她說了一遍，然後問起血蛭的培養進行到了哪一步？

「這還要多謝陳師兄送來的那些珍貴妙藥，否則我不可能在這麼短的時間內就培養出藥性血蛭。」安玉善長吁一口氣。雖然過了一個多月不見天日的生活，但總算不負眾望，培養成功。
不僅如此，陳其人、惠王、季景初還有安氏本家找來的那些珍奇藥材還剩了很多，她又研製出其餘的藥丸，這下子就連蘇瑾兒和長公主的病都跟著有了轉機。
「妳培養出來了？」陳其人當下就站了起來。真沒想到會這麼快！
「是的。」幾百個瓶瓶罐罐之中只有三、四個成功，不過皇帝的病只需要其中一個就成。
「太好了！過幾天皇上會召我進宮，到時候讓惠王妃也帶妳去。」陳其人高興地說道。
「為什麼要過幾天？」如果可以，安玉善覺得今天就可以把藥性血蛭植入皇帝的身體裡。
「妳不瞭解皇宮裡的局勢，現在皇上身體虛弱，已經不適宜出宮，而且宮裡耳目眾多，與其秘密把妳帶進去，不如光明正大的讓妳進宮。」這個辦法之前惠王和陳其人就商量好，皇帝也同意。
「既然你們都已經有主意了，那我聽命就是。」都說「皇帝不急太監急」，病人都不怕，她這個大夫怕什麼？
「那我先去把這個好消息告訴惠王他們。」陳其人站起身來，頓了一下，看向安玉善問道：「師妹，妳這千草園裡除了木槿他們和長公主，還有什麼女子嗎？」
「女子？廚娘慶嫂嗎？」千草園的人口很簡單，長公主那邊也只跟來一個做飯的廚娘慶嫂，說是廚娘，其實是季景初派來貼身照顧長公主的人。

「不是，她看起來不像下人，大概二十多歲的樣子，容貌清麗、身姿如柳，令人……」陳其人突然住了口，他發現安玉善正好整以暇地看向他。「怎……怎麼了？」

「風流倜儻的陳大神醫說話也會結巴，你很想知道她是誰？難不成你……」安玉善忍不住一笑。陳其人什麼女人不好看上，怎麼就這麼「與眾不同」呢？

「很想。她是誰？」陳其人知道令他心動的那名女子綰著婦人髮髻，定是已經成了婚的，可即便無緣，他也想知道她是誰，而且他相信安玉善不會出去胡說，不會損了那女子的清譽。

「她是長公主與季大將軍的長女，曾經的林國公世子夫人，如果不是真心實意，我勸師兄你還是不要招惹瑤姊姊。」符合陳其人所說的女子只有一人，那就是季景初的長姊季瑤，她有時會來探望長公主。

在安玉善眼中，她溫柔和善又淡然，但在京城的貴人圈中，這位長公主與大將軍的嫡女卻是個不守婦道、嫉妒殘忍又忤逆不孝、人人唾棄的下堂婦。

「多謝師妹相告。」陳其人微微一笑，轉身離去。

看著陳其人瀟灑離去的背影，安玉善愣了一會兒。或許有些人的緣分就是這樣奇妙，你以為不可能的，恰好就這樣發生了。

「姑娘，二姑娘和三姑娘她們前兩天就已經在京城安頓下來了，安家那邊傳來消息，等您有空她們便會過來。」陳其人離開之後，木槿走到安玉善身邊說道。

「已經到了？那正好，我們現在就去看她們，另外吩咐安逸守好千草園，尤其是後院。」想著家人已經到京城，安玉善心中湧上了一股激動。
「是。」

第五十六章 開顱手術

一輛馬車從千草園駛了出來，朝著城內的商業大街走去。

據木槿說，安家的藥酒坊就開在京城西大街上，這地方是崇國公府的四少爺和六少爺幫忙找的。

一進入西大街，氣氛突然變得熱鬧起來，還能聽到街道上小販的吆喝聲，空氣中飄著各種香味，有點心鋪、酒鋪、乾果鋪、包子鋪、胭脂鋪，還有打鐵鋪的煙火味。

「姑娘，到了。」安正將馬車停在一間還未開業的新鋪子前面，裡頭的夥計和掌櫃都是熟人。

「三姑娘，四姑娘來了！」玄參一看到安正，高聲朝後院喊道。

安玉善下了馬車，眼前的鋪子看起來不小，和整條街上的店鋪格局一樣是二層小樓，內堂寬敞，現在還沒擺上安家的藥酒。

安玉冉和安玉若一走出來，看到正在打量大堂的安玉善，兩姊妹眼圈都紅了，安玉冉更是一把拽過她，心疼地說道：「不是說在京城一切都好嗎？難道惠王府餓了妳了，怎麼瘦成這樣？」

「二姊，我在京城挺好的，沒人餓著我，妳們不用擔心！」見到兩位姊姊，安玉善也很激動，三姊妹往店鋪後堂走去。

「還說不讓我們擔心，娘要是知道妳來京城後變成這副樣子，那不哭得肝腸寸斷！妳自己就是個大夫，怎麼能瘦成這樣？木槿，妳們是怎麼照顧妳家姑娘的？」安玉若不滿地瞪了跟在安玉善身邊的丫鬟一眼。

「三姊，妳別怪木槿她們，是我最近有事要忙，吃食上沒太注意，但我身體沒問題，現在兩位姊姊來了，那就給我好好補一補吧。」安玉善難得對兩位姊姊撒起了嬌。

「我現在就讓文強表哥給妳做點東西吃，瞧妳瘦得跟小雞仔似的，一捏骨頭都能碎了。」安玉冉起身就要往外走。

「二姊，妳先別忙，咱們三姊妹許久未見，話還沒說兩句呢！再說我現在又不餓。對了，文強表哥也來了嗎？」安玉善拉住了安玉冉，讓她重新坐下。

「沒錯，不僅文強表哥來了，小堂叔和小嬸娘也來了，還有齊傑堂哥也來了。」安玉若笑著說道，剛才她已經讓人去通知文強他們了。

不一會兒，安松堂和妻子孫氏就帶著文強和安齊傑進了房間，看到安玉善略顯瘦弱的樣子都心疼得不行，孫氏更是眼淚撲簌簌地往下掉。

「這有下人伺候，怎麼還能瘦成這樣？瞧瞧這身上還有幾兩肉，妳不是最愛吃小嬸娘包的餃子嗎？我這就給妳做去！」作為安家媳婦，孫氏和安玉善相處的時間不算長，但因為和安玉璿、安玉冉她們姊妹年紀相差不大，關係倒是很親近。

以前在山下村，安玉善常說孫氏拿手的餃子好吃，因此她得空就會給家人做，每次安玉善都吃得不少。

們。

「我還真的很懷念小嬸娘做的餃子呢！」安玉善知道說再多都起不了作用，只好順著他們。

「表妹，我的食肆明天就開業了，還是老本行，賣燒餅和雜碎藥湯，現在我的手藝可是更好了，保准妳吃了上頓想下頓。」文強笑著說道。

這京城和峰州就是不一樣，人多、地方大，各式各樣的鋪子也不少，不過文強不怕，他對自己的廚藝很有信心，這大晉朝的京城定會有他一席之地。

「表哥，你在峰州的酒樓不是剛開業嗎，怎麼又想到跑這麼遠來開食肆？」文強的到來是最讓安玉善感到意外的，這個表哥的豪情壯志貌似越來越大了。

「峰州那邊有我爹娘他們在呢，不會有什麼問題；再說那是咱們老家，都是熟人，有什麼事情也不用擔心，我就是想出來闖闖。既然三表妹要在京城開鋪子，小舅舅也要開鋪子，正好我也開一間，這樣以後有什麼事情我們好相互照應。」文強總覺得男人要成就一番事業，必須要去更廣闊的地方，而在他眼中，大晉朝的京城就是這樣一個地方。

「小堂叔您也要開鋪子？」安玉善問道。

「我這也不算自己開鋪子，算是替妳姊夫在京城繡坊這一行探探路。本來他要親自來京城開繡坊，但是妳大爺爺他們還有木掌櫃他們都不同意，說現在時機還沒到，不如先讓我摸摸底。」安松堂笑著說道。

「可是小堂叔你懂繡品這一行嗎？」安玉善不是懷疑安松堂的辦事能力，只是隔行如隔山，安松堂之前一直幫馬家釀酒，這一下子轉到繡品這一行，有些太快了。

「我懂不懂不要緊，我身邊有人懂就行。妳別擔心，妳姊夫他早就安排好了。」當然，安松堂也是想來見識一下大晉朝京城的繁華，等到這邊安穩下來，許誠他們來了之後，自己就要回去的，什麼地方都沒有自家舒服。

安玉善沒再說什麼。她連自己要走的路都無法判斷是對是錯，就更沒有權利對別人的事情指手畫腳，哪怕那「別人」就是她關係親密的家人。

「對了，玉善，妳在京城這段日子怎麼樣？我聽說妳在北靈山買了一個鬧鬼的園子，這究竟是怎麼一回事？」安玉冉來到京城之後，打聽最多的就是有關自家小妹的情況。

「鬧鬼的園子？二姊妳聽誰說的？我那園子不過是偏僻了些，鬧什麼鬼呀！」安玉善笑了，哪有什麼鬼，不過是陣法而已。

「還說沒鬧什麼鬼，我打聽清楚路線之後偷偷去找過妳，結果怎麼找都找不到，一直在原地打轉，身邊只有桂花樹，妳在上山的路上種那麼多桂花樹幹什麼？」安玉冉奇怪地問道。

「二姊，妳什麼時候偷偷去找小妹的？堂伯不是說過，先不要去找小妹的嗎？」安玉若看向安玉冉。

安玉冉不好意思地一笑。「我是沒看到小妹心不安，既然知道她住在哪裡，沒道理不去看看，不過最後我還是被山下茶寮的夥計給帶出來，聽老一輩的人說那是鬼打牆，所以我才走不出去。」

「玉冉，妳別瞎說，什麼鬼打牆，別嚇著玉善。來之前妳可對妳大爺爺保證過在京城要乖乖聽話不惹事，君子一諾，妳可不能反悔。」面對自己膽大的姪女，安松堂來之前也是犯頭疼的，不過這一路上安玉冉倒是真的很聽話也能忍，有了十足的長進。

「小堂叔你就放心吧，在家裡我能野，在京城我會忍的。」安玉冉保證道。

「玉善，聽說妳已經進過皇宮見過皇帝了，那為什麼不早點回家，還留在這裡買園子呢？」這件事情安松堂也問過安子洵，但安子洵只是含糊帶過，並沒有明確回答。

「我現在正在為長公主瞧病，一時半會兒還離不開京城。小堂叔，這裡不是山下村，也不是峰州，你們一定要記住，在京城這個達官顯貴眾多的地方，咱們小老百姓儘量少說、少問、少參與，只要做好自己的事情就好，免得惹禍上身。」雖然安家人明事理，但畢竟一直待在鄉野之地，身邊接觸的人也都是淳樸善良的百姓，這裡是詭譎的京城，萬事務必小心才是。

安松堂和文強幾人都點點頭。在來之前，安清賢也特意囑咐了他們，京城是龍虎之地，既然來了就要小心行事。

正當安玉善一行人圍坐在一起吃孫氏煮好的餃子時，一匹快馬突然停在即將開業的藥酒坊前面，來不及讓掌櫃的通報，來人就衝進了後院。

「安姑娘、安姑娘！」來人是惠王身邊最得力的侍衛寒風。

「寒風你怎麼來了？」安玉善放下碗筷，站起來問道。

「安姑娘，快跟我走，有一個病人急需要妳救治！」寒風著急地說道。

「什麼情況？」照這情形來看，應該不是皇帝。

「秦老王爺的孫子頭部外傷極為嚴重，陳公子已經去了，不過他說光憑針灸是救不了人的，只能您親自去，還要帶上您的手術工具。」寒風將陳其人交代的話全部轉述。

「我的工具都在千草園，木槿妳趕緊去取！」雖然她不認識什麼秦老王爺，但寒風這樣著急地趕來，代表傷者的情況一定很嚴重。

「玉善，我陪妳一起去吧，我的工具都帶著呢！」安齊傑也慌忙站起身。整個安家除了安玉善有一套完整的手術工具外，就只有他有。

「好，齊傑哥，你陪我一起。三姊，你們有帶消毒的烈酒嗎？」安家的烈酒都是經過特別蒸餾，適合給外傷部位消毒。

「有，我這就去拿！」安玉若起身就往小倉庫跑。

安齊傑帶上他日日都會消毒的工具和安玉善坐上馬車，跟著寒風朝秦王府疾馳而去。

此刻秦王府內可說是人仰馬翻，秦老王爺唯一的孫子奄奄一息地躺在床上，頭上還插著一支長箭，就連宮中專治外傷的太醫都不敢輕舉妄動。

太醫們會診之後告訴秦老王爺，一旦把他孫子頭上的箭拔出來，腦內的血就會直噴而出，病人也會立即死亡。

「你們不是醫術高明的太醫嗎？為什麼這時候都不管用了！要是我寶貝孫子沒命了，本王要定王府上下跟著陪葬！」別看老王爺年逾花甲，依舊中氣十足，聲如洪鐘，此刻的他怒吼如狂獅下山，讓太醫們嚇得直打顫。

老王爺年輕時可是戰場上有名的「閻羅戰神」，殺人如麻，令敵軍聞風喪膽。或許是殺孽造太多，老王爺膝下只有一子，有了孫子沒兩年，兒子、兒媳也都接連故去，從那之後，老王爺就親自撫養自己的孫子，把他看得比自己的命還重要。

別看這位秦老王爺已經多年不理朝中諸事，可他卻是皇家最重要，也是地位最尊貴的一位老宗親。儲君即位，如若得不到皇室宗族支持，那麼帝君之位也不會順利。

這一次，定王府葛家的人為了拉攏秦老王爺，就讓定王府的世子邀請一幫京中權貴子弟去圍場狩獵，誰知定王世子的箭射偏了，竟然射在秦老王爺孫子秦小王爺的頭上，而且秦小王爺落馬之後又被馬踢了一下，現在昏迷不醒，太醫們也都束手無策。

秦王府的人一聽說之後，立即兵分三路，一路帶兵把定王府圍住，一路直接拿著老秦王的權杖進宮告狀，另一路則是去惠王府找陳其人這位神醫。

陳其人到了之後，雖暫時能保住秦小王爺的生命，卻不能讓他起死回生，跟來的惠王和陳其人唯一能想到的就是安玉善。

「你說的人怎麼還不來?!」秦老王爺看著只有出氣、沒有入氣的孫子，彷彿一下子老了十來歲，急得嘴上已經起了泡，看著惠王的眼神也是萬分急切。

「老王爺，您別急，就快了！」惠王不禁慶幸今天安玉善剛好從千草園出來了。

「王爺，安姑娘來了！」幾乎是惠王話音剛落，就聽到了寒風稟告的聲音。

「快請她進來！」惠王和陳其人對視一眼，趕緊說道。

安玉善和安齊傑快步走了進來。秦老王爺見是一個嬌滴滴的小姑娘，滿心懷疑，但此刻已經顧不了這麼多，既然惠王和陳其人都相信此人，那麼自己也只能賭一把了。

安玉善走到床邊，查看那個看起來只有十二、三歲的虛弱少年的傷勢還有脈象後，立即吩咐道：「讓其他人都出去，已經沒有時間了，病人十分危急，我必須立刻給他動手術。」

「妳雖然是藥王神穀子的徒弟，可別瞎胡鬧！什麼手術，妳一個小姑娘能管事嗎？」一個太醫看著安玉善訓斥道，又轉向秦老王爺。「老王爺，您可要想清楚啊！」

「不用你們管，都給本王滾，一幫無用的傢伙！」秦老王爺狠狠瞪了那名太醫一眼，直接讓人把這幫太醫轟了出去。「小姑娘，妳就放手給我孫子治病！」

「我要把他的腦袋切開，能不能活我也不能保證，老王爺，您確定嗎？」安玉善不把剛才那位太醫的話放在眼裡，但這位老王爺看起來不好惹，不怕一萬就怕萬一，她可沒時間應付秋後算帳這種事。

一聽安玉善嘴裡蹦出「腦袋切開」幾個字，秦老王爺的雙手當即就握在了一起，可看了床上馬上就要沒命的孫子一眼，他因悲痛而變得紅腫的雙眼定定地看向安玉善。

「本王確定，妳動手吧！活，本王以後就供著妳；死，本王也不會怪妳！」

安玉善微微一笑，讓陳其人也留下幫忙，還派人準備熱水和乾淨的細棉布。

等到秦老王爺和惠王他們出去之後，安玉善讓陳其人先把病人抱到屋內的長桌上躺好，這樣有助於她做開顱手術，安齊傑則在一旁做她的助手。

陳其人先用銀針封住病人的幾大穴位，再根據安玉善的要求行事。

「病人頭部流血過多，內部血塊會更多，除了要把箭拔出來，還要把他腦內的瘀血清除乾淨。齊傑哥，待會兒我開顱之後，你就小心拔箭；師兄，你暫時用銀針幫忙止血。」

安齊傑跟著安玉善學習縫合技術是學得最好的，平時在山裡他也曾給受傷的小動物做過小手術，還解剖過死人的屍體，因此對於人類大腦的結構，除了安玉善，他是最有概念的那一個。

「放心吧，我知道該怎麼做。」雖然內心深處還是有些緊張，但這是跟著安玉善正正經經做的第一場大手術，安齊傑讓自己保持冷靜，手變得愈加穩了。

「好，那我們現在就開始第一階段的手術。木槿，妳知道該怎麼做吧！」

「是，姑娘！」安玉善做手術的時候，她身邊的丫鬟就是拿工具的護士，而對於這些工作，她們皆是爛熟於心。

這一個時辰，對於屋內做手術的幾個人來說是緊張而刺激的，而對於屋外的人來說則是度日如年。

秦老王爺頹廢地坐在臺階上，低著頭不理眾人。

秦王府上上下下的人都在求神拜佛，乞求上蒼不要讓他們的小主子離開，那可是秦王府唯一的希望。

第五十七章　植入血蛭

當一盆盆血水從屋子裡端出來，聞著那血腥味，秦老王爺才緩緩抬起了淚眼朦朧的雙目，同樣乞求地望向天空。

終於，門「吱呀」一聲從裡面打開，陳其人走了出來，純白的衣服上染著點點血花。

對他來說，這一個時辰同樣永生難忘，徹底顛覆了以前學醫的觀點，也讓他更加深入地瞭解安玉善嘴裡的「手術」到底是什麼。

手術，在他看來真的是手上救人的醫術，就憑那一雙靈巧的手還有那一堆看起來嚇人的工具，就能把一個在閻羅殿裡的人給拉回來，實在是太神奇也太了不起了。

「怎麼樣？」惠王率先迎了上去，秦老王爺猛地想站起來，誰知踉蹌了下，還好被惠王扶住了。「老王爺，您慢點。」

「我沒事。我孫子怎麼樣？」此刻秦老王爺的聲音是沙啞的，淚水聚集在眼眶裡，卻堅強地不讓它落下。

陳其人輕舒一笑，如玉的笑容看在眾人眼中比陽光還要溫暖。「手術很成功，箭已經拔了出來，血也止住了，只要安全度過接下來的兩天，應該就沒事了。」

聽完這句話，秦王府上下的人飛著眼淚，奔走相告，秦老王爺更是直接跌坐在地上，嗚嗚痛哭起來。

惠王也是眼中含淚。看著昔日戰場上的威武戰神，此刻卻像個孩子一樣痛哭，他也是感慨萬千。

同時他也深刻明白，雖然秦小王爺的命保住了，但是秦老王爺壓抑的怒火卻難以熄滅，無論秦小王爺受傷的事情有沒有內情，異姓王府定王府都躲不了秦王府的滔天恨意。

手術結束時，剛和安玉善一起做完縫合手術的安齊傑才驚覺自己的雙手是顫抖的，不知道是因為激動還是後怕？手術過程中也讓他發現，自己和安玉善之間還差著幾重天。

他要更努力跟著安玉善學習醫術才行，這也是他不遠千里跑到京城的原因，只有在她的身邊，他這個初學者才能學到更多有用的東西。

「齊傑哥，等你什麼時候做完手術手不抖了，才算真正的出師了！」安玉善笑著看向安齊傑說道。

她這個堂哥做手術的時候看起來比自己還鎮定，可是手術一結束，內心的情緒就潰堤了，還需要多磨練才行。

「玉善，我會更努力的！」安齊傑將雙手緊握成拳。他一定要成為繼安玉善之後手術做得最好的大夫，這樣遇到危急的病人才能救人，而不是因為醫術不精而害人。

就在安玉善緊急救人的這一個時辰，定王府與皇宮內也因為秦小王爺的受傷亂成一團。

「爹，你一定要救我，我根本不知道那枝箭怎麼就射到了趙恆的頭上！」定王世子葛輝渾身發抖，跪在地上看著他的父親定王爺，同時也是當今皇后的親姪子。

「你不知道？你怎麼能不知道！」定王爺氣急敗壞地又踢了兒子一腳。定王府是堂堂皇后和太子妃的娘家，竟然被秦王府的兵馬包圍得出不去，他這張臉都丟盡了。

「王爺，您快想想辦法吧！秦老王爺要是發起瘋，就連皇上都是沒辦法的！」定王妃在一旁哭道。

「妳也知道皇上都沒辦法！瞧瞧妳教出來的好兒子，整天就知道吃喝玩樂、鬥雞走狗，這下闖禍了吧！誰的腦袋不好射，偏偏是那老王爺的心頭肉！」定王爺也是氣得沒辦法，想要抬腳再踢兒子，終究沒下得了手，他可就這一個嫡子呀！

「爹，當時孩兒的馬突然一驚，那箭就射了出去，事情絕對沒那麼簡單，孩兒是冤枉的，一定是有人背地裡要害孩兒……是不是二弟、三弟他們要謀奪我的世子之位？爹，孩兒真是冤枉的！」定王世子腦筋轉得飛快，無論如何這件事情都要推到別人身上，否則別說是世子之位，就連性命都難保。

「瞧瞧你這沒出息的樣子，都這個時候了還想著攀咬別人，你也不想想，那是眾目睽睽之下，那麼多人親眼看到你的箭射中的！」話是這樣說，不過兒子的話也引起了他的警覺。這件事如果並非偶然，那定是有人在背後搞鬼，要陷害定王府。

而定王爺這樣的想法，宮裡的皇后也察覺出來了，事情一發生，太子和英王就進宮來了，只不過沒見到皇上。

「母后，您覺得這件事情可能是誰做的？」英王小心翼翼地問道。

「哼，還能是誰，自然是不願本宮坐上龍椅的人。」太子看著英王，陰陽怪氣地說道。

從小到大，他雖是大晉朝身分最尊貴的太子，可無論是皇后還是皇上，最喜歡的都是他的小弟英王，現在外界都傳言他這個太子要東宮讓賢了。

「太子！」皇后一向慈愛的臉上此刻布滿嚴肅。「現在正是需要你們兄弟團結的時候，很明顯有人不希望葛家與秦王府交好，這個人有可能是奇王，也有可能是惠王。」

「母后，您說惠王也有可能？」太子一直都以為惠王是自家這一邊的，難道他也想當皇帝？的確，只要是皇帝的兒子，怕是都會有那種心思吧！

「到底是誰還需要查，但現在最重要的就是壓住秦老王爺的怒火，讓他對葛家的怨恨轉移到別的地方，就算這件事情是個意外，最後也不能是意外。」皇后眼中閃過謀算和狠戾。

「母后，您的意思是？」英王似乎已經瞭解了皇后話裡的意思。為今之計，的確只有轉移目標，找個替死鬼出來。

「聽說奇王最近很不安分，當年小皇孫的事情他可脫不了干係，這一次……」皇后端起一旁早已經冷掉的茶水吹了吹。

「母后，孩兒明白了，孩兒現在就去辦！」英王眼中也閃過莫名的光芒。

看著一點就透的小兒子和還在狀況外的太子，皇后心中也是百感交集，沒想到付出心血栽培的長子到頭來會如此不中用。

「沒死？箭還拔出來了？」這時候的御書房內，只有元武帝和他信任的大太監總管李公公。

「啟稟皇上，奴才剛得的消息，那位安姑娘進去之後，老王爺就把太醫們都給轟出了府，一個多時辰後藥王神穀子的兩位徒弟就走了出來，雖是一身的血，但屋裡的小王爺還活著。」李公公小聲稟告道。

「呵呵，好呀，果真是神醫啊！」皇上也很高興。

「皇上，那您什麼時候……」李公公是近身伺候皇上的人中，唯一知道皇上病情的人，而且比惠王等人知道得還早。

「秦老王爺不但是宗親，也是大晉朝的功臣，朕理當去看看。擇日不如撞日，就今天吧！」皇上像是意有所指，笑咪咪地說道。

他可聽說定王府外頭還有秦王府的兵呢，想必皇后也會來求情吧！

「奴才明白，奴才這就去準備！」李公公恭順地回稟。

皇后比元武帝預想的來得還要快，且聽說元武帝要拖著病體去秦王府看望秦老王爺，也決定伴駕而行。

皇宮這邊正在大肆準備出行的儀仗，秦王府這邊也已經接獲了聖駕即將到來的消息。

「皇上不是正病著嗎？這時候來秦王府湊什麼熱鬧？來人，拿上我的權杖，告訴皇上不必來了！」雖然秦老王爺很生定王府的氣，今天還在京城動了兵馬，但他始終是臣子，知道進退。

「老王爺，等一下，能否借一步說話？」惠王這時候卻出聲阻止道。

「怎麼了？」秦老王爺雖和皇帝年紀差不多大，輩分卻更高，對於皇帝的幾個兒子，他平時都沒什麼來往。

這一次要不是因為需要神醫救治自己的孫子，他和惠王估計也說不上幾句話。

「老王爺，此事干係重大，還請您找個方便的地方。」惠王輕聲說道。

老王爺以審視的目光看了他一眼，然後說道：「跟本王來吧！」

大概半個時辰左右，兩個人重新出現在眾人面前，從他們的臉上看不出任何情緒，而秦老王爺則吩咐家裡的下人做好迎接聖駕的準備。

不過，當皇上的鑾駕與皇后的鳳駕到了秦王府外時，秦王府的管家硬著頭皮出來接駕，當著所有人的面說秦王府只歡迎皇上駕臨，不歡迎葛家的人。

誰是葛家的人？說的自然是皇后。好在皇后在外人面前早就將一張慈眉善目的臉練得爐火純青，秦老王爺的「不近人情」只會彰顯她皇后的大度慈和而已。

「朕知道皇族叔還在氣頭上，朕與皇后親自前來，除了探望受傷的趙恆，也是希望老族叔能消消氣，這件事情朕定會給秦王府一個說法。」皇上並沒有生氣，他最瞭解這位老王爺的脾氣，而且門外這齣戲本來就該這麼唱。

「皇上，老族叔他愛孫心切，這件事情不管真相如何，總歸是定王府的不是，臣妾也想當面和老族叔道歉。」皇后放低身段，很是無奈地看向秦王府的大門。

「皇上，您是咱們趙家的人，進我這秦王府可以，可我唯一的血脈差點死在葛家人手裡，現在還在閻羅殿徘徊呢！請恕臣無禮，今日葛家的人休想進我秦王府的大門，定王府的人也休想出來！」突然，秦王府的大門內傳來秦老王爺的高聲回應，只是不見人影。

「族叔，那您怎樣才能消氣？讓朕殺了葛輝不成？」皇上的臉色也微微有些難看。

「這個不勞皇上親自動手，葛輝的腦袋本王會親自取來！」秦老王爺怒氣沖沖地又喊道。

「皇上，您看這……」皇后有些焦急地看向元武帝。

這秦老王爺可是連皇上的帳也不買，而且說得出就做得到，皇后可不想讓他真的殺了葛輝。

「皇后，看來族叔還在氣頭上，定王府這次的確是闖了禍，妳就先替朕去一趟定王府，好好地訓一訓定王，看他是怎麼教養兒子的？至於秦王府這邊就交給朕吧，族叔他總會給朕留幾分顏面的。」元武帝勉強支撐著身體，看著皇后說道。

皇后從他的眼神中看到丈夫的體貼和對定王府的關照。也對，秦王府這邊有皇上在，秦老王爺就算再生氣也不敢真的做出多過分的事情，現在是定王府那邊比較危險，萬一秦王府的人真的動了殺機，那就難辦了。

侍皇后轉道去定王府後，皇上留下侍衛，只讓李公公扶著他進了秦王府的大門。

「皇上，您身子不大好，快到房裡坐下！」皇上一進入秦王府，惠王就趕緊在一旁扶住了他，秦老王爺也向前行了禮。

「朕的身體還撐得住，先去看看趙恆吧！」皇上帶著虛弱的笑意說道。

「那皇上請！」秦老王爺沒有阻止他。

看過趙恆之後，秦老王爺和惠王把皇上扶到了老王爺的書房內，之後一行人轉入密室，這裡也是秦王府最隱秘的所在。

密室內，安玉善已經準備好了一切，培養好的藥性血蛭也已經用最快的速度拿了過來。

原想在皇宮內秘密進行，不過現下剛好有一個最好的時機，皇后也被支開，完全不會讓人察覺。

「皇上，請您先坐下。」安玉善先給元武帝診了脈，現在他體內的血蛭還處在潛伏期。

「怎麼樣？」等到安玉善診脈結束，惠王和剛知道實情的秦老王爺急切地看向她，元武帝倒是一臉鎮定。

「脈象很虛弱，如果繼續下去，最多撐三個月，不用毒引，皇上的身體也會耗盡的。」安玉善想著，或許幕後之人根本就沒想過引發元武帝體內的血蛭，只是讓血蛭加速皇帝的死亡而已。

「那趕緊治吧！」元武帝可是大晉朝的天，他若是出了事，秦老王爺擔心朝局會動盪不安。

安玉善點點頭，先取出一顆藥丸讓元武帝服下，然後用銀針施穴，接著拿出一把消過毒的匕首，目光炯炯地看著元武帝。「皇上，民女要在您身上開個口子，然後把血蛭植入您的身體，您準備好了嗎？」

「朕能先看一看妳培養出的血蛭嗎？朕想知道到底是什麼樣的小蟲子在朕的體內！」只要一想到自己曾經強壯的身體裡有成千上萬隻毒蟲在爬，元武帝就恨不得流乾自己的血。

他是人，不是神，自然怕死，可他是統治萬民的帝王，他又不能怕死；相反的，即便死亡已經悄然來到，他也要勇敢地撐下去，趙家江山不能落到心思不正的人手裡。

「可以。」

安玉善將放在幾人面前桌上的瓶子打開，推到了元武帝的面前，事實上除了用藥材，這些血蛭也是用山裡動物的鮮血養成的。

這世上除了自己，還沒人見過經由人工培養出來的血蛭，而自己培養出來的這隻就更不同了。

看著瓶子裡那隻全身通紅滑膩、噁心恐怖的血蛭，元武帝強忍住恐懼和作嘔。從此之後，他的身體就只能靠這一隻噁心的吸血蟲來維持了。

「這……」秦老王爺和惠王自然也看到了，心頭也都飄過複雜的滋味。

「開始吧！」元武帝深吸一口氣，將寬大的袖子捲了起來，露出他乾瘦和輕易能見到血管的手臂。

安玉善也深吸一口氣，將面前的皇帝看成一名最普通的病人。匕首一閃而過，快得連血都看不見，接著她將藥性血蛭倒在匕首劃出的血口處，幾乎是一瞬間，血蛭就黏上了元武帝的手臂，然後順著那個口子朝他的身體裡爬去。

最終，秦老王爺和惠王也沒忍心看完整個過程，而元武帝則強逼著自己看，他可是皇帝，是一國之君，任何事情都打不倒他。

等到血蛭完全植入元武帝的體內之後，安玉善便以更快速的手法替元武帝包紮傷口，然後從懷裡掏出一個小瓷瓶。

「皇上，這是我熬製的止痛藥丸，從今天開始，藥性血蛭就要在您的體內和那些毒性血蛭進行戰鬥了，不是以一敵百，而是以一敵萬，甚至更多，直到它最終戰勝所有的毒性血蛭。」安玉善解釋道：「這個過程很漫長也很痛苦，這些止痛藥丸能幫助您緩解疼痛。」

「這次的事情朕要謝謝妳。放心吧，朕也是千軍萬馬裡闖過來的，這場戰爭無論是朕還是剛才那隻小蟲子，都一定會勝利的。」元武帝信心十足地說道。

「沒錯，皇上您是九五之尊，沒有什麼能難倒您的！」秦老王爺也鼓勵道。

「皇上，您還需要在這裡坐著休息一會兒，您放心，這隻藥性血蛭是用這世間最珍貴的解毒奇藥培養而成，就算您現在喝下整瓶的毒藥也不會有事。」萬事有利有弊，藥性血蛭的植入雖然會加劇皇帝身體的疼痛，但同樣也能給他帶來好處。

「這麼說，朕現在是百毒不侵了，呵呵，好呀，想要害朕的人怕是怎麼都想不到吧！」元武帝嘴上雖笑著，但他眼中的殺意卻令人膽寒。

「皇上，若是沒有其他事情，民女先告退了，民女還需要去看看秦小王爺。」安玉善收拾好自己的東西俯身說道。

「好，妳先退下吧，妳救了朕，這份恩情朕記住了。」元武帝很清楚現在不是論功行賞的時候，接下來真正的「戰爭」才要開始。

「回稟皇上，這是民女該做的，民女告退。」安玉善沒有多說什麼，就從密室走了出來，被秦家的下人巧妙地帶出了書房。

她輕嘆了一口氣。她這個農家女現在知道的秘密可不少，早就不能抽身了……

第五十八章 開館收徒

再說皇后移駕定王府，果不其然被秦王府的人給攔住了，可她是大晉朝的皇后，秦老王爺可以膽大地給她這個當朝皇后臉色看，秦王府的人除非想造反，否則只能讓路。

「姑母，您怎麼來了？」定王將皇后迎進王府正廳坐下，然後開始訴苦。「秦王府的人實在欺人太甚，府裡出門報信的人都被打瘸了！」

「哼，打瘸？他們沒殺人就算不錯了！老了老了，本宮這個皇后還被人擋在門外，葛家的臉面今日都丟光了！」皇后拿起一杯茶盞就扔在定王腳下，定王夫婦則是大氣都不敢喘一聲。

「姑母，輝兒說當時他的馬不知怎麼突然驚了，那箭才射偏。那孩子是您從小看到大的，他哪有那個膽量去害趙恆？您可一定要為輝兒做主。」定王妃就葛輝一個兒子，看得也是比她的命更重，如今只能靠皇后了。

「輝兒呢？」皇后沈聲問道。

「姪兒罰他在祠堂思過。姑母，這時候葛家的一切都只能靠您了，輝兒是死不足惜，可也不能冤死，不能讓人就這樣打咱們葛家的臉。」定王恭敬又哀求地道。

「本宮知道該怎麼做，你們給我看緊輝兒，這件事情沒有解決之前，不要讓他踏出定王府一步，更不能讓他被秦王府的人抓到，否則就是皇上和本宮也救不了他。」皇后現在慶幸趙恆還沒死，一切都還有轉圜的餘地。

「姪兒明白。」定王臉上終於有了笑容，他就知道皇后對於葛家是不會撒手不管的。

兩日後，秦小王爺趙恆睜開了眼睛，定王府外的秦王府兵馬也被皇上的聖旨給召了回去，但此次事件卻變得更加複雜和緊張起來。

安玉善身為大夫，沒有額外的精力關注這些事，這兩天她一直待在秦王府被奉為上賓，而陳其人則是被皇上帶進了宮，成為帝王身邊最器重和信任的大夫，就連太醫院的太醫和院首都要靠邊站。

一時間，藥王神穀子的兩位神醫徒弟成了京城最炙手可熱的人物。

「燒已經退了，接下來好好休息，藥丸按時吃，問題應該不大。」看著秦王府小主子趙恆臉上有了好轉的跡象，安玉善也很高興。

「謝謝神醫姊姊！」趙恆有些羞澀地笑了。

醒來之後，他已經聽祖父說了，是眼前這位漂亮的神醫姊姊救了他，如果沒有她，他一定早就死了。

「不客氣，我是大夫，拿診金的！」安玉善叮囑趙恆好好休息之後就從房裡走了出來，問向秦王府的下人。「你們老王爺在哪兒？我想告辭回去了。」

「安神醫，您現在可不能走，我們家小王爺剛醒，老王爺說了，一定得讓您多在府裡待幾天……」秦王府的下人有些緊張地說道。

沒辦法，老主子太擔心小主子的身體，雖然現在小主子已經醒了，可老主子已經下令，必須要強留這位女神醫在府裡多住幾天。

安玉善只好在秦王府又多待了三天，直到一天夜裡季景初來找她。

「我這幾天都在城外布防，皇上擔心有人會擾亂軍心。」一見到安玉善，季景初就先解釋這幾天他之所以消失的原因。

其實他們兩個已經一個多月沒見過面了，他知道她在忙更重要的事情，就沒有去打擾她。

「你知道這幾天千草園不太平吧？」安玉善則是抬眼看向他問道。

「知道，妳救了秦小王爺，這讓有些人心裡開始不安了。」

秦王府守衛森嚴，一般人是進不來的，而千草園那邊看似沒人守衛，卻比秦王府更難進去，只是大家不知道而已。

「我聽茉莉說，大將軍府有意將長公主接回去，而且還多送了兩個人要去千草園照顧長公主？」安玉善想，肯定是方怡郡主得知自己醫術可能比陳其人還高，擔心她把長公主給治好，才暗中開始動手腳。

「人我已經打發走了。聽大姊說，娘這一個月待在千草園，精神好了很多，而且妳還讓慶嫂做了藥膳給她吃。」季景初眼神專注地看向安玉善。

小時候看她，覺得是山間那股捉摸不透的清風，小小年紀總是給人成熟、淡然的感覺，如今兩個人都長大了，中間幾年未見，再看她就像是開在自己心間的花，帶著醉人的香氣與難忘的觸動。

沒人教過季景初什麼是愛，但每次見到安玉善，他都覺得自己是知道的。

或許就連元武帝都看錯了，他和他父親是一樣的，為了深愛的女子變成了不像自己的那個人。

「長公主的瘋病和瘋爺爺的是不一樣的，具體來說，應該沒有表面上看到的那麼嚴重，恢復起來才這麼快。我總覺得，以往的一些人或事能夠對她產生刺激作用，或許能讓她想起以前也不一定。」安玉善強逼著自己忽略季景初眼裡的情意。那夜他告白的話又出現在自己的腦海裡，看來還是有事情忙才不會亂想。

「我記住了，這段時間我也在派人尋找以前伺候過我娘的人，二姊那裡似乎有些眉目。」季景初越來越覺得其實他根本不瞭解他的兩位姊姊，雖然知道她們和京城百姓嘴裡說的不一樣，但他發覺自己還是小看了她們。

「能找到這樣的人最好，等我回到千草園，會繼續給長公主施針的。」

安玉善決定明天一早就回去，趙恆現在只剩下休養身體，就算她繼續留在這裡，作用也不大。

「秦王府那邊有什麼動靜？」季大將軍府內，方怡郡主坐在內室，一臉不愉地看向站在她面前的錢嬤嬤。

「奴婢得到的消息是，今天一大早，秦王府的大門就打開了，秦老王爺親自把安玉善送出了門，並派親信送她回千草園。」錢嬤嬤低聲說道。

「那日我就覺得哪裡不對，聽大將軍說陳其人與惠王算舊識，當年藥王神穀子也給蘇瑾兒治過病，可聽蘇家人說，蘇瑾兒三年前都快死了，現在卻一日比一日有精神，看來都是這安玉善的功勞。」方怡郡主很後悔讓人把長公主送到千草園，萬一長公主醒了，有些事情可就不好辦了。

「郡主，奴婢覺得這安玉善是真不簡單。您想呀，她一個鄉下丫頭，就算醫術高，怎麼會這麼受惠王夫婦的看重？還有那秦老王爺，那是直接把太醫轟出了門，卻把一個小丫頭恭恭敬敬地送出大門，還派親隨護送，可見她的手腕也不一般。」錢嬤嬤一副出謀劃策的樣子。

方怡郡主卻是冷哼一聲道：「這些本郡主早就看出來了，長公主不能繼續待在千草園，就算要待，也應該有我們的人在身邊。」

「可是咱們的人根本就進不去千草園。」前幾天府裡就往千草園送了下人過去，可是人在半路就莫名其妙地消失了。

「這次讓大將軍親自護送，我就不信安玉善一個外來的鄉下丫頭敢不收！」方怡郡主冷笑道。

「還是郡主有辦法！」錢嬤嬤諂媚地笑道。

也不知方怡郡主是如何說動自己的丈夫，兩日後，季大將軍就帶著幾名丫鬟、婆子親自去了北靈山。

走在桂花路上，季大將軍並沒有遇到這段時間京城百姓間流傳的那個詭異傳說，很順利地就找到了千草園。

「不知今日大將軍大駕光臨，有何貴幹？」安玉善禮貌地把客人請進前院客廳。

眼前是大晉朝的一品將軍，還是軍職在身的駙馬爺，當年大晉朝攻滅北朝時，正是這位英俊威武的季大將軍不費一兵一卒就攻破了峰州的城門。

安玉善聽季景初之前說過，當年他爹攻打峰州，事先就買通了烏半仙，讓烏半仙利用神鬼之說說動了許傑暗開城門。

雖然手段不是多麼光明磊落，但峰州的百姓也免除一場戰火，只是許傑父子得勢之後在峰州造的孽也不少，所以對於季大將軍，安玉善也說不清是什麼感覺。

他看起來骨子裡就是個正直、忠勇的武將，或許是英雄難過美人關，方怡郡主掐準了這個男人的死穴，讓他不知不覺做出一些連他自己都不知道是對還是錯的事情。

「情」之一字，一旦深陷，能救人也能毀人。

「安姑娘，今日多有打擾，不知我妻子現居何處，我想先看看她。」對於醫治自己髮妻的大夫，季大將軍給予安玉善應有的尊重，不過他習慣了帶些命令語氣對人說話。

「怎麼，難道大將軍還不知道？」安玉善一臉詫異地看向他。

「知道什麼？」季大將軍不解地問。

「今天一大早，季少將軍就帶著聖旨來了，說是皇上得知長公主在千草園治病後身體大好，大喜之下要見她一面，並下旨讓長公主以後常居長公主府，以後我要給長公主瞧病，去長公主府就行了。」安玉善解釋道。

「聖旨？我怎麼不知道？」季大將軍狐疑地自語。「既然如此，那就不打擾姑娘了。」

等到季大將軍帶著他的人離開之後，季景初才從後院走了出來，他已經被准許進入安玉善的禁地了。

「你爹看起來不像個糊塗的。」安玉善笑著看向走進來的季景初說道。

「皇上看起來也不像，可他們最後還不都被女人耍得團團轉。皇上是醒悟了，想從女人給他製造的困境中走出來，可他已經難以自拔了。」季景初看著季大將軍離去的背影說道。

「別說得好像什麼錯都是女人造成的一樣。如果男人夠聰明、理智，有些事情他們一定能看清，之所以深陷其中，最大的可能是他們自己不願意清醒。當然，還有一種可能，男人想要利用女人達成某些目的，結果女人也反過來利用他，走著走著就僵局了。」安玉善沒有點明自己說的是誰，但季景初已經猜出她說的是當今的帝后。

沒錯，當年皇上娶葛家的女兒為后，除了兒女私情，當然還有利用葛家的勢力鞏固朝局的意思。

可有朝一日他發現，自己親自扶持起來的家族成了最大的威脅，朝局又開始失衡，變得不平穩了。

「妳說得沒錯，想要利用別人，就要有被別人利用的準備，我不能說自己沒有一點私心、沒有利用過妳，可我也甘心想要被人利用……利用可以是好的，也可以是壞的。」季景初坦誠的目光裡藏著對一個女人的深情。

安玉善聽後，忍不住一笑。「你是季大將軍的兒子，是當今聖上的親外孫，你的身體裡也流著他們的血，你就不怕會變成下一個他們？我都不知道自己以後會變成什麼樣子呢！」

「妳變成什麼樣子我都喜歡。」季景初笑了。

「也許這句話季大將軍對方怡郡主說過，皇上也對皇后說過，可等到有一天他們真正看清對方的模樣之後，這句話就會變成最深的諷刺了吧！」她認為這世上沒有任何的絕對，承諾不是一句話，而是真切的行動和最終的兌現。

「如果真正相愛就不會是諷刺，妳只有陪我一起走，才能驗證這句話到底是諷刺還是真心。」季景初沒有被她的話打擊，相反地他笑了，因為這些話讓他意識到，安玉善已經在設想他們的未來。

「現在我常常覺得，你還是變回小時候那個沈默寡言、脾氣古怪的程家小公子比較好，話太多了！」安玉善不自覺流露出一絲俏皮和嬌嗔。誰讓這個男人的情話真的很合她的心意呢？

季景初笑笑沒答話。在外人面前，甚至在他的親人面前，他一直都是那個拒人於千里之外的少將軍，唯有面對安玉善，他才變得活潑起來。

「對了，過兩天我打算在京城開一家安氏醫館，以後你的人去那裡找我就行。」千草園這邊雖然安靜，山裡也有各種草藥，不過她的主職還是個大夫，尤其是經過這次給秦小王爺治病，她發現救人比煉製藥丸更有成就感。

「地方找好了嗎？需要我幫忙嗎？」

「已經找好了，就在我三姊開的藥酒坊旁邊，不遠處就是我表哥開的食肆，聽說最近文家燒餅可是紅了整條街。」

就像文強對安玉善說的那樣，他做燒餅的手藝越來越好，小食肆剛開張沒兩天就天天客滿，大排長龍。

很快的，安玉善要開醫館的消息就在京城傳開了，而就在開業的前一天，安氏醫館要招收學徒的事情也不脛而走。

——未完，待續，請看文創風568《醫門獨秀》3（完結篇）

流浪貓狗介紹所

為流浪貓狗加油 和貓寶貝 狗寶貝

廝守終生(一定要終生喔！)的幸福機會

對人來說，貓寶貝狗寶貝只是生活的一部分，
但妳（你）對牠們來說，卻是生活的全部，領養前請一定要考慮清楚——

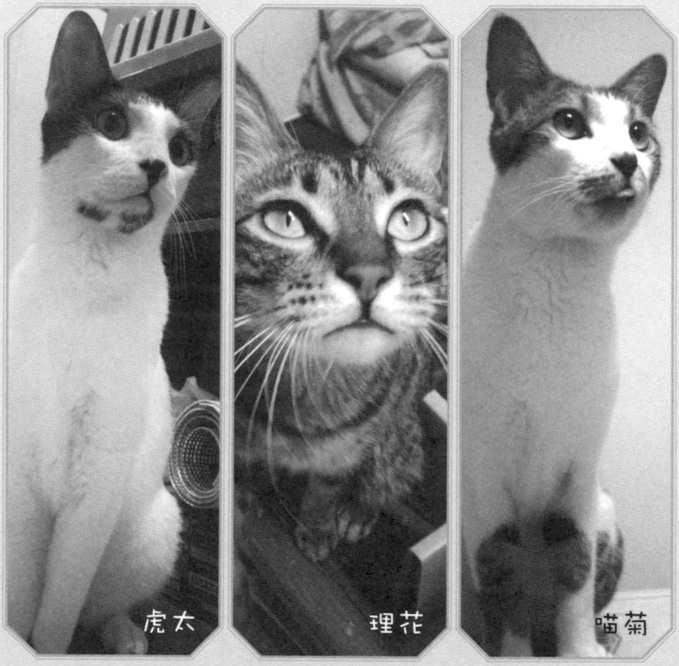

▲ 三貓三色的「三隻小貓」
虎太＆理花＆喵菊

性　　別：都是男生
品　　種：都屬米克斯
年　　紀：皆是4歲
個　　性：1. 虎太起初較怕生，熟悉後變得黏人、愛玩
　　　　　2. 理花能很快適應環境，也愛玩
　　　　　3. 喵菊親人、愛玩，較會爭寵
健康狀況：已結紮、植入晶片、施打狂犬病疫苗
　　　　　(2017年9月到期，須補打)
目前住所：台北市士林區

第284期 推薦寵物情人

『虎太＆理花＆喵菊』的故事：

中途說，會遇見「三隻小貓」是因為前同事。當時的同事養了不少貓，都是在幼貓時被他撿回家，「三隻小貓」也是。「小時候好可愛，長大怎麼跟白癡一樣？」他這麼跟中途說。中途看著貓貓們一起被關在籠子，甚至在發情期互相打架也都被置之不理，實在不忍心；於是，中途申請了政府的節育手術，也因此貓貓們的「官方主人」變成了中途。今年七月，貓貓們被前同事的家人帶到收容所去，中途被通知後，只能先將牠們帶回安置。

虎太稍微怕生，但熟悉後很親人，喜歡坐在人旁邊；牠也熱愛逗貓棒、爬高高，因此打造安全、友善的環境對牠而言非常重要。理花的個性則較大剌剌，也很親人、愛玩，只要給牠小玩具，便能自己玩一整個下午；但他更熱愛跟人互動，非常好奇、好相處。至於喵菊一樣很親人，但比較聽話，甚至一叫就來，很像狗狗（笑）；牠亦喜歡逗貓棒、爬高高，但其實只要會動的都會引起牠的注意。

中途進一步提到，虎太適合熱愛與貓咪互動者；而喵菊因較會爭寵，推薦給家中無飼養任何動物的貓奴；至於理花，就是隻好好先生，很好照顧。「三隻小貓」在被棄養前，就已經失去前主人的關愛，中途由衷期望能幫牠們找到真正愛牠們的家人。若您想進一步了解「三隻小貓」，請來信stella1350@hotmail.com，或致電0909-981-368（Stella 阿薇），或上FB搜尋「貓戰士 - 8隻萌寶找家人」。

認養資格：

1. 認養者須年滿20歲，有穩定收入及適合的環境，且經過同住者、房東的同意。
2. 每年須帶貓咪施打預防針、狂犬病疫苗。
3. 每日須給適當的食物和水、足夠的關愛和照顧，及安心的休息空間。
4. 不可放養或半放養、打貓、長期牽繩或關籠飼養，外出須放外出籠。
5. 須同意簽認養寵物切結書，並提供身分證影本將寵物主人名字及資料更新。
6. 須提供照片讓中途追蹤貓咪現況。
7. 若飼養期間有任何問題，請先與中途反映，不可私自決定棄養或送出。

來信請說明：

a. 個人基本資料：姓名、性別、年齡、居住地、同住者、職業與經濟來源等。
b. 預定如何照顧貓咪，以及所能提供之環境和承諾（如：食物、飼養方式）。
c. 若未來有結婚、懷孕、出國或搬家等計劃，將如何安置貓咪？

文創風 567

醫門獨秀 2

國家圖書館出版品預行編目資料

醫門獨秀 / 煙雨著. --
初版. -- 臺北市 : 狗屋, 2017.10
冊 ; 公分. --（文創風）
ISBN 978-986-328-780-3（第2冊 : 平裝）. --

857.7　　106014529

著作者　煙雨
編輯　王冠之
校對　黃亭蓁　簡郁珊
發行所　狗屋出版社有限公司
地址　台北市104中山區龍江路71巷15號1樓
電話　02-2776-5889～0
發行字號　局版台業字845號
法律顧問　蕭雄淋律師
總經銷　知遠文化事業有限公司
電話　02-2664-8800
初版　2017年10月
國際書碼　ISBN-13　978-986-328-780-3

本著作物由瀟湘書院〈www.xxsy.net〉授權出版

定價250元
狗屋劃撥帳號：19001626
網址：love.doghouse.com.tw　E-mail：love@doghouse.com.tw